D1697888

PAUL CAIN

Totschlag

pulp master

pulp master
Band 2

Erschienen im MAAS Verlag, Berlin

Deutsche Erstausgabe
Erste Auflage 1995

Titel der amerikanischen Originalausgabe: Seven Slayers
Copyright © 1946 by Peter Ruric
Deutsche Übersetzung © PULP MASTER 1995
Alle Rechte vorbehalten

Herausgegeben von Frank Nowatzki und Peter Pennartz
Übersetzt aus dem Amerikanischen von Thomas Rach
Lektorat: Angelika Müller
Redaktion: Simone Salitter
Titelbild: 4000
Umschlaggestaltung und Layout: Erich Maas
Druck und Verarbeitung: TRIGGER, Berlin
Hardcover-Einband: Mikolai, Berlin

Veröffentlicht als
PULP MASTER Paperback ISBN 3-929010-38-0
PULP MASTER Hardcover ISBN 3-929010-39-9

VORWORT

von Gunter Blank

Irgendwann in den Zwanzigern, die Prohibition hatte gerade die »Roaring Twenties« in die Speak-Easies verbannt und Gangstern wie Al Capone und Dutch Schultz zu sprudelnden Einnahmequellen verholfen, tauchte ein Mann, der sich Paul Cain nannte, für kurze Zeit in New York auf und lieferte bei Cap Shaw, dem Herausgeber des legendären Pulp-Magazins Black Mask, ein paar Stories und einen Roman ab. Dashiell Hammett und Carroll John Daly hatten gerade das Hardboiled-Genre erfunden. Pulps fanden reißenden Absatz; auf dem Höhepunkt seiner Popularität verkaufte Black Mask mehr als 100.000 Hefte pro Monat. Für fünf Cent pro Wort bediente eine Armee von Pulp-Writern die niederen Instinkte des Publikums und sorgte für eine Revolution, die die amerikanische Literatur für immer veränderte. Cains Beitrag war schmal, aber nachhaltig. Selbst die Literaturkritik der New York Times, die als erste merkte, was sich hinter den grellbunten Covern der Groschenhefte anbahnte, war so beeindruckt, daß sie ins Stottern geriet: »Ein tobendes Chaos voller Blutvergießen und Wahnsinn, ein Tollhaus voll Mord und Irrsinn.«

Doch nicht nur die Unbarmherzigkeit, mit der Cain seine Leser von Blutbad zu Blutbad hetzte, sicherte ihm einen Platz in der Hall of Fame der Pulp-Writer. Er ergänzte die Galerie der schießwütigen Detektive von Hammett und Daly um die Figur des kriminellen Grenzgängers, der in der Grauzone zwischen Gesetz und Gangstern dafür sorgt, daß die Dinge nicht aus dem Ruder laufen; immer darauf bedacht, seinen Schnitt zu machen, auch wenn er am Ende froh sein kann, mit halbwegs heiler Haut davonzukommen. Mit schemenhaften Figuren wie Black, der für eine Handvoll Dollar zwei Kleinstadtbanden gegeneinander ausspielt, Shane, der seiner Jugendfreundin aus der Klemme hilft, oder Doolin, der aus der Rivalität zweier Drogengangs Kapital zu schlagen sucht, schuf er den Prototypen des amoralischen, zynischen Einzelgängers, der später von Jim Thompsons Doc McCoy über Richard Starks Parker bis zu James Ellroys Trashcan Jack Vincennes unzählige Male variiert wurde. Auch seine Stilisierung der Gangsterbosse zu morbiden Décadents, hat ihre Spuren in den Protagonisten der Neo-Noir-Kultur hinterlassen. Christopher Walkens altruistischer Drogenzar in Abel Ferraras »King of New York« läßt sich ebenso zu Cains lungenkranken Morphiumschmuggler Halloran zurückverfolgen wie Dennis Hoppers Frank in David Lynchs »Blue Velvet«.

Im Gegensatz zu seinen Protagonisten ist der Autor Cain fast so schnell wieder verschwunden, wie er aufgetaucht ist. Während Hammett und Chandler zu Ikonen der populären Kultur wurden, und Leute wie Daly oder Dent sich in die Anonymität der Suburbs zurückzogen bleibt Cain bis heute eine enigmatische Figur. Verbürgt ist, daß er 1902 als George Carroll Sims in Des Moines, Iowa zur Welt kam und 1966 in Hollywood starb. Zwar untermauerten Hardcover-Editionen von »Fast One« – zuvor als Fortsetzungsroman in Black Mask erschienen – und »Seven Slayers« – eine Short-Story-Sammlung bei Avon – seine Reputation als einer der besten und härtesten Pulp-Writer, doch wie viele seiner Kollegen nutzte er die Chance, diese Reputation Anfang der Dreißiger in Hollywood zu versilbern. Da er seine Pseudonyme so schnell wechselte wie seine Geliebten, zu denen angeblich auch einmal eine junge

Tänzerin namens Myrna Williams zählte, die er davon überzeugte, sich fortan Myrna Loy zu nennen, verliert sich seine Spur in den Autorenbüros der Universal-Studios – nicht ohne allerdings auch dort ein Glanzlicht hinterlassen zu haben.

Als Peter Ruric zeichnete er für das Drehbuch für Edgar Ulmers sinistre Version von »The Black Cat« (1934) verantwortlich. Wie die Pulp-Writer den Kriminalroman aus der Muffigkeit der viktorianischen Landhäuser auf die kalten Straßen der amerikanischen Metropolen holten, führte der Drehbuchautor Cain den Horrorfilm aus den romantischen Luftschlössern der Poes, Stokers und Shelleys in die Wirklichkeit des heraufziehenden Faschismus. Die eisige Höflichkeit seiner Pulp-Bösewichter hallt in der Stimme von Boris Karloff nach, der als reich gewordener Kriegsverbrecher sein Opfer Bela Lugosi zum tödlichen Duell verführt: »We shall play a little game, Vitus. A game of death, if you like.«

INHALT

TAUBENBLUT

Die Frau beugte sich weit über das Lenkrad ihres offenen Sportwagens. Ihre Augen – zu schwarzumränderten Schlitzen zusammengekniffen – blickten abwechselnd auf die feucht glänzende Straße und in den kleinen Rückspiegel über der Windschutzscheibe. Die beiden hellen Lichtkreise im Rückspiegel wurden zusehends größer. Langsam und mit gleichbleibendem Druck, trat sie auf das Gaspedal; außer dem Brausen des Windes und dem tiefen Dröhnen des kraftvollen Motors war nichts zu hören.

Plötzlich ein scharfes Krachen; auf der Windschutzscheibe erschien ein kleiner, milchiger Kreis. Die Frau trat das Gaspedal voll durch. Sie wurde blaß; jetzt waren ihre Augen groß, ernst und ängstlich, ihre Lippen fest zusammengepreßt. Die Reifen quietschten auf dem nassen Asphalt, als der Wagen sich dröhnend in eine langgezogene Kurve legte. Die Scheinwerfer des Wagens hinter ihr wurden immer größer.

Der zweite und dritte Schuß verfehlten ihr Ziel; einer ging ins Leere, der andere drang, ohne größeren Schaden anzurichten, in die Karosserie des Wagens ein, der vierte traf den linken Hinterreifen – der Wagen brach jäh aus und schleuderte halb über die Straße. Plötzlich, wie aus dem Nichts, helles, gelbes Licht am Straßenrand. Die Frau stieg auf die Bremse und riß das Lenkrad kräftig herum; laut knirschend schlitterten die Reifen über den Kies vor der Tankstelle, der Wagen kam zum Stehen, der andere raste mit fünfundsiebzig Meilen vorbei. Ein letzter Schuß schlug dumpf in die Rückenlehne des Beifahrersitzes ein, dann war der andere Wagen in der Dunkelheit verschwunden.

Zwei Männer kamen aus der Tankstelle gerannt, ein dritter

stand in der Tür. Die Frau saß regungslos in ihrem Sitz, die Augen weit aufgerissen; sie atmete schwer und unregelmäßig.

Einer der Männer legte seine Hand auf ihre Schulter und fragte: »Sind Sie in Ordnung, Lady?«

Sie nickte.

»Straßenräuber?« fragte der andere. Er war untersetzt, mittleren Alters und seine Augen funkelten neugierig.

Die Frau öffnete ihre Handtasche und nahm eine Zigarette heraus. Mit unsicherer Stimme erwiderte sie: »Nehme ich an.« Sie drückte auf den Zigarettenanzünder in der Konsole, wartete, bis er aufglühte, und hielt ihn dann an ihre Zigarette.

Der jüngere der beiden Männer untersuchte den hinteren Teil des Wagens. »Die haben den Tank getroffen«, sagte er. »Gut, daß Sie angehalten haben – Sie wären nicht mehr weit gekommen.«

»Ja – ich denke, es war eine gute Idee, anzuhalten«, sagte sie mechanisch. Sie nahm einen tiefen Zug von ihrer Zigarette.

»Das ist hier schon der dritte Überfall in dieser Woche«, sagte der andere Mann.

Die Frau wandte sich an den jüngeren: »Können Sie mir ein Taxi rufen?«

»Sicher«, sagte er. Dann kniete er sich neben den platten Reifen. »Schau mal, Ed – die haben ihn fast in zwei Hälften zerlegt.«

Der Mann, der in der Tür stand, rief: »Wollen Sie ein Taxi, Lady?«

Sie lächelte, nickte, und der Mann verschwand in der Tankstelle. Nach einer Minute erschien er wieder in der Tür und kam zum Wagen. »Es wird nicht lange dauern, Lady. Das Taxi wird gleich hier sein.«

Sie bedankte sich.

»Das hier ist eine der übelsten Strecken auf Long Island – wegen der Straßengangster.« Er lehnte sich gegen die Wagentür. »Haben die versucht, Sie von der Straße abzudrängen – oder haben sie einfach angefangen zu schießen?«

»Sie fingen einfach an zu schießen.«

»Wir haben eine Werkstatt hier, wollen Sie, daß wir Ihren Wagen reparieren?«

Sie nickte. »Wie lange wird es dauern?«

»Einige Tage. Wir müssen eine neue Windschutzscheibe von der Werksfiliale in Queens besorgen – und den Tank rausnehmen ...«

Sie zog eine Visitenkarte aus ihrer Handtasche, reichte sie ihm und sagte: »Rufen Sie mich an, wenn er fertig ist.«

Kurz darauf kam ein Taxi aus der Dunkelheit einer Seitenstraße gebogen und fuhr auf die Tankstelle. Die Frau stieg aus ihrem Wagen, ging zu dem Taxi und sprach mit dem Fahrer: »Kennen Sie eine Abkürzung nach Manhattan? Vorhin hat man versucht, mich zu überfallen, oben an der Hauptstraße, vielleicht lauern sie noch irgendwo. Ich verspüre wenig Lust, das nochmal zu erleben – ich will nach Hause.« Ihre Stimme klang eindringlich.

Der Fahrer, ein großer Ire mit gerötetem Gesicht, grinste und sagte: »Lady – ich kenn' 'ne Million Schleichwege. Bei mir sind Sie so sicher wie in Ihren eigenen vier Wänden.«

Mit einer leichten Bewegung der Hand verabschiedete sie sich von den drei Männern, die um ihren Wagen herumstanden, und stieg in das Taxi. Nachdem es außer Sichtweite war, zog der Mann, dem sie sie gegeben hatte, die Visitenkarte aus der Tasche, kniff die Augen zusammen und las laut vor: »Mrs. Dale Hanan – Fünf Acht Null Park Avenue.«

Der untersetzte Mann mittleren Alters nickte wissend. »Klar doch – habe sofort registriert, daß sie Klasse hat. Sie ist die Frau von Hanan – dem Millionär. Hat seinen Zaster mit Öl gemacht – Oklahoma. Sein Chauffeur hat mir erzählt, wie er angefangen hat – hatte keinen müden Cent, rein gar nichts, da hat er sich einfach in den großen Zeh geschossen und von der Unfallversicherung zehn Riesen kassiert und damit die Ausrüstung für sein erstes Bohrloch finanziert. Cleverer Bursche. Hat ein riesiges Anwesen unten in Roslyn.«

Der Mann, der die Visitenkarte hielt, nickte. »Das trifft sich prima«, sagte er. »Den können wir richtig abziehen.« Er steckte die Karte wieder in seine Tasche.

Als das Taxi Ecke Dreiundsechzigste und Park Avenue anhielt, stieg die Frau aus, bezahlte den Fahrer und hastete ins Haus. Von ihrem Apartment aus meldete sie ein Ferngespräch nach Roslyn, Long Island an; als die Verbindung hergestellt war, sagte sie: »Dale – man will mir an den Kragen. Ich wurde verfolgt, als ich zurück in die Stadt fahren wollte – man hat auf mich geschossen – ich habe fast den Wagen zu Schrott gefahren ... Ich weiß nicht, was ich tun soll. Selbst wenn ich Crandall jetzt anrufe und ihm sage, daß ich's nicht ernst gemeint habe, daß ich nicht zur Polizei gehen werde – er wird mich wahrscheinlich umbringen lassen, nur um auf Nummer sicher zu gehen ... Ja, ich werde zu Hause bleiben – ich habe Angst ... In Ordnung, Liebling. Wiedersehen.«

Sie legte auf, ging zu einem großen Tisch, goß sich Whiskey in ein hohes Glas, setzte sich hin und starrte es ausdruckslos an – ihre Hand zitterte ein wenig. Unvermittelt verzog sich ihr Mund zu einem schiefen Lächeln, sie hob das Glas an die Lippen und trank es in einem Zug aus. Dann stellte sie es auf den Boden, lehnte sich zurück und schaute auf ihre winzige Armbanduhr.

Es war zehn nach neun.

Ein paar Minuten nach zehn hielt eine viertürige, schwarze Packard-Limousine vor einem schmalen Gebäude aus hellgrauem Stein an der Vierundfünfzigsten Straße Ost; ein hochgewachsener Mann stieg aus, überquerte den Gehweg und drückte auf die Klingel. Der Wagen fuhr weiter. Als die Tür geöffnet wurde, trat der Mann in einen langen, hell erleuchteten Flur, gab Hut und Stock an der Garderobe ab und stieg eilig die niedrigen Stufen hinauf in die erste Etage. Sein Blick schweifte durch den großen, mit Menschen überfüllten Raum, dann durchquerte er ihn und begab sich in eine Ecke, gleich neben einem Fenster mit Blick auf die Vierundfünfzigste Straße, setzte sich an einen kleinen Tisch und lächelte den Mann, der ihm gegenübersaß, matt an.

»Mr. Druse, nehme ich an«, sagte er.

Der andere war etwa fünfzig, elegant gekleidet und sah, einem feinen Lebensstil entsprechend, sehr gepflegt aus. Seine kräftigen grauen Haare waren streng nach hinten gekämmt. Er ließ seine zusammengefaltete Zeitung auf den Tisch sinken und starrte nachdenklich auf den großen Mann.

»Mr. Hanan«, sagte er mit sehr tiefer und metallisch klingender Stimme.

Der große Mann nickte kurz, lehnte sich zurück und verschränkte die Arme vor seiner schmalen Brust. Er schien alterslos. Vielleicht war er fünfunddreißig, vielleicht fünfundvierzig; sein dünnes, farbloses Haar war kurz geschnitten, und sein langes und knochiges, braungebranntes Gesicht bildete den scharfen und kantigen Rahmen für braune Seehundaugen. Sein Mund war geschwungen und wirkte sehr lebhaft.

»Kennen Sie Jeffrey Crandall?« fragte er.

Druse betrachtete ihn einen Moment lang ruhig, ohne jeglichen Ausdruck im Gesicht, dann hob er seinen Kopf und nickte einem Kellner zu. Hanan bestellte einen Whiskey Sour.

»Ich kenne Mr. Crandall flüchtig«, sagte Druse. »Warum?«

»Vor etwa einer Stunde haben Crandall oder Crandalls Leute versucht, Mrs. Hanan umzubringen, nachdem sie von meinem Haus in Roslyn weggefahren ist.« Hanan beugte sich vor, seine Augen waren weit geöffnet und blickten besorgt.

Der Kellner servierte Hanans Whiskey Sour und plazierte eine kleine Flasche Perrier und ein kleines Glas vor Druse auf dem Tisch.

Langsam goß Druse das Wasser in sein Glas. »Ja, und?«

Hanan nippte an seinem Drink. »Das ist kein Fall für die Polizei, Mr. Druse. Wenn ich recht unterrichtet bin, interessieren Sie sich für Angelegenheiten dieser Art, deshalb habe ich mir die Freiheit genommen, Sie anzurufen und um dieses Treffen zu bitten. Ist das richtig?« Er war nervös und fühlte sich ganz offensichtlich unwohl.

Druse zuckte mit den Schultern. » *Welcher* Art? Ich weiß nicht, wovon Sie sprechen.«

»Es tut mir leid – ich glaube, ich bin ein wenig gereizt.« Hanan lächelte.

»Ich meine, ich kann mich doch auf Ihre Diskretion verlassen?«

Druse sah ihn finster an. »Ich denke schon«, sagte er ruhig. Er trank ein halbes Glas Perrier, betrachtete es dann argwöhnisch, als würde es fürchterlich schmecken.

Hanan lächelte nichtssagend. »Sie kennen Mrs. Hanan nicht?«

Druse schüttelte langsam den Kopf und drehte beständig sein Glas im Kreis.

»Wir leben schon seit ein paar Jahren getrennt«, fuhr Hanan fort. »Wir mögen uns noch immer sehr, sind sehr gute Freunde, aber wir kommen nicht besonders gut miteinander aus – zusammen. Verstehen Sie?«

Druse nickte.

Hanan nippte wieder an seinem Glas, sprach dann hastig weiter: »Catherine hatte schon immer eine ausgesprochene Schwäche fürs Glücksspiel. Bevor wir geheiratet haben, hat sie den Großteil ihres Erbes durchgebracht – ein ziemlich beträchtliches Erbe. Seit unserer Trennung hat sie so um die hundertfünfzehntausend Dollar verloren. Ich habe ihre Schulden selbstverständlich beglichen.« Hanan hüstelte. »Heute am frühen Abend hat sie mich in Roslyn angerufen und sagte, sie müsse mich sofort sehen – es sei außerordentlich wichtig. Ich bot ihr an, in die Stadt zu kommen, aber sie sagte, sie wolle lieber rauskommen. Gegen sieben kam sie.«

Hanan machte eine Pause, schloß die Augen. Mit zwei Fingern einer Hand rieb er sich bedächtig die Stirn. »Sie ist in eine unangenehme Sache mit Crandall verwickelt.« Er schlug seine Augen auf und ließ die Hand auf den Tisch sinken.

Druse trank sein Perrier, stellte das Glas ab und betrachtete Hanan aufmerksam.

»Vor ungefähr drei Wochen«, fuhr Hanan fort, »beliefen sich Catherines Schulden bei Crandall auf achtundsechzigtausend Dollar. In dem Irrglauben aller Spieler, Verluste wieder wettmachen zu können, hatte sie sehr viel riskiert. Sie scheute davor zurück, sich an mich zu wenden, da sie wußte, daß ich geschäftlich einige schwere Rückschläge erlitten hatte. Sie schob es immer wieder auf die lange Bank und versuchte, aus den roten Zahlen zu kommen, bis Crandall das Geld verlangte. Sie sagte ihm, sie könne nicht zahlen – und zusammen heckten sie einen Plan aus, das Geld zu beschaffen. Catherine besaß einen Satz Rubine – Edelsteine, so rot wie Taubenblut –, die schon seit fünf oder sechs Generationen im Besitz ihrer Familie waren. Sie sind vielleicht hundertfünfundsiebzigtausend wert – ihr Vater hat sie vor vierzig Jahren mit hundertfünfunddreißigtausend versichert, und die Versicherungsprämien sind seitdem immer gezahlt worden ...« Hanan trank seinen Whiskey Sour aus und lehnte sich in seinem Sessel zurück.

»Ich vermute«, sagte Druse, »der Plan sah vor, die Rubine verschwinden und Mrs. Hanan die Versicherungssumme einfordern zu lassen. Man hätte Crandall ausbezahlt und mit den restlichen siebenundsechzigtausend hätte man bis in alle Ewigkeit glücklich und zufrieden weitergelebt.«

Hanan hustete; sein Gesicht hatte sich leicht gerötet.

»Genau.«

»Ich vermute weiter«, sagte Druse, »daß die Versicherungsgesellschaft keinerlei Zweifel an der Rechtmäßigkeit der Forderung hatte, daß sie zahlte und daß Mrs. Hanan ihrerseits Crandall auszahlte.«

Hanan nickte. Er zog ein Etui aus Schildpatt aus der Tasche und bot Druse eine Zigarette an.

Druse schüttelte den Kopf und fragte: »Hat die Versicherungsgesellschaft ihre Detektive eingeschaltet – machen sie Crandall oder demjenigen, der die Arbeit für ihn erledigt hat, irgendwelche Schwierigkeiten?«

»Nein. Der Diebstahl war perfekt geplant. Ich glaube nicht, daß Crandall sich darüber den Kopf zerbricht.« Hanan zündete sich eine Zigarette an. »Wie verabredet, wollte Catherine ihre Rubine zurück.« Er beugte sich vor und stützte die Ellbogen auf den Tisch. »Crandall hat ihr Similisteine zurückgegeben, erst vor ein paar Tagen hat sie herausgefunden, daß sie nicht echt sind.«

Druse lächelte und sagte bedächtig: »In diesem Fall, würde ich sagen, ist wohl eher Crandall in eine unangenehme Sache mit Mrs. Hanan verwickelt und nicht umgekehrt.«

Hanan bewegte sein langes Kinn vor und zurück. »Wir sind in New York. Männer wie Crandall machen, was sie wollen. Catherine ist zu ihm gegangen, aber er hat sie nur ausgelacht; sagte, die Rubine, die er ihr gegeben habe, seien die gestohlenen Rubine gewesen. Es gab für sie nur einen Ausweg: zuzugeben, daß sie an dem Versicherungsbetrug beteiligt gewesen war. Das ist ja das Desaster – sie hat gedroht, genau das zu tun.«

Druse riß die Augen auf und starrte Hanan an.

»Catherine ist eine sehr impulsive Frau«, sprach Hanan weiter. »Sie war so wütend über den Verlust der Rubine und darüber, daß sie so zum Narren gehalten wurde, daß sie Crandall drohte. Sie sagte ihm, falls die Rubine nicht binnen dreier Tage wieder in ihrem Besitz seien, werde sie auspacken, sagen, daß er die Rubine gestohlen habe – auch auf die Gefahr hin, ihre Komplizenschaft aufdecken zu müssen. Natürlich würde sie das nie tun, aber sie war so verzweifelt und glaubte, dies sei ihre einzige Chance, Crandall einzuschüchtern und die Rubine zurückzubekommen – und er hat es ihr abgenommen. Seit ihrem Gespräch am Mittwoch ist man hinter ihr her. Morgen ist Samstag, also der dritte Tag. Auf ihrem Weg zurück in die Stadt heute abend wurde sie verfolgt, man hat auf sie geschossen – und sie fast umgebracht.«

»Hat sie nochmal versucht, mit Crandall Kontakt aufzunehmen?«

Hanan schüttelte den Kopf. »Stur, wie sie ist, hat sie nur darauf gewartet, daß er ihr die Rubine zurückgibt – bis zu diesem Zwischenfall heute abend. Jetzt hat sie Angst und sagt, es werde ihr nichts mehr nützen, mit Crandall zu reden, da er ihr nicht glaubt, und außerdem sei es ein Kinderspiel für ihn, sie aus dem Weg zu räumen.«

Druse winkte den Kellner heran und bat ihn, die Rechnung zu bringen.

»Wo befindet sie sich jetzt?«

»In ihrem Apartment – Dreiundsechzigste Ecke Park Avenue.«

»Was gedenken Sie in der Sache zu tun?«

Hanan zuckte nur mit den Achseln. »Deswegen wende ich mich ja an Sie. Ich weiß nicht, was ich tun soll. Freunde haben mir von Ihnen und Ihrer Tätigkeit erzählt ...«

Druse zögerte und sagte dann ruhig: »Lassen Sie mich meinen Standpunkt klarstellen.«

Hanan nickte und zündete sich eine weitere Zigarette an.

»Ich bin einer der wenigen noch vorhandenen Leute«, sagte Druse, »die tatsächlich daran glauben, daß man mit der Wahrheit am besten fährt. Die Wahrheit ist mein Geschäft – in erster Linie bin ich Geschäftsmann –, und ich fahre gut damit.«

Hanan grinste über das ganze Gesicht.

Druse beugte sich vor. »Ich bin kein Rechtsverdreher«, sagte er. »Meine Beziehungen sind weitreichend und unterschiedlichster Natur – ich bin in der glücklichen Lage, gewissen Einfluß ausüben zu können. Aber vor allem bin ich auf der Suche nach mehr Gerechtigkeit – ich meine wahre Gerechtigkeit und nicht die, die man in irgendwelchen *Büchern* findet – ich war lange Zeit Richter und ich kenne den Unterschied sehr genau.« Sein großflächiges Gesicht warf geradezu Falten, als er es zu einem Lächeln verzog.

»Und ich werde dafür bezahlt – *gut* bezahlt.«

»Interessiert Sie mein Fall?« fragte Hanan.

»Er tut es.«

»Würden fünftausend genügen, um mich Ihrer Dienste zu versichern?«

Druses breite Schultern ließen den Hauch eines Achselzuckens erkennen. »Sie schätzen die Rubine auf einen Wert von hundertfünfundsiebzigtausend«, sagte er. »Ich garantiere für die Rückgabe der Rubine und die Unversehrtheit von Mrs. Hanans Leben.« Erwartungsvoll sah er Hanan an. »Welchen Wert würden Sie Mrs. Hanans Leben beimessen?«

Verlegen runzelte Hanan die Stirn und zog seine Mundwinkel nach unten. »Das ist selbstverständlich unmöglich zu ...«

»Sagen wir noch einmal hunderfünfundsiebzig.« Druse lächelte nonchalant. »Das sind dann dreihundertfünfzigtausend. Ich arbeite auf Zehnprozentbasis – macht fünfunddreißigtausend –, ein Drittel davon im voraus.« Er lehnte sich zurück und hatte immer noch das nonchalante Lächeln im Gesicht. »Zehntausend sind als Vorschuß genug.«

Hanans verlegenes Stirnrunzeln war noch nicht aus seinem Gesicht gewichen. »Abgemacht«, sagte er und nahm ein Scheckbuch und einen Füllfederhalter aus seiner Tasche.

»Falls eines meiner Vorhaben scheitern sollte«, sprach Druse weiter, »werde ich Ihnen den Scheck natürlich zurückgeben.«

Hanan nickte mit dem Kopf, stellte ohne Zögern den Scheck aus und reichte das unleserliche Gekritzel über den Tisch. Druse zahlte die Getränke, notierte sich Hanans Telefonnummer und die Adresse von Mrs. Hanans Apartment. Sie stan-

den auf und gingen hinunter auf die Straße; Druse sagte
Hanan, daß er ihn in der nächsten Stunde anrufen werde und
stieg in ein Taxi. Hanan sah dem Taxi nach, wie es im nach
Osten fließenden Verkehr verschwand, zündete sich nervös
eine Zigarette an und ging in Richtung Madison Avenue.

»Sagen Sie ihr, Mr. Hanan schickt mich«, sagte Druse.

Die Telefonistin sprach in ihr Mikrofon, wandte sich dann
zu Druse. »Sie können raufgehen – Apartment 3 D.«

Als Reaktion auf ein langgedehntes »Herein« öffnete Druse
die Tür und betrat das Apartment. Catherine Hanan stand
am Salontisch. Mit einer Hand stützte sie sich auf, die andere
hatte sie in der Tasche ihres langen, blauen Hausmantels vergraben. Sie besaß die Schönheit einer Frau, die zu schnell und
heftig gelebt hatte. Ihr Teint war sehr dunkel, die schimmern-
den Augen waren groß und schwarz und beherrschten die her-
ben Züge ihres eher kleinen Gesichts. Ihr Mund war groß,
dunkelrot und sah nicht besonders kraftvoll aus.

Druse verbeugte sich leicht und sagte: »Guten Abend, wie
geht es Ihnen?«

Sie lächelte, und ihre Augen waren schwer, fast geschlossen.
»Großartig – und Ihnen?«

Er bewegte sich langsam in ihre Richtung, legte seinen Hut
auf den Tisch und fragte: »Können wir uns setzen?«

»Sicher.« Sie deutete mit dem Kopf auf einen Stuhl.

»Sie sind betrunken«, sagte Druse.

»Richtig.«

Er lächelte und seufzte sanft. »Ein empfehlenswerter Zustand.
Ich bedaure zutiefst, daß mein Magen mir dies versagt.« Er
blickte sich flüchtig in dem Zimmer um.

In einer recht dunklen Ecke in der Nähe eines Fensters, um
das schwere Vorhänge drapiert waren, lag ein Mann rücklings
auf dem Boden. Seine Arme waren rechts und links vom Kopf
ausgestreckt, seine Beine waren auf eine merkwürdige Art
gekrümmt, als wären sie gebrochen, und sein Gesicht war blu-
tig.

Druse hob seine buschigen, weißen Augenbrauen, und ohne
Mrs. Hanan anzusehen, fragte er: »Ist *er* auch betrunken?«

Sie lachte kurz auf: »Hm, hmm – in gewisser Weise.« Sie wies mit dem Kopf auf einen Golfschläger, der neben dem Mann auf dem Boden lag. »Er hat das siebener Eisen nicht vertragen.«

»Ein Freund von Ihnen?«

»Das bezweifle ich«, sagte sie. »Er ist von der Feuerleiter aus eingestiegen und hatte eine Waffe in der Hand. Zufällig habe ich ihn gesehen, bevor er mich gesehen hat.

»Wo ist die Waffe?«

»Ich habe sie.« Sie zog eine kleine, schwarze Automatik halb aus der Tasche ihres Hausmantels.

Druse ging hinüber, kniete sich neben ihn und hob eine Hand des Mannes. »Dieser Mann ist zweifellos tot«, sagte er langsam.

Mrs. Hanan stand da und starrte vielleicht eine halbe Minute schweigend auf den Mann am Boden. Ihr Gesicht war bleich und ausdruckslos. Dann ging sie unsicher zu einem Sekretär, nahm eine Whiskeyflasche und goß sich einen kräftigen Drink ein. »Das weiß ich«, sagte sie mit erstickender, fast flüsternder Stimme. Sie trank den Whiskey, drehte sich um, lehnte sich gegen den Sekretär und starrte Druse aus großen, leeren Augen an. »Ja und?«

»Jetzt reißen Sie sich mal zusammen und vergessen die Geschichte – wir müssen uns momentan mit wichtigeren Dingen beschäftigen.«

Druse erhob sich. »Wie lange? ...«

Sie zuckte zusammen. »Etwa eine halbe Stunde – ich wußte nicht, was ich tun soll ...«

»Haben Sie versucht, Crandall zu erreichen? Ich meine, als Sie heute abend nach Hause kamen und bevor das hier passiert ist?«

»Ja – er war nicht da.«

Druse ging zu einem Sessel und setzte sich. »Mr. Hanan hat mich mit diesem Fall beauftragt«, sagte er. »Würden Sie sich bitte setzen und mir ein paar Fragen beantworten? ...«

Sie sank in einen niedrigen Sessel in der Nähe des Sekretärs. »Sind Sie Detektiv?« Ihre Stimme klang noch immer sehr gedämpft und angespannt.

Druse lächelte. »Ich bin Anwalt, jedoch nicht unbedingt im juristischen Sinne.« Nachdenklich betrachtete er sie. »Wenn wir die Rubine zurückbekommen und dafür sorgen, daß Ihnen nichts passiert, und – « er räusperte sich, »wir Mr. Hanan dazu bewegen können, der Versicherung die Summe zurückzuerstatten, wäre das doch in Ihrem Sinne, richtig?«

Sie nickte, wollte etwas sagen.

Druse unterbrach sie: »Haben die Rubine – ich meine jetzt die Steine an sich – eine ganz besondere Bedeutung für Sie? Oder hatte dieses Theater, das Sie veranstaltet haben – diese Bedrohung Crandalls – weniger handfeste Gründe, Selbstachtung zum Beispiel oder ähnliches?«

Sie lächelte schwach und nickte. »Es ist mir ein Rätsel, wie es möglich ist, daß ich überhaupt noch irgendwelche Selbstachtung besitze. Ich habe mich furchtbar lächerlich gemacht – aber ich habe sie noch. Das Bewußtsein, so zum Narren gehalten worden zu sein – nachdem ich über hunderttausend Dollar an Crandall verloren habe – hat man mich dazu gebracht.«

Druse lächelte. »Die Rubine als solche«, sagte er, »ich meine die Rubine nur als Edelsteine, losgelöst von irgendwelchen ideellen Erwägungen – bedeuten Mr. Hanan also weitaus mehr, stimmt das?«

»Natürlich«, sagte sie. »Er war schon immer verrückt nach Edelsteinen.«

Druse kratzte sich nachdenklich an der Nasenspitze. Seine Augen waren geweitet und blickten ins Leere, seine vollen, aufeinandergepreßten Lippen krümmten sich in einem langen Bogen nach unten. »Sind Sie sicher, daß Sie verfolgt wurden, als Sie am Mittwoch Crandall verließen?«

»So sicher, wie man nur sein kann, wenn man es nicht genau weiß – es war eher ein Gefühl, verfolgt zu werden. Nachdem sich diese Vermutung bestätigt hatte, hätte ich natürlich schwören können, ein Dutzend Männer gesehen zu haben.«

»Hatten Sie früher schon mal so ein Gefühl«, fragte er, »ich meine, bevor Sie Crandall gedroht haben?«

»Nein.«

»Vielleicht haben Sie es sich einfach nur eingebildet, weil

Sie damit gerechnet haben, verfolgt zu werden – und es gab doch einen Grund, Sie zu verfolgen?«

Sie nickte. »Aber es ist ganz eindeutig, daß es heute abend keine Einbildung war.«

Druse beugte sich vor und stützte seine Ellbogen auf die Knie. Er sah sie eindringlich an und sagte sehr ernst: »Ich werde Ihre Rubine zurückholen, und ich kann für Ihre Sicherheit garantieren. Ich gehe sogar so weit, Ihnen zu versprechen, daß auch die Sache mit der Rückzahlung an die Versicherungsgesellschaft geregelt wird. Ich habe mit Mr. Hanan noch nicht darüber gesprochen, aber ich denke, er wird im Sinne der Gerechtigkeit entscheiden.«

Sie lächelte matt.

»Ich gebe Ihnen mein Wort«, fuhr Druse fort, »und als Gegenleistung möchte ich, daß Sie bis morgen früh genau das tun, was ich Ihnen sage.«

Ihr Lächeln wich einem schallenden und ziemlich betrunkenem Lachen. »Muß ich irgendwelche Babys vergiften?« Sie stand auf und goß sich einen Drink ein.

»*Das da*«, sagte Druse, »ist etwas, von dem ich *nicht* möchte, daß Sie es tun.«

Sie hob das Glas und sah ihn mit spöttischem Ernst an. »Sie sind ein Moralist«, sagte sie. »Und das hier ist etwas, das ich ganz *bestimmt* tun werde.«

Er zuckte leicht mit den Schultern. »Ich habe für Sie im Laufe des Abends eine äußerst wichtige und sehr delikate Aufgabe. Ich habe gedacht, es wäre das Beste.«

Für ein paar Augenblicke lächelte sie nicht ganz eindeutig, dann lachte sie, stellte das Glas ab und ging ins Badezimmer. Er lehnte sich bequem in seinen Sessel zurück und starrte an die Decke; seine Arme lagen auf den Lehnen, und seine großen, plumpen Finger spielten eine Tonleiter, die nur in seiner Einbildung existierte.

Kurz darauf kam sie wieder zurück. Sie hatte sich umgezogen und streifte sich Handschuhe über. Mit dem Kopf deutete sie auf den Mann am Boden, und einen Moment lang schwand die Gelassenheit, die ihr der Alkohol verliehen hatte, sie zitterte, ihr Gesicht war bleich und verzerrt.

Druse erhob sich und sagte: »Er wird wohl eine Weile bleiben müssen, wo er ist.« Er ging zum Fenster mit den schweren Vorhängen, hinter dem sich die Feuerleiter befand, schob einen Vorhang zur Seite und schloß es. »Wieviele Eingänge gibt es zu diesem Apartment?«

»Zwei.« Sie stand in der Nähe des Tisches. Sie zog die schwarze Automatik aus einer Tasche ihres Kostüms, nahm eine graue Handtasche aus Wildleder vom Tisch und legte die Automatik hinein.

Ausdruckslos beobachtete er sie. »Wie viele Schlüssel?«

»Zwei.« Sie lächelte, nahm zwei Schlüssel aus der Handtasche und hielt sie hoch. »Es gibt nur noch einen Hauptschlüssel – den des Verwalters.«

»Das ist gut«, sagte er, ging zum Tisch, nahm seinen Hut und setzte ihn auf. Sie gingen hinaus in den Flur und schlossen die Tür hinter sich ab. »Gibt es einen Seiteneingang zu dem Gebäude?«

Sie nickte.

»Dann nehmen wir besser den.«

Sie ging voran und führte ihn durch den Flur und drei Treppen hinunter zu einer Tür zur Dreiundsechzigsten Straße. Sie verließen das Gebäude, liefen über die Dreiundsechzigste zur Lexington Avenue und stiegen in ein Taxi; er sagte dem Fahrer, daß er sie zur Vierzigsten Straße Ecke Madison Avenue fahren solle, dann lehnte er sich zurück und sah aus dem Fenster.

»Wie lange sind Sie und Mr. Hanan schon geschieden?«

Die Antwort kam wie aus der Pistole geschossen: »Hat er behauptet, wir seien geschieden?«

»Nein.« Druse wandte sich ihr langsam zu, und ganz allmählich erschien ein Lächeln in seinem Gesicht.

»Warum glauben Sie dann, daß wir es wären?«

»Ich glaube es nicht. Ich wollte nur sichergehen.«

»Wir sind es *nicht*.« Sie sagte es sehr bestimmt.

Er wartete ab und schwieg.

Sie warf ihm von der Seite einen Blick zu und bemerkte, daß er darauf wartete, daß sie fortfuhr. Sie lachte weich. »Er will die Scheidung. Er hat mich vor einigen Monaten gebeten, in die Scheidung einzuwilligen.« Sie seufzte, spielte nervös mit ihren Händen im Schoß. »Das ist auch wieder eine von den Geschichten, auf die ich nicht sehr stolz bin – ich wollte es nicht. Ich weiß nicht genau, warum. Wir waren nie wirklich ineinander verliebt, und wir sind auch noch nicht sehr lange verheiratet – aber ich habe gewartet und gehofft, wir könnten etwas daraus machen ...«

Mit sanfter Stimme sagte Druse: »Ich glaube, ich verstehe – es tut mir leid, daß ich Sie danach fragen mußte.«

Sie gab keine Antwort.

Kurz darauf hielt das Taxi an. Sie stiegen aus, Druse bezahlte den Fahrer, und sie gingen quer über die Straße in ein Bürogebäude in der Mitte des Häuserblocks. In vertrautem Ton sprach Druse mit dem schwarzen Liftboy; in der fünfundvierzigsten Etage stiegen sie aus und gingen zwei schmale Treppen nach oben, dann durch eine schwere, stählerne Feuertür zu einer schmalen, brückenähnlichen Passage und kamen an deren Ende zu einem verschachtelten, zweigeschossigen Penthouse, das sich über die eine Hälfte des Dachs erstreckte. Druse drückte auf die Klingel, und ein junger, schmalgesichtiger Filipino ließ sie herein.

Druse ging voran und führte sie in einen sehr großen, hohen Raum, der die Länge und annähernd die Breite des Gebäudes hatte. Er war geschmackvoll und freundlich eingerichtet und öffnete sich nach einer Seite zu einer geräumigen Terrasse. Sie gingen durch den Raum auf die Terrasse, wo Liegestühle, mit Segeltuch bezogene Gartenschaukeln und eine Unmenge an Topfpflanzen und kleinerer Bäume standen. Auf dem gefliesten Boden lagen hier und da Kokosläufer. Eine große, buntgestreifte Markise nahm die ganze Breite der einen Seite ein. Auf der gegenüberliegenden Seite, dort, wo sich das Licht des Wohnzimmers in Dunkelheit auflöste, fiel der Boden unversehens ab – es gab weder ein Geländer noch eine Brüstung –, das nächste ebenso hohe Gebäude lag einige Häuserblocks entfernt.

Mrs. Hanan setzte sich und blickte auf die in der Ferne funkelnden Lichter des nördlichen Manhattans. Nur schwach, einer weit entfernten Brandung ähnlich, drang der Lärm der

Stadt zu ihnen herauf. »Es ist wunderschön«, sagte sie.

»Freut mich, daß es Ihnen gefällt.« Druse ging an den Rand der Terrasse und warf einen Blick in die Tiefe. »Ich habe nie ein Geländer anbringen lassen«, sagte er, »weil mich die Vorstellung des Todes reizt. Immer wenn ich deprimiert bin, schaue ich mir mein Sprungbrett ganz aus der Nähe an und werde daran erinnert, daß das Leben sehr schön ist.« Er starrte in den Abgrund und rieb sich sanft sein Kinn. »Nichts, über das man steigen, keine Fenster, die man erst öffnen müßte – man muß einfach nur weitergehen.«

Sie lächelte verkrampft. »Ein Moralist – dazu noch ein morbider. Haben Sie mich hierher mitgenommen, um mir einen Selbstmord nahezulegen?«

»Ich habe Sie hierher mitgenommen, damit Sie einfach nur dasitzen und dekorativ aussehen.«

»Und Sie?«

»Ich werde auf die Jagd gehen.« Druse kam zu ihr herüber und schaute sie eindringlich an. »Ich werde versuchen, mich zu beeilen. Der Diener wird Ihnen alles bringen, was Sie wünschen – sogar *guten* Whiskey, wenn Sie nicht darauf verzichten können. Der Ausblick wird Sie in seinen Bann ziehen – und drinnen finden Sie eine der ausgewähltesten Sammlungen von Büchern zum Themenkomplex Satanismus, Dämonologie und Schwarze Magie.« Er unterstrich seine Worte mit Bewegungen des Kopfes und der Augen. »Rufen Sie niemanden an – und vor allem, *bleiben* Sie hier, auch wenn ich mich verspäte.«

Sie nickte gedankenverloren.

Er ging zu den breiten Türen, die in das Wohnzimmer führten, drehte sich noch einmal um und sagte: »Ach, noch etwas – wer sind Mr. Hanans Anwälte?«

Sie sah ihn verwundert an. »Mahlon und Stiles.«

Er verabschiedete sich mit einer Handbewegung. »Bis später.«

»Bis dann«, sagte sie und lächelte, »und viel Glück bei der Jagd.«

Er ging ins Wohnzimmer, sprach kurz mit dem jungen Filipino und verließ das Penthouse.

Im Drugstore gegenüber ging er in eine Telefonkabine und

wählte die Nummer, die Hanan ihm gegeben hatte. Als Hanan abnahm, sagte er: »Ich habe sehr schlechte Nachrichten. Es war zu spät. Als ich ankam und in ihrem Apartment anrufen ließ, ist sie nicht ans Telefon gegangen –, ich habe mir dann mit ein paar Dollar Zutritt verschafft und habe sie gefunden – sie war tot ... Es tut mir furchtbar leid, guter Freund – Sie müssen's tragen wie ein Mann ... Ja – erwürgt.«

Druse grinste finster in sich hinein. »Nein, ich habe die Polizei noch nicht benachrichtigt – ich möchte die Dinge im Moment so belassen, wie sie sind –, ich werde Crandall aufsuchen und ihn so in die Enge treiben, daß er keinen Ausweg mehr findet. Ich werde ihn festnageln und dafür sorgen, daß er es auch bleibt, und ich werde die Rubine zurückbekommen ... Ich weiß, sie bedeuten Ihnen jetzt nicht mehr viel, aber das mindeste, was ich tun kann, ist, sie zurückzubringen und dafür zu sorgen, daß Crandall festsitzt und sich nicht herauswinden kann.« Er betonte den letzten Satz sehr energisch und sagte dann bis auf ein gelegentliches »Ja« oder »Nein« eine Zeitlang nichts mehr.

Schließlich fragte er: »Können Sie es einrichten, daß Sie gegen halb vier oder vier zu Hause sind? ... Ich würde mich dann bei Ihnen melden ... Ganz recht, ich weiß, wie Sie sich fühlen müssen – es tut mir furchtbar leid ... Ganz recht. Auf Wiedersehen.« Er hängte ein und ging hinaus auf die Vierzigste Straße.

Jeffrey Crandall war mittelgroß, er trug ein dünnes Oberlippenbärtchen und hatte weit auseinanderstehende graugrüne Augen. Er war konservativ gekleidet, und seine Erscheinung ähnelte der eines wohlhabenden Grundstücks- oder Börsenmaklers.

»Lange nicht gesehen«, sagte er.

Druse nickte beiläufig. Er saß in einem tiefen roten Ledersessel in Crandalls hochmodernem Büro, das an einen großen Raum in einem Apartmentgebäude in Midtown Manhattan grenzte, von dem aus Crandall derzeit seine ›Geschäfte‹ abwickelte. Er hob seinen Kopf und betrachtete eingehend die Bilder an der Wand.

»Irgendwas Besonderes?« Crandall steckte sich den kurzen

Stummel einer grünlichen Zigarre an.

»Etwas ganz Besonderes«, sagte Druse über die Schulter hinweg. Er war beim letzten Bild angelangt, einem schlichten Pastell von Degas. Mißbilligend wiegte er den Kopf und wandte sich wieder Crandall zu. Er zog eine kurzläufige Derringer aus der Innentasche seines Sakkos und hielt sie auf die Lehne seines Sessels gestützt, wobei die Mündung starr auf Crandalls Brust gerichtet war.

Crandalls Augen weiteten sich langsam; sein Mund stand ein wenig offen. Sehr langsam hob er eine Hand an den Mund und nahm den Zigarrenstummel heraus.

»Etwas ganz Besonderes«, wiederholte Druse. Seine vollen Lippen verzogen sich zu einem dünnen, kalten Lächeln.

Crandall stierte auf die Waffe. Als er zu sprechen begann, hörte es sich an, als kostete es ihn ungeheure Anstrengung, die Worte ruhig und gelassen zu formulieren: »Worum geht es überhaupt?«

»Es geht um Mrs. Hanan.« Druse schob seinen Hut aus der Stirn. »Es geht um dich, und es geht darum, daß du sie mit den Rubinen reingelegt hast – sie daraufhin gedroht hat, zur Polizei zu gehen –, und du sie heute nacht so um viertel nach zehn ermordet hast, weil du Angst hattest, sie würde es wirklich tun.«

Allmählich wich die Anspannung aus Crandalls Gesicht; er gab sich die größte Mühe zu lächeln. »Du bist verrückt«. Angst flackerte in seinen Augen, und im rauhen, hohlen Klang seiner Stimme lag Furcht.

Druse erwiderte nichts. Er wartete, während sich sein kalter Blick in Crandalls Augen bohrte.

Crandall räusperte sich, rutschte auf seinem Stuhl ein wenig nach vorn und setzte seine Ellbogen auf den breiten Schreibtisch.

»Vergiß die Klingel.« Druse warf einen kurzen Blick auf die schmale Reihe elfenbeinfarbener Druckknöpfe auf dem Schreibtisch und schüttelte den Kopf.

Crandall entfuhr ein tonloses Lachen, als ob die Vorstellung zu klingeln für ihn völlig absurd sei. »Punkt eins«, sagte er, »ich habe ihr die gestohlenen Steine zurückgegeben. Punkt zwei, ich habe ihr sowieso nicht abgekauft, daß sie alles ausquatschen wollte.« Er lehnte sich langsam zurück, und als er sein Selbstvertrauen wiedergewonnen hatte, sagte er gelassen, aber bestimmt: »Punkt drei, ich wäre wohl kaum so blöd, sie umzulegen, während ich diese ganze Sache am Hals habe.«

»Dein dritter Punkt«, sagte Druse, »interessiert mich. Die vertauschten Rubine, ihre Drohung auszupacken – damit könnte man dich ganz schön in die Pfanne hauen, stimmt's?«

Crandall nickte bedächtig.

»Das ist auch der Grund«, fuhr Druse fort, »warum ich nur Danksagungen bekommen werde, wenn ich dir jetzt eine Kugel ins Herz jage und damit die Lady räche. Du hast sie betrogen und schließlich umgebracht, weil du befürchten mußtest, sie würde singen.« Die Furcht kehrte in Crandalls Gesicht zurück. Er fing an zu sprechen.

Druse unterbrach ihn und redete weiter: »Solltest du nach deiner Waffe greifen wollen, würdest du mir sogar einen Gefallen erweisen. Denn damit wäre auch gewissen Überlegungen, ich hätte das Gesetz in meine Hände genommen oder so ähnlich, der Boden entzogen.«

Crandalls Gesicht war bleich, ausgelaugt. »Warum hast du ausgerechnet mich ausgesucht?« fragte er. »Was zum Teufel hast du gegen mich?«

Druse zuckte mit den Achseln.

»Du solltest gewisse Damen nicht dazu verleiten, Versicherungsgesellschaften zu betrügen...«

»Es war ihre Idee.«

»Dann hättest du das Ding mit den Rubinen nicht abziehen sollen.«

Crandall sagte: »Ich schwör's bei Gott! Ich habe ihr das Zeug zurückgegeben, das ich gestohlen habe!« Er sagte es sehr energisch und sehr ernst.

»Woher willst du das wissen? Woher willst du wissen, daß der Kerl, den du angeheuert hast, das Zeug zu klauen, die Steine nicht vertauscht hat?«

Crandall beugte sich vor. »Weil *ich* sie geklaut habe. Sie gab mir ihren Schlüssel, und während sie weg war, bin ich zum Seiteneingang rein und hab' sie mitgehen lassen. Ich habe sie die ganze Zeit nicht aus der Hand gegeben.«

Er nahm ein Feuerzeug vom Schreibtisch und zündete mit unsicherer Hand den Zigarrenstummel an. »Deswegen habe ich ihre Drohung auch nicht ernst genommen. Ich habe geglaubt, es wäre so eine Erpressernummer, die sie sich ausgedacht hat, um einen Teil ihrer Kohle zurückzubekommen. Sie hat genau die Steine zurückbekommen, die ich genommen habe – und wenn das nicht die echten waren, dann sind sie entweder vertauscht worden, bevor ich sie geklaut oder nachdem ich sie zurückgegeben habe.«

Druse starrte ihn vielleicht eine Minute lang schweigend an, grinste schließlich und sagte: »Vorher.«

Crandall sog lautstark an seiner Zigarre. »Wenn du mir also glaubst«, sagte er und warf einen Blick auf die Derringer, »wo liegt dann das Problem?«

»Das Problem dabei ist, daß du mächtig in der Klemme sitzen würdest, wenn ich dir nicht glauben würde.«

Crandall nickte und grinste kraftlos.

»Und das Problem ist, daß du dennoch mächtig in der Klemme sitzt, weil dir keiner sonst glauben wird.«

Crandall nickte erneut. Er lehnte sich zurück, zog ein Taschentuch aus seiner Brusttasche und tupfte sein Gesicht ab.

»Ich wüßte allerdings, wie du da rauskommen könntest.« Druse machte eine Handbewegung, und die Derringer pendelte an seinem Zeigefinger. »Nicht, weil ich dich besonders mag, oder du es besonders verdient hättest – nein, um der Gerechtigkeit willen. Wenn wir die Rubine zurückbekommen können – die echten Rubine –, kann ich den Mann entlarven, der sie tatsächlich umgebracht hat. Und ich denke, ich weiß, wo die Steine sind.«

Crandall saß weit nach vorn gebeugt, sein Gesicht wirkte lebhaft und interessiert.

»Ich will, daß du den besten Safeknacker ausfindig machst, den wir kriegen können.« Druse sprach mit sehr gedämpfter Stimme und sah Crandall eindringlich an. »Wir müssen an einen Tresor ran – ich denke mal, es wird ein Tresor sein –, draußen auf Long Island. Keine großartige Sache – wahrscheinlich wird es ein paar Hausangestellte geben, um die man sich kümmern muß, aber das war's dann auch schon.«

»Warum kann ich es nicht selber machen?« fragte Crandall. Er grinste ein wenig. »Du weißt doch, daß ich mal groß in diesem Geschäft war – bevor ich auf den Pfad der Tugend zurückgekehrt bin und einen Laden aufgemacht habe. Deshalb habe ich ja die Rubine auch selbst geklaut – damit mir keiner reinpfuschen kann.«

»In Ordnung«, sagte Druse.

»Wann?« Crandall erhob sich.

Druse steckte die Derringer zurück in seine Tasche. »Jetzt gleich – wo steht dein Wagen?«

Crandall deutete mit dem Kopf auf die Straße. Sie nahmen den Weg durch den menschenüberfüllten Spielsaal, gingen hinunter und stiegen in Crandalls Wagen. Als sie über die Queensborough Bridge fuhren, blickte Druse auf seine Uhr. Es war zwanzig Minuten nach zwölf.

Um drei Uhr fünfunddreißig drückte Druse auf die Klingel des Penthouses, nachdem er wie immer vergeblich nach seinem Schlüssel gesucht hatte. Der Filipino öffnete die Tür und sagte: »Es ist eine sehr heiße Nacht, Sir.«

Druse warf seinen Hut auf einen Stuhl und lächelte Mrs. Hanan, die in die kleine Eingangshalle gekommen war, traurig an. »Seit drei Monaten schon versuche ich, ihm Englisch beizubringen«, sagte er, »und alles, was er sagen kann, ist ›Ja, Sir‹ und ›Nein, Sir‹ und daß es heiß ist.« Er drehte sich zu dem Filipino, der übers ganze Gesicht grinste. »Ja, Tony, es ist eine sehr heiße Nacht.«

Sie gingen durchs Wohnzimmer hinaus auf die Terrasse. Dort war es kühl und fast dunkel; ein wenig Licht drang vom Wohnzimmer durch die breiten Türen.

»Ich hatte Sie schon fast aufgegeben«, sagte Mrs. Hanan.

Druse setzte sich und seufzte erschöpft. »Ich hatte einen sehr anstrengenden Abend – es tut mir leid, daß es so spät geworden ist.« Er sah zu ihr hoch.

»Hunger?«

»Vor Hunger schon gestorben.«

»Warum haben Sie sich von Tony nichts zubereiten lassen?«

»Ich wollte warten.« Sie hatte die Jacke ihres Kostüms ausgezogen und ihren Hut abgesetzt. Sie sah sehr anziehend aus in ihrem eleganten Tweedrock und der weißen, maskulin wirkenden Hemdbluse.

»Abendessen oder Frühstück, je nachdem, wird in ein paar Minuten fertig sein«, sagte Druse, »ich habe es für vier Uhr geordert.« Er stand auf. »Da fällt mir ein – wir werden einen Gast haben. Ich muß telefonieren.«

Er ging durch das Wohnzimmer, nahm vier breite, flache Stufen und betrat das kleine Eckzimmer, das er als Büro nutzte. Er setzte sich an den schweren Schreibtisch, zog das Telefon zu sich heran und wählte eine Nummer.

Hanan meldete sich. »Ich möchte«, sagte Druse, »daß Sie in mein Apartment im Pell Building kommen, jetzt sofort. Es ist sehr wichtig. Klingeln Sie unten – ich habe dem Liftboy gesagt, daß ich Sie erwarte ... Ich kann es Ihnen am Telefon nicht sagen – bitte kommen Sie allein, jetzt gleich.« Er legte auf und starrte eine Weile auf seine Hände, dann stand er auf, ging zurück auf die Terrasse und setzte sich.

»Wie haben Sie sich die Zeit vertrieben?«

Mrs. Hanan lag in einem der Liegestühle. Sie lachte nervös. »Mit dem Radio – habe versucht, mein Spanisch und Tonys Englisch zu verbessern –, habe an meinen Fingernägeln gekaut – und mich mit einem ihrer verdammten Dämonenbücher fast zu Tode gefürchtet.« Sie zündete sich eine Zigarette an. »Und Sie?«

Er lächelte in der Dunkelheit. »Ich habe fünfunddeißigtausend Dollar verdient.«

Sie richtete sich auf und fragte mit gespannter Ungeduld: »Haben Sie die Rubine bekommen?«

Er nickte.

»Hat Crandall viel Ärger gemacht?«

»Genügend.«

Sie lachte triumphierend. »Wo sind sie?«

Druse klopfte an seine Tasche und beobachtete ihr Gesicht im Schein der blaßorangenen Glut ihrer Zigarette.

Sie stand auf und streckte ihre Hand aus. »Kann ich sie sehen?«

»Sicher«, sagte Druse. Er zog ein langes, flaches Etui aus schwarzem Samt aus der Innentasche seines Sakkos und gab es ihr.

Sie öffnete das Etui und ging zur Tür, die in das Wohnzimmer führte, betrachtete dort den Inhalt im Licht und sagte: »Sie sind wahnsinnig schön, nicht wahr?«

»So ist es.«

Sie ließ das Etui zuschnappen, kam wieder zurück und setzte sich.

»Ich glaube«, sagte Druse, »ich sollte noch ein wenig länger auf sie aufpassen.«

Sie beugte sich vor und legte das Etui in seinen Schoß; er nahm es und steckte es zurück in seine Tasche. Ohne ein Wort zu wechseln, saßen sie da und blickten hinüber auf die Lichter der Häuser am East River. Nach einer Weile kam der Filipino auf die Terrasse und sagte, daß der Tisch gedeckt sei.

»Unser Gast kommt zu spät.« Druse erhob sich. »Ich habe es mir zur Regel gemacht, niemals mit dem Frühstück zu warten – mit allem, nur nicht mit dem Frühstück.«

Zusammen gingen sie durch das Wohnzimmer in das schlicht eingerichtete Speisezimmer. Der weiß und silbern glänzende Tisch war für drei gedeckt. Sie setzten sich, und der Filipino brachte eisgekühlte Früchte in sehr schmalen, hohen Cocktailgläsern herein. Sie hatten gerade mit dem Essen begonnen, als es an der Tür klingelte. Der Filipino warf Druse einen Blick zu, Druse nickte und sagte: »Bitte den Gentleman herein.« Der Filipino verschwand, dann waren Stimmen in der Eingangshalle zu hören, und Hanan stand in der Tür.

Druse erhob sich. »Sie müssen verzeihen, daß wir schon angefangen haben«, sagte er, »Sie haben sich ein bißchen verspätet.« Mit einer Hand deutete er auf den leeren Stuhl.

Breitbeinig, mit starr herunterhängenden Armen stand Hanan in der Tür. Er sah aus, als wäre er in dieser Stellung eingefroren worden. Sein Blick heftete sich auf Mrs. Hanan. Seine Augen waren weit aufgerissen und ohne jeglichen Ausdruck, sein dünner Mund war nur noch eine harte, gerade Linie. Urplötzlich fuhr seine rechte Hand unter seine linke Achsel.

In scharfem Ton sagte Druse: »Bitte setzen Sie sich.« Es

schien, als hätte er sich kaum bewegt, und doch glitzerte die kurze Derringer in seiner Hand.

Mrs. Hanan wollte aufstehen. Sie war leichenblaß; ihre Hände verkrampften sich in dem weißen Tischtuch.

Sachte ließ Hanan seine Hand nach unten sinken. Er starrte auf die Derringer und verzog den Mund zu einem gequälten Lächeln, dann bewegte er sich langsam auf den leeren Stuhl zu und setzte sich.

Druse sah den Filipino, der Hanan gefolgt war, an und sagte: »Nimm die Waffe des Gentlemans, Tony – und bring dann seinen Cocktail.« Er setzte sich und hielt die Derringer unbeweglich vor sich auf dem Tisch.

Der Filipino ging zu Hanan, tastete vorsichtig dessen Jacke ab, zog eine kleine, schwarze Automatik hervor und brachte sie Druse. Dann ging er durch die Schwingtür in die Küche. Druse steckte die Automatik in seine Tasche. Den Blick auf Mrs. Hanan gerichtet, sagte er: »Ich werde Ihnen eine Geschichte erzählen. Wenn ich fertig bin, können Sie beide miteinander reden, soviel Sie wollen – ich bitte Sie nur, mich nicht zu unterbrechen.«

Er lächelte, jedoch nur mit seinem Mund – der Rest seines Gesichts wirkte wie versteinert. Seine Augen fixierten Hanan. »Ihr Mann will seit einiger Zeit die Scheidung«, sagte er. »Sein vordringlichster Grund ist eine Dame – ihr Name spielt hier keine Rolle –, die ihn heiraten möchte, und die er heiraten möchte. Er hat Ihnen nichts von ihr erzählt, weil er, vielleicht zu Recht, befürchtete, daß eine Einigung eher verzögert als beschleunigt werden würde, wenn Sie davon wüßten ...«

Der Filipino kam mit einem Cocktail aus der Küche und stellte ihn vor Hanan auf den Tisch. Hanan verharrte regungslos und sah auch nicht hoch. Er wandte den Blick nicht von den Blumen in der Mitte des Tischs. Der Filipino lächelte Druse und Mrs. Hanan verlegen an, dann verschwand er wieder in der Küche.

Druse entspannte sich ein wenig und lehnte sich zurück; die Derringer war noch immer beharrlich auf Hanan gerichtet.

»In der Hoffnung, stichhaltige Gründe für eine Scheidungsklage geliefert zu bekommen«, fuhr Druse fort, »ließ er Sie einen Monat oder noch länger beschatten – ohne Erfolg, wie ich wohl nicht hinzuzufügen brauche. Nachdem Sie Crandall gedroht hatten, entdeckten Sie plötzlich, daß Sie verfolgt wurden und vermuteten natürlich Crandall dahinter.«

Er machte eine Pause. Einen Moment lang war es vollkommen still, nur der gedämpfte, ferne Lärm der Großstadt und Hanans schnelles, regelmäßiges Atmen waren zu hören.

Druse wandte sich Mrs. Hanan zu. »Nachdem Sie Mr. Hanan gestern abend in Roslyn verlassen hatten, kam ihm der Gedanke, daß das eine einmalige Chance wäre, Sie loszuwerden, ohne dabei selbst in Verdacht zu geraten. Sie wollten sich auf keinen Fall von ihm scheiden lassen – und es sah nicht so aus, als könnte er die Scheidung auf Grund irgendwelcher Verfehlungen Ihrerseits erzwingen. Und jetzt hatten Sie Crandall gedroht – man würde folgerichtig Crandall verdächtigen, falls Ihnen etwas zustoßen sollte. Mr. Hanan setzte seine Männer auf Sie an, die Männer, die Sie beschattet haben, als Sie das Anwesen in Roslyn verließen. Sie waren wenig erfolgreich.«

Druse lächelte ein wenig. Mrs. Hanan hatte ihre Ellbogen auf den Tisch und ihr Kinn in die Hände gestützt; ihr Blick wich nicht von Hanans Gesicht.

»Er konnte unmöglich zur Polizei gehen«, sprach Druse weiter, »die hätte Crandall verhaftet oder ihn beobachten lassen, und das hätte den ganzen Plan ruiniert. Und die Geschichte mit den Rubinen wäre ans Licht gekommen. Das war das Letzte, was er wollte«, das Grinsen in Druses Gesicht wurde breiter, »denn er selbst hatte die Rubine vertauscht – vor einiger Zeit.«

Mrs. Hanan drehte ihren Kopf, um Druse anzusehen; ganz allmählich erschien auch auf ihrem Gesicht ein breites Grinsen.

»Sie haben nicht bemerkt, daß Ihre Rubine Fälschungen waren«, sagte er, »weil diese Möglichkeit für Sie nie in Betracht kam. Erst als Crandall sie zurückgegeben hatte, schöpften Sie Verdacht und fanden heraus, daß sie nicht echt waren.« Er warf einen Blick auf Hanan, und das Lächeln verschwand aus seinem Gesicht, ließ es hart und ausdruckslos zurück. »Mr. Hanan ist *in der Tat* ›verrückt nach Edelsteinen‹.«

Hanans dünner Mund zuckte leicht; unablässig starrte er auf die Blumen.

Druse seufzte. »Und das ist die Situation, in der wir Mr. Hanan gestern abend vorfinden, mit mehreren guten Gründen, Ihr, sagen wir mal, Verschwinden zu wünschen und der Aussicht, den Verdacht auf Crandall lenken zu können. Das einzig wirkliche Problem war, eine dritte, glaubwürdige Person zu finden, der er seine Geschichte auftischen konnte – oder zumindest so viel davon, daß es seinen Zwecken dienlich wäre.«

Mrs. Hanan saß jetzt so, daß sie Hanan direkt ansehen konnte. Ihre Augen waren halb geschlossen, und ihr Lächeln war sehr bitter und sehr seltsam.

Druse erhob sich langsam und sprach weiter: »Er hatte den glücklichen Einfall, mich anzurufen – oder besser, die Eingebung. Meine Art zu arbeiten und mich dabei zwischen Gesetz und Unterwelt zu bewegen, machten mich zum idealen Handlanger. Er verabredete sich mit mir und richtete es so ein, daß einer seiner Männer Ihnen über die Feuerleiter einen Besuch abstattete, während wir die Angelegenheit besprachen. Die weitere logische Entwicklung wäre dann folgendermaßen verlaufen: ich hätte Sie, nachdem Hanan und ich uns getrennt hatten, aufgesucht und Sie bereits tot vorgefunden. Auf Grund der Informationen, die er mir über Crandall gegeben hatte, hätte ich sofort gehandelt. Mein Einfluß und meine Aussage hätten zu einer schnellen Verurteilung Crandalls geführt. Für Mr. Hanan wäre das besser als eine Scheidung gewesen. Er hätte die Rubine, und die Tatsache, daß er sie vertauscht hatte, wäre niemals aufgedeckt worden. Und er hätte«, Druse grinste säuerlich, »den Scheck wieder, den er mir als Vorschuß gegeben hat. Da ich in der Erfüllung der beiden vertraglich vereinbarten Punkte versagt hätte, würde ich ihn natürlich zurückgeben.«

Hanan lachte plötzlich los; ein gequältes, gellendes Lachen.

»Es ist sehr amüsant«, sagte Druse, »alles hätte wunderbar geklappt, wenn Sie«, er sah Mrs. Hanan an, »den Mann, der über die Feuerleiter in Ihr Apartment eingedrungen ist, nicht zufällig gesehen hätten, bevor er Sie gesehen hat. Den Mann, auf dessen Rückkehr Mr. Hanan ungeduldig gewartet hat. Der Mann«, für den Bruchteil einer Sekunde blinzelte er mit einem seiner Augenlider, »der die ganze Sache vor etwas weniger als einer Stunde zugegeben hat.«

Druse griff in seine Innentasche und zog das schwarze, samtbezogene Juwelenetui heraus, klappte es auf und legte es auf den Tisch. »Die habe ich in Ihrem Safe in Roslyn gefunden«, sagte er. »Ihre Angestellten dort haben sehr energisch protestiert – so energisch, daß ich gezwungen war, sie zu fesseln und in den Weinkeller zu sperren. Mittlerweile dürfte es ihnen dort sehr unbequem geworden sein – ich werde mich darum kümmern müssen.«

Er senkte seine Stimme und sprach mit dezent-monotonem Unterton. »Und die Dame Ihres Herzens war ebenfalls da. Auch sie erhob energisch Einwände, bis ich ein ausführliches Gespräch mit ihr hatte, in dem ich sie davon überzeugte, daß es ein Irrtum war, eine – nennen wir es mal – Zuneigung zu einem Mann ihrer Passion zu hegen. Sie schien sehr verängstigt bei dem Gedanken, in diesen Fall verwickelt zu werden – ich befürchte, es dürfte ziemlich schwierig werden, sie zu finden."

Druse seufzte, senkte langsam seinen Blick auf die Steine und berührte den größten von ihnen vorsichtig mit einem Finger. »Und somit«, sagte er, »um diese unschöne und bedauerliche Geschichte zu beenden – übergebe ich Ihnen Ihre Rubine –«, er hob eine Hand und wies in Mrs. Hanans Richtung, »und Ihre Frau – und jetzt hätte ich gerne Ihren Scheck über fünfundzwanzigtausend Dollar.«

Hanan bewegte sich plötzlich sehr schnell. In ein und derselben Bewegung schoß er hoch und nach vorn, griff unter den Rand des Tisches und kippte ihn um; das Porzellan und Silber schepperten zu Boden. Die Derringer spuckte los, aber die Kugel schlug dumpf im Tisch ein. Hanan krümmte sich, seine Augen waren stumpf, seine Oberlippe legte die Zähne bloß, er richtete sich auf, drehte sich blitzschnell um und rannte durch die Tür ins Wohnzimmer.

Mrs. Hanan lehnte an der großen Anrichte; sie hielt die Hände vor den Mund, ihre Augen waren sehr weit aufgerissen. Sie gab keinen Laut von sich.

Druse stürzte Hanan hinterher, blieb aber an der Tür stehen. Hanan stand gebückt in der Mitte des Wohnzimmers. Hinter ihm stand, eingerahmt von der Dunkelheit der Eingangshalle, der Filipino; in seiner Hand blitzte ein gebogenes Messer, sein gelbes Gesicht hatte einen unbeugsamen, bedrohlichen Ausdruck angenommen. Hanan rannte hinaus auf die Terrasse, und Druse folgte ihm. Im schwachen Schein des Wohnzimmers konnte er sehen, wie Hanan nach links losstürzte, auf die Mauer traf und sich in wildem Zickzack dem äußeren Ende der Terrasse, dem Abgrund, näherte.

»Vorsicht!« brüllte Druse und rannte nach vorn; einen Moment lang hob sich Hanans Silhouette vom Violett der Morgendämmerung ab, dann stürzte er mit einem rauhen, erstickenden Schrei hinunter.

Einen Augenblick stand Druse nur da und starrte dumpf nach unten. Er zog ein Taschentuch heraus und wischte sich über die Stirn, dann drehte er sich um, ging ins Wohnzimmer und warf die Derringer auf den großen Wohnzimmertisch. Der Filipino stand noch immer in der Tür. Druse nickte ihm zu, worauf er sich umdrehte und durch die dunkle Eingangshalle in die Küche ging. Druse ging zur Tür des Eßzimmers; Mrs. Hanan stand noch immer mit dem Rücken zur Anrichte, die Hände vor ihrem Mund, und ihre weit aufgerissenen Augen starrten ins Leere. Er drehte sich um und ging eilig die breiten Stufen hinauf in sein Büro, nahm das Telefon und wählte eine Nummer. Als die Verbindung hergestellt war, fragte er nach MacCrae.

Kurz darauf war MacCrae am Apparat; Druse sagte: »Du findest einen Toten in Mrs. Hanans Apartment, Dreiundsechzigste Ecke Park Avenue, Mac. Sie hat ihn getötet – Notwehr. Seinen Komplizen findest du wahrscheinlich unten auf der Straße vor meinem Haus, er wartet darauf, daß sein Boß auftaucht ... Ja, sein Boß war Hanan – er ist gerade runter – hat den anderen Weg genommen ... Ich werde veranlassen, daß man Anklage gegen Hanan wegen versuchten Mordes erheben läßt und dir alles erklären, wenn du hier bist ... Jaaa – beeil dich ...«

Er hängte ein und ging hinunter ins Eßzimmer, stellte den

Tisch wieder an seinen Platz, sammelte die Rubine ein und
legte sie zurück in das Etui. »Ich habe einen Freund von mir
angerufen, der für Mahlon und Stiles arbeitet«, sagte er. »Wie
Sie wahrscheinlich wissen, hat Mr. Hanan nie ein Testament
gemacht.« Er lächelte. »Er hat die Vorstellung, tot zu sein, so
gehaßt, daß ihm der Gedanke an ein Testament äußerst zuwi-
der war.«

Er hob ihren Stuhl auf, und sie bewegte sich langsam darauf
zu und setzte sich.

»Sobald der Nachlaß geregelt ist, erwarte ich Ihren Scheck
in Höhe von einhundertfünfunddreißigtausend Dollar, ausge-
stellt auf die Versicherungsgesellschaft.«

Sie nickte gedankenverloren.

»Diese hier«, er deutete auf das Juwelenetui, »sind bis dahin
bei mir besser aufgehoben, glaube ich.«

Sie nickte erneut.

Er lächelte. »In freudiger Erwartung sehe ich auch dem
Erhalt Ihres Schecks über fünfundzwanzigtausend Dollar ent-
gegen – dem Rest der Summe, für die ich meine Dienste zur
Verfügung gestellt habe.«

Sie drehte langsam den Kopf und sah zu ihm hoch. »Ein
Moralist«, sagte sie, »morbid und hinter dem Geld her.«

»Hinter dem Geld her wie der Teufel hinter den Seelen!« Er
nickte kräftig mit dem Kopf.

Sie sah auf ihre winzige Armbanduhr und sagte: »Genauge-
nommen ist es noch nicht Morgen – aber ich hätte jetzt nichts
lieber als einen Drink.«

Druse lachte. Er ging zur Anrichte, nahm eine gedrungene
Flasche und Gläser heraus und goß zwei große Drinks ein. Er
brachte ihr ein Glas, hob das andere gegen das Licht und betrachtete es blinzelnd.

»Trinken wir auf das Verbrechen.«

Sie tranken.

EINS, ZWEI, DREI

Ich war schon fast eine Woche in Los Angeles und wartete darauf, daß dieser Healey auftauchen würde. Nach meinen Informationen hatte er eine Eisenbahngesellschaft in Quebec mit einem Haufen fauler Optionsgeschäfte um ungefähr einhundertfünfzig Riesen erleichtert. Ein hübsches Sümmchen.

Meine Informationen besagten weiter, daß er sich Richtung Westen bewegte und eine große Schwäche fürs Kartenspiel hatte. So wie ich auch.

Ich nehme drei, bitte.

In Chicago hatte ich ihn um vielleicht zwei Stunden verpaßt und verbrachte den Tag damit, sämtliche Fahrkartenschalter abzuklappern und mich beim Verkaufspersonal einzuschleimen. Ich fand schließlich heraus, daß Healey eine Fahrkarte nach L.A. gekauft hatte; also machte ich mich auf die Socken dorthin und wartete erst mal ab.

Passe.

Zufällig lernte ich Sonntag nachmittag in der Empfangshalle des Roosevelt einen Schnüffler der Eastern Investigators Inc. namens Gard kennen. Wir nahmen einige Drinks und sprachen über dies und das. Er war an die Küste gekommen, um einen gewissen Healey zu finden. Er wollte nicht so recht mit der Sprache rausrücken, wer der Auftraggeber war, aber Eastern übernimmt meist Fälle von vermißten Personen, Scheidungen und ähnlichen Kram.

Montag morgen rief mich Gard an und sagte mir, die Aussenstelle seines Vereins in Salt Lake City habe Healey in Caliente, Nevada ausfindig gemacht. Er sagte, er habe gedacht, daß ich es vielleicht gerne wissen würde. Ich antwortete ihm, daß ich nicht interessiert sei und bedankte mich, dann besorgte ich mir einen Mietwagen und fuhr hoch nach Caliente.

Gegen vier Uhr nachmittags kam ich dort an und entdeckte Healey in der zweiten Kneipe, in die ich ging. Er saß mit fünf Einheimischen beim Pokern, und ich dachte mir, wenn es stimmte, was man über diese Leute sagte, könnte ich mir eine Menge Zeit lassen.

Healey war ein kräftig gebauter Mann mit rundem, fröhlichen Gesicht und einer weichen, rosigen Haut. Sein Mund war schlaff und feucht vom übermäßigen Speichelfluß. Seine Augen waren hellblau; ich glaube, es waren die kleinsten Augen, die ich je gesehen habe. Sie standen sehr weit auseinander.

Mal gewann er, mal verlor er; es hielt sich ziemlich die Waage, aber das Spiel war keinen Cent wert. Die Heimmannschaft bestand aus alten Säcken, die nichts riskierten, und das einzige, was Healey bei Laune hielt, war sein Glück. Schließlich scheuchte er zwei von ihnen bei einem Pott von siebzig oder achtzig Dollar aus der Runde, und das bereitete ihm solche Freude, daß er aufstand, zur Bar kam und einige Drinks für die Kerle am Tisch bestellte. Er selbst nahm Limonade.

»Entschuldigen Sie«, sagte ich, »habe ich Sie nicht schon mal bei Lonnie Thompson in Detroit gesehen?« Lonnie hat ein Wettbüro, und die meisten meiner Informationen über Healey stammten von ihm.

Er lächelte und sagte: »Kann sein«, dann fragte er mich, was ich trinken wolle.

Ich bestellte Whiskey.

Er erkundigte sich, wie lange ich schon in der Stadt sei. Ich antwortete, daß ich gerade erst aus L.A. angekommen sei, um mir anzuschauen, was hier so laufe, daß es mich nicht vom Hocker reiße, und ich wahrscheinlich noch am selben Abend oder nächsten Morgen wieder nach L.A. zurückfahren werde.

Ich spendierte ihm noch eine Limonade und trank noch einen Whiskey. Wir sprachen über Detroit. Nach einer Weile ging er zurück an den Tisch und setzte sich wieder.

Das sollte für den Anfang reichen. Ich würde ihm als einer von den Jungs im Gedächtnis bleiben. Ich ging raus, fuhr ein paar Häuserblocks weiter zum Pine Hotel und nahm mir ein Zimmer. Das Pine war praktisch das einzige Hotel in der

Stadt, aber um sicherzugehen, blätterte ich im Gästebuch etwa einen Tag zurück und entdeckte Healeys Namen. Dann ging ich nach oben, wusch mich und legte mich hin, um eine Zigarette zu rauchen und mir einen Plan zurechtzulegen.

Laut Lonnie Thompson war Healey jemand, der Bares liebte – er trug seinen ganzen Zaster in Scheinen oder Travellerschecks mit sich herum. Ich konnte mich nicht unbedingt darauf verlassen, aber das reichte mir erst einmal. Die Hauptsache war, ihn nach L.A. und dort in einen oder zwei oder drei Läden zu bekommen, wo ich ihn auseinandernehmen konnte.

Ich muß fast eine Stunde geschlafen haben, denn als ich aufwachte, war es dunkel. Jemand klopfte an die Tür, und ich stand auf, stolperte durchs Zimmer, machte das Licht an und öffnete. Ich war zu müde, um Healey einen großartigen Empfang bereiten zu können – ich murmelte etwas von hereinkommen und sich hinsetzen, dann ging ich ans Waschbecken und wusch mein Gesicht mit kaltem Wasser.

Als ich mich wieder umdrehte, saß er auf dem Bett und sah vollkommen verstört aus. Ich bot ihm eine Zigarette an, und er nahm eine. Seine Hand zitterte.

»Tut mir leid, daß ich Sie aufgeweckt habe«, sagte er.

»Das ist schon in Ordnung«, erwiderte ich, und dann beugte er sich nach vorn und flüsterte:

»Ich muß sofort von hier verschwinden. Sagen Sie mir, wieviel Sie dafür verlangen, wenn Sie mich runter nach Los Angeles bringen.«

Ich fiel fast vom Stuhl. Mein erster Impuls war, laut loszubrüllen und ›Klar‹ zu schreien und ihn dann nach unten in den Wagen zu verfrachten; aber vor irgend etwas hatte er Angst, und wenn jemand Angst hat, ist das eine wunderbare Gelegenheit, ihn so richtig auszuquetschen.

Ich hielt ihn etwas hin. »Oh, das ist in Ordnung«, sagte ich etwas zögerlich.

»Hören Sie ...«, sagte er, »ich bin Samstag morgen hierhergekommen. Ich wollte hier nur so lange wie nötig bleiben, um eine von diesen schnellen Scheidungen nach den Gesetzen Nevadas beantragen zu können. Seit sechs Wochen ist meine Frau hinter mir her und versucht, mich mit einer dummen

Geschichte zu erpressen«, fuhr er fort. »Sie ist hier. Als ich vorhin zurück ins Hotel kam, ist sie in mein Zimmer gekommen und hat eine ihrer Shows abgezogen.«

Ich dachte, daß ich nun wußte, wer Gards Auftraggeber war.

»Sie ist am Nachmittag angekommen. Sie hat das Zimmer neben meinem.«

Er machte eine derart lange Pause, daß ich verhalten lachte und fragte: »Ja und?«

»Ich muß untertauchen, schnell«, sprach er weiter. »Sie ist eine schlechte Schauspielerin. Als sie in mein Zimmer gekommen ist, hat sie versucht, mir was vorzugaukeln. Sie hatte einen Kerl dabei, der angeblich ihr Bruder sein soll, und der ist auch ein schlechter Schauspieler. Sie haben gesagt, sie würden zurück nach L.A. fahren. Als ich zurückkam, habe ich Ihren Namen im Gästebuch gelesen und gedacht, vielleicht könnten Sie mich mitnehmen. Ich kann unmöglich hier einen Wagen mieten, und vor Mitternacht fährt kein Zug.«

Aus seiner Tasche zog er das fetteste Bündel zusammengerollter Geldscheine, das ich je gesehen hatte, und schälte ein paar Scheine davon ab. »Wenn es eine Frage des Geldes ist ...«

Mit einem, wie ich hoffte, würdevollen Kopfschütteln wehrte ich ab. »Ich hatte mich sowieso schon entschieden, heute nacht zurückzufahren. Es wird mir ein Vergnügen sein, Sie mitzunehmen, Mr. Healey«, sagte ich, stand auf und zog meinen Mantel an. »Was ist mit Ihren Sachen?«

Verwirrt sah er mich an, und erst als ich »Gepäck« sagte, erwiderte er: »Das ist in Ordnung – ich lasse es hier.« Er lächelte wieder. »Ich reise mit wenig Gepäck.«

Am Treppenabsatz flüsterte er: »Sie tun mir wirklich einen Riesengefallen.« Dann fiel ihm ein, daß er sich noch einmal in sein Zimmer schleichen müsse, um etwas zu holen, und sagte, er werde mich am Wagen treffen. Ich beschrieb ihm, wo der Wagen stand. Seine Hotelrechnung, sagte er, sei schon bezahlt.

Ich fuhr nach unten und ließ mir meine Rechnung geben.

Mein Wagen stand eingezwängt zwischen einem Ford Lieferwagen und einem hellblauen Chrysler Sportwagen. Vor dem Sportwagen war noch massig Platz, also ging ich hin, löste die Handbremse und schob ihn etwa zweieinhalb Meter nach vorn. Dann stieg ich in meinen Wagen, lehnte mich zurück und wartete.

Die ganze Geschichte, bei der es, wie Healey mir anvertraut hatte, um Erpressung oder so ging, und die ihn zu Tode ängstigte, sah ziemlich übel aus. Erst sagte er, er wolle sein Gepäck nicht mitnehmen, und dann wiederum mußte er nach oben in sein Zimmer, um etwas zu holen. Er würde riskieren, seiner Frau nochmals über den Weg zu laufen. Ich fragte mich, ob sie wirklich seine Frau sei.

Ich konnte mir nicht erklären, wie eine Ehefrau ihren Mann erpressen konnte, während sie mit einem Kerl, der angeblich ihr Bruder war, von Bundesstaat zu Bundesstaat gondelte; andererseits ist in Nevada so ziemlich alles möglich.

Nach etwa fünf Minuten wurde ich nervös. Ich öffnete die Tür und stieg aus. Als ich die Tür zuschlug, hörte ich von oben im Hotel fünf kurz aufeinanderfolgende Schüsse.

Man kann sich Probleme aufhalsen, oder man kann Problemen aus dem Weg gehen; mein Problem ist, daß ich mir immer welche aufhalse. Meiner Neigung folgend, ging ich also ins Hotel zurück.

Der Hotelangestellte am Empfang war groß und blond und trug eine Brille. Als ich eintrat, kam er gerade hinter dem Tresen vor; zusammen hasteten wir die Treppe nach oben, zwei oder drei Stufen auf einmal nehmend.

In der zweiten Etage stand ein Mann in langen Wollunterhosen auf dem Korridor und deutete auf eine Tür; wir gingen hinein. In der Mitte des Zimmers lag Healey flach auf dem Boden, Gesicht nach unten, weiter hinten lag der Körper einer Frau, ebenfalls mit dem Gesicht nach unten.

Das Gesicht des Hotelangestellten nahm einen wunderbar grünlichen Farbton an, er rührte sich nicht vom Fleck und starrte nur auf Healey. Ich ging durchs Zimmer und drehte die Frau auf den Rücken. Sie konnte nicht viel älter als zweiundzwanzig oder dreiundzwanzig Jahre gewesen sein; eine zierliche Blondine mit grauen Augen. Eine .38er Automatik lag neben ihrer ausgestreckten Hand. Sie war so lebendig wie eine ausgestopfte Eule.

Der Mann in den Wollunterhosen lugte herein und rannte

dann über den Korridor in ein anderes Zimmer. Ich konnte hören, wie er dort jemandem unter lautem Schreien die Neuigkeiten verkündete.

Ich ging zu dem Hotelangestellten, klopfte ihm leicht auf die Schulter und deutete auf das Mädchen. Er schluckte ein paarmal und sagte: »Miss Mackay« und stierte dann wieder auf Healey. Er war wie hypnotisiert von dem Anblick, den ihm Healeys Rücken bot. Beefsteak.

Dann stürzten etwa zwei Dutzend Leute, alle auf einmal, ins Zimmer.

Der Sheriff war in der Spielhalle auf der anderen Straßenseite gewesen. Er drehte Healey um und sagte, als habe er eine große Entdeckung gemacht: »Das ist Mr. Healey.«

»Oh–oh«, sagte ich, »er ist erschossen worden.«

Ich glaube, dem Sheriff gefiel nicht besonders, wie ich es sagte. Er warf einen Blick auf den Hotelangestellten und fragte mich dann, wer ich sei. Ich nannte ihm meinen Namen, und der Hotelangestellte nickte. Der Sheriff kratzte sich am Kopf, ging zu dem Mädchen und betrachtete es. Ich wollte bemerken, daß sie niedergestochen wurde, konnte es mir aber gerade noch verkneifen.

Der Typ mit der kratzigen Unterwäsche war zurück und hatte mittlerweile Hosen an. Er sagte, er habe nichts gehört, außer daß jemand geflucht habe und dann, plötzlich, die Schüsse.

Ich fragte ihn, wieviel Zeit nach den Schüssen vergangen sei, bevor er in den Korridor hinausging, und er sagte, er sei sich nicht sicher, aber es sei wohl ungefähr eine halbe Minute danach gewesen.

Das Interessante an der Sache war zum ersten, daß es nicht Healeys Zimmer war, es war das von Miss Mackay. Healeys Zimmer war eine Tür weiter. Das konnte bedeuteten, daß Healey absichtlich in ihr Zimmer gegangen war; und nicht, daß sie ihn in seinem Zimmer überrascht hatte, als er das, was er vergessen hatte, holen wollte.

Zum zweiten war es Healeys Messer. Ein halbes Dutzend Leute hatte ihn damit gesehen. Es war ein außergewöhnlich langes Klappmesser mit einer achtzehn Zentimeter langen

Klinge – eines von der Sorte, die aufspringt, wenn man auf einen Federknopf drückt. Jemand erzählte, daß sich Healey in seiner Pokerrunde gern damit in Szene gesetzt und seine Spielchen getrieben hatte, um zum Beispiel eine Erhöhung des Einsatzes hinauszuzögern oder jemanden einzuschüchtern, um ihn dann aus der Runde zu drängen.

Dann kam der Knaller: Der Zaster war verschwunden. Der Sheriff und ein paar seiner Männer durchsuchten Healey und nahmen dann in beiden Zimmern jedes Staubkorn unter die Lupe. Sie suchten nicht nach einem Haufen Geld, weil sie nichts davon wußten, sie suchten nach Spuren.

Alles, was sie bei Healey fanden, waren vier Hundertdollarscheine, die in Healeys Westentasche gestopft waren, die üblichen Schlüssel, Zigaretten, und was man sonst so bei sich trägt. Keine Spur von einem Brief oder Zettel. In seinem Zimmer stand ein großer Koffer, voll mit schmutziger Wäsche. Das Bündel, das er mir kurz zuvor unter die Nase gehalten hatte, war verschwunden.

Während der nächsten halben Stunde fand ich eine Menge heraus. Das Mädchen war allein im Hotel abgestiegen. Außer mir war kein anderer Gast an diesem Tage angekommen. Das Zimmer des Mädchens war vielleicht sechs Meter von der Hintertreppe entfernt, und das Hotel hatte einen Seiteneingang, der erst um zehn Uhr abends abgeschlossen wurde.

Ohne Zweifel deutete alles auf den Mann, von dem Healey mir erzählt hatte, daß er angeblich Miss Mackays Bruder sei.

Wahrscheinlich war Healey nach oben gegangen, um das Mädchen fertigzumachen. Ich wußte, daß seine Angst vor ihr nicht gespielt war, denn ich erkenne echte Furcht, wenn sie mir begegnet. Offensichtlich hatte sie einiges gegen ihn in der Hand. Er hatte die Fahrt mit mir organisiert und war dann nach oben gegangen, um sie abzustechen – ihr für immer das Maul zu stopfen.

Der angebliche Bruder kam durch den Seiteneingang und betrat das Zimmer, als die Messernummer lief. Er zerfetzte Healeys Rücken aus etwa zwei Meter Entfernung mit der Automatik, schnappte sich das Geldbündel und was Healey sonst noch in seinen Taschen trug und von irgendwelchem

Wert war – vielleicht ein Heft mit Travellerschecks –, warf die Waffe auf den Boden, hetzte die Treppe hinunter und verdrückte sich wieder durch den Seiteneingang. So ähnlich mußte es gelaufen sein. Es schien nicht unbedingt einleuchtend, aber es war die einzige Erklärung, die ich zu diesem Zeitpunkt finden konnte.

Als ich mit meinen Überlegungen so weit war, stand für den Sheriff bereits fest, daß Healey das Mädchen erstochen hatte, worauf sie ihm mit fünf Schüssen ein fünfundzwanzig Zentimeter großes Viereck in den Rücken riß. Und das alles mit ungefähr zehn Zentimeter Stahl im Herzen.

Das war die Meinung des Sheriffs, also beließ ich es dabei. Sie wußten nichts von dem Bruder, und ich wollte den Fall für sie nicht komplizieren. Außerdem wollte ich ungestört nach dem Geld suchen.

Als ich zu meinem Wagen kam, war der blaue Chrysler verschwunden. Das mußte nichts weiter bedeuten, nur wunderte ich mich, daß jemand vom Hotel weggefahren war, schien es doch so, als ob jeder aus der Stadt dort war oder sich zumindest auf dem Weg dorthin befand.

Am Bahnhof war nicht viel rauszubekommen. Der Schalterbeamte sagte, er habe gerade erst seinen Dienst begonnen; der Telegrafist sei den ganzen Nachmittag dagewesen, sei jetzt aber zum Abendessen gegangen. Ich fand ihn in einem kleinen Lokal auf der anderen Straßenseite, und er erzählte mir, etwa ein halbes Dutzend Leute sei aus dem Nachmittagszug aus Salt Lake ausgestiegen; das Mädchen sei jedoch allein gewesen, und bis auf zwei oder drei, die hier wohnten, kenne er die anderen nicht. Das half nicht weiter.

Ich versuchte, noch weitere Leute ausfindig zu machen, die am Bahnhof waren, als der Zug eintraf, hatte aber kein Glück. Sie konnten sich nicht erinnern.

Ich ging zurück zum Wagen, und mir fiel der blaue Chrysler wieder ein. Es war genausogut möglich, daß die Mackay von Salt Lake mit der Bahn gekommen und ihr Freund oder Bruder oder was auch immer er sein mochte mit dem Wagen runtergefahren war. Es machte nicht viel Sinn, aber es war eine Idee. Vielleicht wollten sie nicht den Anschein erwecken, als reisten sie zusammen oder so.

Ich hielt an allen möglichen Autowerkstätten und Tankstellen, stieß aber auf keine Spur des Chryslers. Ich fuhr zurück zum Hotel und sah mir das Gästebuch an und entdeckte, daß Miss Mackay Chicago als ihre Heimatanschrift angegeben hatte; ich drückte mich eine halbe Stunde lang herum und sprach mit dem Sheriff, dem Hotelangestellten und jedem, der so aussah, als wolle er etwas sagen, aber ich bekam keine weiteren Hinweise.

Der Sheriff erzählte, er habe nach Chicago telegrafiert, weil anscheinend sowohl Healey als auch Miss Mackay aus Chicago waren und er einen Brief eines Chicagoer Anwalts in einer von Healeys schmutzigen Jacken gefunden habe. In dem Brief ging es um eine Scheidung, und der Sheriff hatte die Eingebung, daß Miss Mackay in Wahrheit Mrs. Healey war.

Ich aß ein Sandwich und ein Stück Kuchen im Hotelrestaurant, dann sah ich zu, daß ich wegkam, ging hinaus zu meinem Wagen und machte mich auf den Weg nach L.A.

Dienstag morgen stand ich erst gegen elf auf. Ich frühstückte in meinem Zimmer und telegrafierte nach Chicago, um mir sämtliche Informationen schicken zu lassen, die über Miss Mackay und ihren Bruder zu bekommen waren. Ich rief die Rezeption an, ließ mir Gards Zimmernummer geben und stattete ihm auf dem Weg nach unten einen Besuch ab.

Er saß in seinem Schlafanzug am Fenster und las die Morgenzeitung. Ich setzte mich und fragte ihn, ob er seinen Urlaub genieße, und er antwortete, ganz wunderbar; dann sagte er: »Wie ich der Zeitung entnehmen kann, hatte unser Freund Healey einen Unfall.«

Ich nickte.

Gard gluckste in sich hinein: »Ts, ts, ts. Seine Frau wird darüber zutiefst betrübt sein.«

»Oh–oh«, sagte ich und lächelte dabei ein wenig; Gard sah mich an und fragte: »Warum zum Teufel grinst du und was meinst du mit: Oh–oh?«

Ich erzählte ihm, Mrs. Healey sei meinem Blatt zufolge diejenige gewesen, die Healey umgelegt hatte, und befinde sich nun selbst in einer Holzkiste auf dem Weg zurück nach Osten.

Gard schüttelte bedeutungsvoll den Kopf und sagte: »Falsch. Die war nur zweite Besetzung. Mrs. Healey ist quicklebendig und eines der wunderbarsten Geschöpfe, die Gott je geschaffen hat.«

Ich konnte sehen, daß Gard anfing, ins Schwärmen zu geraten, also wartete ich ab und ließ mir erzählen, daß Mrs. Healey die Auftraggeberin der Agentur im Osten sei, sie Montag morgen mit dem Flugzeug aus Chicago angekommen sei und er sie im Büro der Agentur getroffen habe; dann schilderte er fünf oder zehn Minuten lang die Farbe ihrer Augen und die Art, wie sie ihr Haar trug, und alles mögliche.

Gard war ein ziemlicher Frauenheld. Er verriet es mit seinen Gesten.

Zwischen seinen poetischen Ausführungen ließ er mich wissen, daß Mrs. Healey, wie er vermutete, sich mit Healey gestritten hatte, sie sich daraufhin getrennt hatten und Mrs. Healey die Geschichte wieder in Ordnung bringen wollte. Um Healey zu finden, hatte sie sich deshalb mit der Agentur seiner Firma in Salt Lake in Verbindung gesetzt. Und fast zur gleichen Zeit, als sie Healey aufgespürt hatten, hatte der sich gerade auf den Weg nach L.A. gemacht, und die Agentur setzte Mrs. Healey telegrafisch davon in Kenntnis. Sie war an dem Morgen, als Healey in Caliente gesehen worden war, angekommen und hatte sich entschlossen, in L.A. auf ihn zu warten.

Gard sagte, er habe ihr geholfen, ein Apartment zu finden. Er nahm an, daß die Agentur sie angerufen und ihr die schlechte Nachricht von Healey übermittelt habe. Es schien, als würde er eine Weile nachdenken, dann fragte er mich, ob ich nicht auch der Ansicht sei, daß er zu ihr fahren und sie fragen solle, ob sie irgendwelcher Hilfe bedürfe. »Sie in ihrem schmerzlichen Verlust zu trösten«, waren seine Worte.

»Klar«, sagte ich, »wir fahren beide hin.«

Gard war von dieser Idee nicht sonderlich begeistert, aber ich sagte ihm, daß sei schon okay, schließlich sei ich doch ein guter Kumpel von Healey gewesen.

Wir fuhren hin.

Mrs. Healey übertraf Gards schillernde Beschreibung bei

weitem. Sie sah wirklich toll aus. Sie war ein sehr dunkler Typ, mit dunkelblauen Augen und blauschwarzem Haar; ihre Kleidung war von bester Qualität, und der Klang ihrer Stimme hatte etwas Kultiviertes und Eindringliches. Als Gard mich ihr stammelnd vorstellte, und sie uns bat, Platz zu nehmen, wobei sie mir ihren Kopf zuneigte, konnte ich sehen, daß sie geweint hatte.

Gard hatte gute Arbeit bei der Auswahl des Apartments geleistet. Es war eine geräumige, luxuriöse Maisonettewohnung im Garden Court an der Kenmore Avenue.

»Es ist sehr nett von Ihnen, meine Herren, mir einen Besuch abzustatten«, sagte sie und lächelte Gard zu.

Ich sagte ihr, wie sehr wir die ganze Geschichte bedauerten, daß ich Healey aus Detroit gekannt hätte, und wenn es irgend etwas gebe, was wir für sie tun könnten, sie es uns wissen lassen solle – solche Sachen eben.

Viel mehr gab es nicht zu sagen. Es wurde auch nicht mehr viel gesagt.

Sie bat Gard, ihr zu verzeihen, daß sie ihm am Abend vorher mit ihren Anrufen so zugesetzt habe, sie sei jedoch so nervös und voller Sorgen gewesen und habe ständig gedacht, Healey wäre vielleicht nach L.A. gekommen, nachdem das Büro schon geschlossen war, und man habe sie nicht mehr benachrichtigen können. Natürlich wurden die Züge rund um die Uhr observiert.

Gard sagte, das sei schon in Ordnung, dann lief er rot an und stotterte noch ein bißchen herum. Er war von der Lady ganz hingerissen. Mir ging es genauso. Sie war eine Klasse für sich.

Sie sagte, sie beabsichtige in Kalifornien zu bleiben und deutete taktvoll an, daß sie Vorbereitungen getroffen habe, Healeys Leichnam zu seinen Angehörigen nach Detroit überführen zu lassen.

Schließlich sagte ich, daß wir besser gehen sollten, Gard nickte zustimmend, und wir erhoben uns. Sie dankte uns nochmals für den Besuch, ein Hausmädchen half uns in unsere Mäntel; dann gingen wir.

Gard mußte, wie er sagte, runter nach Downtown, ich

nahm mir deshalb ein Taxi und fuhr zurück ins Hotel. Ein Telegramm aus Chicago war angekommen:

JEWEL MACKAY ZWEI VERURTEILUNGEN WEGEN ERPRESSUNG STOP ARBEITET MIT EHEMANN ARTHUR RAINES ALIAS J.L. MAXWELL STOP MITT-WOCH MIT RAINES AUS CHICAGO NACH LOS ANGE-LES ABGEREIST STOP BESCHREIBUNG MACKAY EIN-SACHTUNDFÜNFZIG SECHSUNDVIERZIG KG BLOND GRAUE AUGEN RAINES EINSSIEBZIG SIEBENUNDS-ECHZIG KG ROTBRAUNE AUGEN STOP KONTAKT EVTL ÜBER BRUDER WILLIAM RAINES REAL ESTATE SOUTH LABREA GRÜSSE
ED.

Ich suchte mir die Nummer von Raines' Maklerbüro aus dem Telefonbuch, nahm ein Taxi und sah es mir an. Ich ging nicht hinein. Dann ließ ich mich von dem Fahrer zu den Sel-wyn Apartments am Beverly Boulevard bringen. Laut Telefon-buch war das die Anschrift von Raines' Privatwohnung.

Eine halbe Stunde lang mußte ich mit dem Schwachkopf von der Selwyn Garage über Zündkerzen labern, bis er mir endlich sagte, daß Mr. Raines gegen zehn Uhr mit einem anderen Gentleman weggefahren sei, wie Mr. Raines aussah und was für einen Wagen er fuhr. Der Gentleman sei groß gewesen – oder vielleicht auch klein. Oder vielleicht sei es auch eine Lady gewesen. Der Idiot war sich nicht sicher.

Ich ließ das Taxi an einer günstigen Stelle in der Querstraße parken, ging dann in den Drugstore an der gegenüberliegen-den Ecke und trank Coca Cola. Ich war vielleicht bei der fünften Coke angelangt, als der Wagen, auf den ich wartete, am Selwyn vorfuhr. Ein Mann durchschnittlicher Größe und mittleren Alters, von dem ich vermutete, daß es der Bruder sei, stieg auf der Fahrerseite aus und ging in das Apartment-haus. Der andere Mann im Wagen rutschte auf den Fahrersitz, fuhr wieder an und bog am Beverly Boulevard Richtung Westen ab. Als er um die Ecke bog, saß ich bereits wieder im Taxi, und wir hängten uns an ihn ran.

Natürlich konnte ich mir nicht sicher sein, daß es Raines war. Ich mußte das Risiko eingehen.

Wir folgten dem Wagen vom Beverly auf die Western Avenue, dann die Western Richtung Norden. Ich fragte mich, was aus dem blauen Chrysler geworden sei. An einer Kreuzung fuhren wir dicht an Raines' Wagen heran, und ich fiel fast aus dem Fenster. Der Mann im Wagen vor uns drehte sich um und schaute nach hinten; fünf Sekunden lang sahen wir uns genau in die Augen.

Ich hatte ihn schon einmal gesehen! Ich hatte ihn in der vergangenen Nacht in Miss Mackays Zimmer im Pine Hotel in Caliente gesehen. Er war in dem Haufen von Leuten gewesen, der mit dem Sheriff eingefallen war und unter Ahs und Ohs herumgestanden hatte. Der Kerl hatte Nerven. Healey und das Mädchen waren noch warm, und er kam nochmal zurück, um sich davon zu überzeugen, wie gut er seinen Job erledigt hatte.

Die Ampel gab mit einem Signalton den Verkehr wieder frei, und ich war mir sicher, daß er mich auch erkannt hatte. Er raste über die Kreuzung, als wäre der Teufel hinter ihm her, und bog von der Western in die Fountain Avenue ab.

Auf der Fountain hängte er uns ab. Ich redete mit Engelszungen auf den Fahrer ein. Ich bat und bettelte auf Knien, er möge den Wagen nicht aus den Augen verlieren. Ich überschüttete ihn mit sämtlichen portugiesischen Kosenamen, die mir einfielen, erfand noch ein paar neue dazu, aber Raines entwischte uns auf der Fountain.

Auf dem Rückweg ins Hotel stieg ich an der Zweigstelle des Automobilclubs in Hollywood aus und ließ einen Freund von mir das Kennzeichen des Wagens überprüfen. Natürlich war es der Wagen des Bruders und auf dessen Namen zugelassen. Das half mir überhaupt nicht weiter. Ich war mir ziemlich sicher, Raines würde jetzt, da er wußte, daß ich ihn gesehen hatte, nicht zu seinem Bruder zurückfahren; und es war klar, daß er auch den Wagen nicht mehr lange benutzen würde.

Er wußte nicht, hinter was ich her war. Vielleicht hielt er mich für irgendeinen Schnüffler und würde aus L.A. abhauen – über die Grenze. Ich saß in meinem Hotelzimmer und dachte wehmütig darüber nach, was für ein kompletter Trottel ich gewesen war, ihn nicht direkt anzusprechen, als er mit seinem Bruder vor dem Selwyn angehalten hatte, und verglich die Geschwindigkeit eines Taxis mit der eines normalen Autos – lauter solche Sachen. Es sah so aus, als wäre der Fall Healey für mich ein für allemal erledigt.

Gegen fünf ging ich auf die Straße und streifte einfach nur so umher. Ich ging den Hollywood Boulevard auf der einen Seite entlang bis zur Bronson Avenue und auf der anderen Seite zurück zur Vine Street, ging dann in die Leihwagenklitsche und mietete mir wieder einen Wagen. Ich war nervös und genervt und wütend auf mich, und dergleichen Gefühle bekam ich am besten in den Griff, wenn ich Auto fuhr.

Ich fuhr ein Stück den Cahuenga Pass hoch, hatte eine Idee und fuhr zurück zu den Selwyn Apartments. Die Idee war nichts wert. William Raines ließ mich nach oben kommen und fragte mich, was er für mich tun könne, dann lächelte er und bot mir einen Drink an.

Ich sagte ihm, ich wolle wegen eines für uns beide sehr einträglichen Geschäfts mit seinem Bruder Kontakt aufnehmen. Er sagte, sein Bruder sei in Chicago und er habe ihn seit zwei Jahren nicht mehr gesehen. Ich ließ ihn nicht wissen, daß er ein Lügner war. Es hätte nichts gebracht. Ich bedankte mich bei ihm und ging wieder hinunter zum Wagen.

Ich fuhr runter nach L.A. und aß bei einem Chinesen zu Abend. Dann fuhr ich zurück und erkundigte mich am Bahnhof nach Zügen – ich hatte vor, am nächsten Tag nach New York zurückzufahren.

Auf dem Weg zurück nach Hollywood fuhr ich am Garden Court vorbei. Ich hatte keinen besonderen Grund – ich dachte nur über Mrs. Healey nach, und es war kein großer Umweg.

Direkt gegenüber des Eingangs stand der blaue Chrysler. Ich parkte in einiger Entfernung, stieg aus und ging zurück, um mich zu überzeugen. Ich zündete ein Streichholz an und las die Zulassung, die an der Lenksäule klebte; der Wagen war auf eine Mietwagenfirma in der Hope Street South, unten in Downtown, zugelassen.

Ich ging über die Straße und schritt hochnäsig am Empfang vorbei. Der mexikanische Liftboy warf nicht mal einen Blick

auf den zusammengefalteten Geldschein, den ich ihm zusteck-
te; verlegen grinste er und erzählte, daß vor einigen Minuten
ein kleiner, rothaariger Mann in die Vier hochgegangen sei.
Vier war die Apartmentnummer von Mrs. Healey, und in
jedem Stockwerk gab es nur drei Apartments.

Ich lauschte an der Tür, konnte aber nur undeutliches Stimmengewirr ausmachen, das sich wie eine erregte Unterhaltung
anhörte. Ich drehte ganz langsam den Türknauf und lehnte
mich sanft gegen die Tür. Sie war abgeschlossen. So leise wie
möglich ging ich zum Ende des Flurs und durch eine Doppel-
tür hinaus auf eine Plattform der Feuerleiter. Ich stieg über das
Geländer, und während ich mich mit einer Hand daran fest-
hielt, lehnte ich mich weit hinaus und konnte so einen Blick
in das Speisezimmer von Mrs. Healeys Apartment werfen und
einen Teil der Tür sehen, die, soweit ich mich erinnern konnte, in das Wohnzimmer führte. Sie war geschlossen.

Es gibt kaum eine Situation, bei der man sich auch nur
annähernd so blöd vorkommt, wie auf einer Feuerleiter her-
umzuturnen und dabei zu versuchen, in ein Fenster zu sehen.
Vor allem dann, wenn es dort gar nichts zu sehen gibt. Nach
ein paar Minuten hatte ich genug und kletterte über das
Geländer zurück.

Halb auf dem Geländer sitzend, versuchte ich Ordnung in
die Dinge zu bringen. Was konnte der Kerl, der Healey erschossen hatte, mit Mrs. Healey zu tun haben? Konnten Raines und Mackay mit dem, was sie wußten, nicht nur Healey,
sondern auch Mrs. Healey erpressen? Wollte Raines absahnen,
was nur abzusahnen ging? Ich wurde nicht schlau daraus.

Ich ging zurück in den Flur und hielt mein Ohr wieder an
die Tür. Die Stimmen waren etwas lauter, aber nicht laut
genug, um mir weiterzuhelfen. Ich ging um eine Biegung im
Flur und kam zu einer Tür, von der ich dachte, es müsse die
Küchentür sein, probierte es nochmal auf die sanfte Tour, und
sie ließ sich öffnen. Ich schlug mir innerlich eine dafür rein,
daß ich auf der Feuerleiter so viel Zeit vergeudet hatte, schlich
auf Zehenspitzen in die Küche und schloß die Tür.

Auf einmal wurde mir klar, in welch seltsamer Situation ich
mich befand, falls jemand hereinkommen sollte. Was zum

Teufel hatte ich hier verloren! Ich klärte das mit mir und hielt mir zugute, daß ich Mrs. Healey vielleicht irgendwie beschützen müsse, arbeitete mich dann langsam vor zur Tür und weiter durch das nächste Zimmer, das ich von der Feuerleiter aus gesehen hatte.

Die Tür zum Wohnzimmer war eine von diesen labberigen Papptüren, die man ebensogut hätte weglassen können. Das erste, was ich hörte, war ein dünner, unterdrückter Schrei, als wenn jemand einen Schlag auf den Mund bekommt, dann das Geräusch eines umfallenden Möbelstücks. Ohne Zweifel wurde da drinnen gekämpft, und das leise – oder zumindest so leise wie möglich.

Ich hatte nicht viel Zeit, mir zu überlegen, ob ich das Richtige tat oder nicht. Hätte ich darüber nachgedacht, hätte ich wahrscheinlich sowieso falsch gelegen. Ich drehte den Knauf und stieß die Tür auf.

Mrs. Healey stand an der gegenüberliegenden Wand. Kerzengerade preßte sie sich dagegen und hielt sich mit der Hand den Mund zu. Ihre Augen waren weit aufgerissen.

Neben dem Tisch in der Mitte des Zimmers waren zwei Männer am Boden ineinander verschlungen und wälzten sich herum, als ich hereinplatzte; einer konnte sich losreißen und sich aufrappeln. Es war Raines. Er stürzte sich auf einen vernickelten Revolver, der am Ende des Tisches auf dem Boden lag, und der andere Mann, mittlerweile auf seinen Knien, stürzte sich ebenfalls darauf. Der andere war Gard.

Um Haaresbreite war er schneller als Raines, aber Raines stand schon wieder auf seinen Füßen; er schlug Gard die Kanone aus der Hand und schleuderte sie durch das halbe Zimmer. Gard schnappte sich Raines' Bein und zerrte ihn zu Boden, wo sie wieder anfingen, sich herumzuwälzen. Sie kämpften nahezu lautlos; man hörte nur das Geräusch schweren Atmens und ein gelegentliches dumpfes Aufschlagen.

Ich ging durchs Zimmer, hob die Waffe auf und beugte mich über das Knäuel ineinander verschlungener Arme und Beine. Ich griff mir Raines' roten Kopf, packte die Waffe am Lauf, nahm genau Maß und verpaßte ihm eins hinter die Ohren. Er entspannte sich.

Langsam stand Gard auf. Er strich sich mit den Fingern durchs Haar, bewegte die Schultern, damit sein Sakko wieder richtig saß und grinste betreten.

»Sieh einer an, du hier«, sagte ich.

Ich drehte mich um und sah zu Mrs. Healey. Sie stand immer noch an der Wand und hielt sich den Mund zu. Dann hatte ich das Gefühl, als würde die Decke über mir einstürzen, und es wurde sehr schnell finster um mich herum.

Als ich meine Augen wieder aufschlug, war es immer noch dunkel, aber ich konnte die Umrisse eines Fensters erkennen und jemanden in meiner Nähe atmen hören. Ich weiß nicht, wie lange ich weggetreten war. Ich setzte mich auf, und mein Kopf fühlte sich an, als ob er jeden Moment explodieren würde; ich legte mich wieder hin und schloß die Augen.

Nach einer Weile versuchte ich es noch einmal, und es ging schon ein bißchen besser. Ich kroch auf etwas zu, von dem ich meinte, es sei eine Tür, und stieß gegen eine Wand, dann stand ich auf und tastete an der Wand entlang, bis ich den Lichtschalter fand.

Raines lag noch immer an der Stelle, wo ich ihn niederge-schlagen hatte, aber er war an Händen und Füßen mit einer Wäscheleine gefesselt und sein Mund mit einem rotweißblau gemusterten Seidentaschentuch geknebelt. Seine Augen waren geöffnet, und er sah mich mit einem Ausdruck an, den ich nur als bittere Schadenfreude deuten konnte.

Gard lag bäuchlings nahe der Tür zum Speisezimmer auf dem Boden. Er war derjenige, den ich in der Dunkelheit so schwer hatte atmen hören. Er war immer noch bewußtlos.

Ich nahm Raines den Knebel aus dem Mund und setzte mich. Ich hatte immer noch das Gefühl, mein Kopf würde platzen. Es war kein sehr angenehmes Gefühl.

Nach einer Weile hatte Raines seinen Kiefer wieder geschmeidig gemacht, und er begann zu sprechen. »Du bist ja ein ganz cleveres Bürschchen gewesen«, war das erste, was er sagte. Mir ging es zu schlecht, um genau zu verstehen – oder mich darum zu scheren –, was er meinte.

Das ging eine Weile so weiter, und während er mit hoher, sich überschlagender Stimme weiter zeterte, drang die Bedeutung des Ganzen langsam in meinen vor Schmerzen mittlerweile auf Ballongröße angeschwollenen Kopf.

Raines und die Mackay hatten Healey anscheinend mächtig in was reingeritten. Eines ihrer Druckmittel war, daß Healey in einem schwachen Moment Mrs. Healey ganz vergessen und Miss Mackay geheiratet hatte. Sie hatten aber noch eine Menge mehr in der Hand; angefangen von diversen Gesetzesverstößen bis hin zu Körperverletzung. Nachdem er in Quebec die hundertfünfzig Riesen abgezockt hatte, hatten sie sich ihn in Chicago gegriffen und ihm das Messer an die Kehle gesetzt.

Healey machte sich daraufhin aus dem Staub, und die beiden jagten ihm hinterher; zuerst nach Salt Lake, dann nach Caliente. Montag abend hatte Raines der Mackay geholfen, die Nummer im Hotel abzuziehen, von der Healey mir erzählt hatte.

Raines war nicht mit ihr aus dem Zug gestiegen und hatte auch kein Zimmer im Hotel genommen, denn für den Fall, daß irgend etwas schiefgehen sollte, wollten die beiden nicht miteinander in Verbindung gebracht werden. Er hatte sich auf jener leicht zu erreichenden Hintertreppe versteckt, bis sie beide loszogen, um Healey klipp und klar zu sagen, wo es für ihn langging.

Als Healey zu mir kam, war Raines die Treppe schon wieder hinuntergegangen und hatte sich auf der anderen Straßenseite postiert, falls Healey verduften wollte.

Raines stand gerade mal fünf Minuten da, als Mrs. Healey und ein Mann in einem blauen Chrysler vorfuhren. Raines erkannte Mrs. Healey. Einmal hatte sie Healey mit der Mackay und Raines in einem Cabaret in Chicago erwischt und bei dieser Gelegenheit Miss Mackays Kopf mit einer Flasche Bier verziert. Mrs. Healey war anscheinend ein nettes, ruhiges Mädchen.

Sie parkten vor dem Hotel, und der Mann ging kurz hinein, wahrscheinlich um sich eine Zigarre zu kaufen oder einen Blick in das Gästebuch zu werfen. Als er wieder herauskam, sprach er eine Weile mit Mrs. Healey und ging in die schmale Gasse, die zum Seiteneingang führte. Er blieb nur einen Moment dort; er hatte wohl entdeckt, daß es einfacher war, auf diesem Weg in das Hotel zu gelangen und berichtete ihr das.

Ungefähr an dieser Stelle in Raines' langer Geschichte fiel mir auf, daß er den Mann, der mit Mrs. Healey dort gewesen war, als ›dieser Kerl‹ bezeichnete. Ich öffnete meine Augen und sah ihn an; er blickte zu Gard.

Gard war im Wagen geblieben, während Mrs. Healey durch die kleine Gasse ging und das Hotel durch den Seiteneingang betrat. Nach ein paar Minuten wurde er nervös, stieg aus dem Wagen und lief ein Stück die Straße entlang, und Raines ging über die Straße und nach oben ins Hotel, um herauszufinden, was das alles zu bedeuten hatte. Das muß ungefähr zu dem Zeitpunkt gewesen sein, als ich meine Rechnung bezahlte.

Gard muß auf der anderen Straßenseite zurückgekommen sein und mich gesehen haben, als ich aus dem Hotel kam, an seinem Wagen herumfummelte und in meinen stieg. Er blieb, wo er war, bis sich dann die Ereignisse überschlugen und ich wieder ins Hotel zurückging.

Raines hielt einen Moment inne. Ich stand auf, ging zu Gard und drehte ihn auf den Rücken. Er grunzte, öffnete seine Augen und blinzelte mich an, dann setzte er sich langsam auf und lehnte sich gegen die Wand.

Raines erzählte weiter, daß Mrs. Healey versucht haben mußte, in Healeys Zimmer zu gelangen und dann gewartet hatte, bis er die Treppe hochkam, nachdem er von mir weggegangen war; dann versteckte sie sich hinter einer Ecke und beobachtete, wie Healey in Mackays Zimmer ging. Zu dem Zeitpunkt war Raines bereits die Hintertreppe hochgekommen und beobachtete, wie Mrs. Healey eine Kanone aus ihrer Handtasche zog, den Korridor entlangging und an Miss Mackays Tür lauschte. Als Healey die Tür öffnete, nachdem er die Mackay abgestochen hatte, drängte sie ihn in das Zimmer zurück und schloß die Tür. Vermutlich, so Raines, sagte sie ihm einige unangenehme Wahrheiten über ihn und erleichterte ihn um das, was von den hundertfünfzig Riesen noch übrig war, um ihm dann mit der .38er den Rest zu geben.

Das Szenario hätte nicht besser sein können: die Mackay und das Messer, das in ihrer Brust steckte. Raines vermutete,

daß Mrs. Healey ihren Mann von Anfang an ausnehmen wollte, bevor er sich von ihr scheiden lassen würde – Healey hatte
erzählt, sie habe geschworen, ihn umzulegen, bevor er Chicago
verließ. Ein nettes, ruhiges Mädchen, diese Mrs. Healey. Eine
wahre Lady.

Sie war Raines auf der Treppe entwischt, und er war ihr bis
zum Wagen hinterhergejagt, aber Gard wartete schon mit lau-
fendem Motor und sie rasten davon. Dann war Raines zusammen mit dem Sheriff und seinen Leuten wieder nach oben
gekommen, um genau rauszufinden, was passiert war. Dort
hatte ich ihn gesehen.

Er hatte den Zug um Mitternacht nach L.A. genommen. Es
kostete ihn den ganzen Dienstag, um Mrs. Healey ausfindig
zu machen. Er hatte ihr und Gard die Pistole auf die Brust
gesetzt, um wenigstens einen Teil des Geldes für sich rauszu-
schlagen. Gard hatte dann begonnen, diese Ringkampfnum-
mer mit ihm zu abzuziehen, kurz bevor ich dazukam.

Während Raines sich so seine Geschichte von der Seele
redete, hatte sich Gard aufrecht hingesetzt. Sein Mund stand
offen und er gestikulierte heftig mit seinen Händen; er hatte
diesen verblüfften, nachdenklichen Ausdruck im Gesicht, als
ob er etwas sagen wollte. Gard setzte an, als Raines eine Pause
machte, um Luft zu holen, und erzählte, daß ihn diese Lady
überredet hatte, sie nach Caliente zu fahren, weil sie, wie sie
behauptete, zu unruhig war, um in L.A. auf Healey zu warten.
Sie sagte, sie müsse zu Healey fahren und den Ärger, den sie
miteinander hatten, beilegen, oder sie werde einen Nervenzu-
sammenbruch oder etwas in der Art kriegen, und Gard – der
Volltrottel – fiel darauf rein.

Er sagte, niemand auf der Welt sei überraschter von der
Schießerei gewesen als er. Nachdem Mrs. Healey und er in
Richtung L.A. abgerauscht seien, habe sie ihm erzählt, daß sie
die Mackay dabei überrascht habe, als sie im Begriff war, aus
Healey ein Sieb zu machen – was im übrigen auch die Meinung des Sheriffs war. Ferner habe die Mackay auf sie geschossen, als sie weggerannt sei. Gard hatte ihr auch das abgenommen. Sie hatte den armen Trottel regelrecht hypnotisiert.

Natürlich wußte Gard, daß ich in Caliente gewesen war – er

hatte mich ja gesehen; als ich dann am Morgen zu ihm kam, dachte er, ich wüßte, worum es bei der ganzen Sache ging, und er nahm mich mit zu ihr, damit sie mir diese Kondulenzkomödie vorspielen konnte.

Als ich dann Dienstag abend in die Versammlung platzte und Raines eine draufgab, überlegte sich Gard (er hatte mehr als genug von dem gehört, was Raines Mrs. Healey zu sagen hatte und war bereit, es halbwegs zu glauben), daß es für ihn das Beste sei, mit ihr abzuhauen. Außerdem hing er sowieso schon zu sehr mit drin, um noch ungeschoren davonzukommen, also schlug er mir eine Buchstütze über den Schädel; dann fesselten er und Mrs. Healey Raines, der wieder zu sich kam, und Gard half ihr, ihre Sachen zu packen. Sie wollten nach Neuseeland verschwinden oder irgendwohin, wo es ruhig war; nur, in letzter Minute, schlich sie sich von hinten an ihn heran und zog ihm eins über den Schädel.

Eine reizende Lady.

Keiner von uns sprach ein Wort; weder Gard noch Raines, noch ich, wir sahen uns nur an.

Gard lachte.

»Du hast ganz schön dämlich ausgesehen«, sagte er und zwinkerte mit den Augen, »als ich dir mit der Buchstütze eins übergezogen habe.«

Raines sagte: »Und du hast auch ziemlich dumm aus der Wäsche geschaut, als unsere Freundin dich fertiggemacht hat.«

Sein Lachen, das eher einem Wiehern glich, blieb Gard im Halse stecken, dann stand er auf und ging in die Küche, um sich ein Glas Wasser zu holen. Er entdeckte dort eine noch nicht ganz leere Flasche White Horse. Er brachte sie herein, ich löste Raines die Fesseln, und wir kippten uns den Rest der Flasche rein.

Ich dachte darüber nach, was für komplette Idioten wir gewesen waren. Ich hatte Raines eine übergebraten, und Gard hatte mir eine übergebraten, und Mrs. Healey hatte Gard eine übergebraten – alle waren wir Idioten gewesen. Eins, zwei, drei. Nach dem Motto: Eene, meene, muh – und das buchstäblich.

Ich glaube, wir hatten alle genug von La Belle Healey. Es lag auf der Hand, daß Gard nichts mehr von ihr wollte. Ich weiß nicht, wie es bei Raines war, ich jedenfalls hatte ebenfalls genug von ihr.

Wir leerten die Flasche, und Raines stöberte ein bißchen herum und fand noch eine volle, mit der wir uns beschäftigen konnten.

Erst am nächsten Morgen stellte sich heraus, daß ich eine Gehirnerschütterung hatte. Ich lag neun Tage im Krankenhaus, mußte zwanzig Dollar pro Tag hinblättern, und der Arzt wollte mir am Ende zweihundertfünfzig abknöpfen. Ich werde ihm den Rest bezahlen, wenn er mich erwischt hat.

Die Kosten für das ganze Theater mit Healey lagen mit allem Drum und Dran so bei einem Riesen. Was für mich dabei rausgesprungen ist, beläuft sich auf einen Brummschädel und eine Portion zweifelhaften Vergnügens.

Ich passe.

BLACK

»McCary«, sagte der Mann.

»Nein.« Ich schüttelte meinen Kopf und versuchte, mich an ihm vorbeizuschieben. »McCary«, wiederholte er noch einmal mit belegter Stimme und brach auf dem nassen Gehweg in sich zusammen.

Es war dunkel, und die Straße war menschenleer – ich hätte einfach weitergehen können. Ich ging ein paar Schritte, doch dann erwachte der Schnüffler in mir, ich kehrte um und beugte mich über ihn.

Ich rüttelte ihn und sagte: »Komm schon, du Trottel – komm aus der Pfütze raus.«

Ein Taxi bog um die Ecke, seine Scheinwerfer erfaßten mich – da stand ich nun, hing über einem Besoffenen, den ich vorher noch nie gesehen hatte und der dachte, mein Name sei McCary. Für einen Fahrer aus der Großstadt hätte das klar nach Überfall ausgesehen, und er wäre entweder weitergefahren oder hätte sich ruhig verhalten. Aber das hier war keine große Stadt – das Taxi glitt längsseits am Rinnstein heran, und der Fahrer, der aussah, als sei er noch nicht trocken hinter den Ohren, lehnte sich im Schein des Taxameters herüber und sagte: »Wohin soll's gehen?«

»Nirgendwohin«, sagte ich.

Ich nickte hinüber zu dem Kerl auf dem Gehweg. »Vielleicht will der hier irgendwohin fahren – ist bewegungsunfähig.«

»Ts, ts«, zischte der Junge.

Er öffnete die Tür, und ich beugte mich über den Betrunkenen, griff ihm unter die Arme und hievte ihn quer über den Gehsteig in den Wagen. Seine Schwere hatte etwas seltsam

Kraftloses an sich. Auf seiner linken Seite spürte ich unterhalb der Achsel eine harte Wulst.

Ich hatte eine Idee. Ich fragte den Jungen: »Wer ist McCary?«

Einen Moment lang hielt er verstört inne und sagte dann: »Es gibt zwei – Luke und Ben. Luke ist der alte Herr – dem gehören hier 'ne Menge Häuser und so. Ben hat einen Spielsalon.«

»Fahren wir zu Ben«, sagte ich und stieg in das Taxi.

Ich ließ den Jungen ein paar Blocks die dunkle Straße hinunterfahren, dann klopfte ich an die Trennscheibe und bat ihn, an den Rand zu fahren. Er hielt an und schob die Scheibe zur Seite. Ich fragte: »Wer ist dieser McCary?«

»Das habe ich Ihnen doch schon gesagt.«

»Und was gibt es noch über ihn zu erzählen?«

Er machte eine Bewegung mit den Schultern, die man in der finstersten Provinz als Achselzucken bezeichnen würde. »Ich sagte doch – er hat einen Spielsalon.«

»Jetzt hör mir mal zu, dieser Typ hier hat mich vor ein paar Minuten angehalten und mit ›McCary‹ angesprochen – jetzt ist dieser Typ ziemlich tot.«

Dem Jungen fielen fast die Augen aus dem Kopf. Es schien, als wollte er gleich aus dem Taxi springen.

Sein Blick senkte sich.

Ich wartete.

Der Junge schluckte.

»Werfen wir ihn raus.«

Ich schüttelte sachte den Kopf und wartete.

»Ben und sein Alter kommen nicht gut miteinander aus – seit ein paar Wochen haben sie mordsmäßig Zoff. Das ist der vierte«, sagte er, sein Kopf deutete auf die Leiche neben mir.

»Kennst du ihn?«

Er schüttelte den Kopf, kramte aber um sicherzugehen eine Taschenlampe aus der Seitentasche hervor und hielt sie durch die offene Trennwand nach hinten auf das Gesicht des Toten. Wieder Kopfschütteln.

»Fahren wir zu Ben«, sagte ich.

»Sie sind wahnsinnig, Mister. Wenn das einer von Bens Kerlen ist, wird er Sie dafür erledigen, und wenn es keiner ...«

»Fahren wir zu Ben.«

Ben McCary war ein etwa vierzigjähriger, blonder, dicker Mann, der ständig lächelte.

Wir saßen in einem kleinen Büro über seinem Spielsalon, und er sagte mit einem munteren Grinsen, das sich über sein ganzes Gesicht zog: »Nun, Sir – was kann ich für Sie tun?«

»Mein Name ist Black. Ich komme aus St. Paul – bin so vor einer halben Stunde angekommen.«

Er nickte, ohne etwas von seinem breiten, innigen Lächeln zu verlieren und blickte mich wohlwollend und fest mit seinen großen, blauen Augen an.

»Ich habe gehört, hier wäre 'ne Menge los«, fuhr ich fort, »und dachte, ich könnte einen Deal landen – ein bißchen Kies machen.«

McCary ließ seine wuchtigen Gesichtsmuskeln spielen und setzte eine Unschuldsmiene auf.

»Ich glaube, ich weiß nicht ganz, was du meinst, Kumpel. Was spielst du denn am liebsten?«

»Was spielen Sie denn am liebsten?«

Er grinste wieder. »Nun, wir haben im vorderen Saal eine Menge zu bieten.«

Ich erwiderte: »Verarschen Sie mich nicht, Mr. McCary. Ich bin nicht gekommen, um Murmeln zu spielen.«

Er sah angenehm verwirrt aus.

»Ich habe lange für Dickie Johnson unten in Kansas City gearbeitet.«

»Wer hat dich zu mir geschickt?«

»Ein Typ namens Lowry – zumindest ist das der Name, der in seinem Mantel steht. Er ist tot.«

McCary rutschte ein wenig auf seinem Stuhl hin und her, aber sein Gesichtsausdruck blieb unverändert.

»Ich bin mit dem 9-Uhr-50-Zug angekommen«, fuhr ich fort, »und war gerade auf dem Weg in ein Hotel in der Stadt. In der Dell Street sprach mich Lowry an, sagte ›McCary‹ und brach zusammen. Er ist draußen in einem Taxi – stocksteif.«

McCary blickte hoch zur Zimmerdecke, dann wieder auf den Schreibtisch. »Tja, ja«, seufzte er und zündete sich eine kleine, dünne Zigarre an, die er aus einer Kiste in einer der Schreibtischschubladen genommen hatte. Schließlich sah er mich wieder an und seufzte noch einmal: »Tja, ja.«

Ich sagte nichts.

Nachdem er die Zigarre angeraucht hatte, setzte er wieder sein breites Grinsen auf. »Woher soll ich wissen, ob du okay bist?«

»Ich lege jeden aufs Kreuz. Was haben Sie denn gedacht?«

Er lachte. »Du gefällst mir«, sagte er. »Zum –! Du gefällst mir.«

Ich erwiderte, daß das völlig in Ordnung sei, aber daß man jetzt zum Geschäft kommen müsse.

»Hör zu«, begann er. »Luke McCary kontrolliert diese Stadt seit dreißig Jahren. Er ist gar nicht mein alter Herr – er hat nur meine Mutter geheiratet, und ich mußte seinen Namen annehmen.«

Gemächlich paffte er an seiner Zigarre. »Ich glaube, ich war ein ziemlicher Rotzlümmel« – er grinste spitzbübisch – »wenn ich von der Schule nach Hause kam, gab's immer Ärger – du weißt schon –, Kinderkram. Irgendwann schmiß der Alte mich raus.«

Ich zündete mir eine Zigarette an und lehnte mich zurück.

»Ich ging runter nach Südamerika, etwa zehn Jahre lang, dann nach Europa. Vor zwei Jahren kam ich hierher zurück, und eine Zeitlang lief alles wunderbar, bis der Alte und ich uns wieder in die Wolle kriegten.«

Ich nickte.

»Zu lange hatten alle nach seiner Pfeife getanzt. Vor drei Monaten ungefähr habe ich den Laden hier aufgemacht und ihm einen großen Teil seiner Zockerkundschaft abgejagt – eine Menge Werft- und Minenarbeiter ...«

McCary unterbrach sich und sog geräuchvoll an seiner Zigarre.

»Luke ist mächtig aus der Haut gefahren«, setzte er wieder an. »Er dachte, ich würde ihm alles wegnehmen wollen ...« Seine Faust landete mit einem harten Schlag auf dem Schreibtisch. »Und bei –! Das werde ich. Lowry ist der dritte meiner Männer in den letzten zwei Wochen. Es steht auf Messers Schneide."

»Wie sieht's auf Lukes Seite aus?« fragte ich.

»Wir haben einen erwischt«, sagte er. »Einen Schieber.«

»Es geht wohl nicht nur um die Konzession für den Spielsalon?«

»Verdammt, nein. Am Anfang schon. Ich wollte nur genug Geld verdienen, um davon leben zu können. Mittlerweile habe ich zwei Puffs am anderen Ende der Stadt, einen sicheren Deal mit den Bullen und steige jetzt so groß ins Schnapsgeschäft ein, daß du vom Stuhl kippen würdest.«

»Schmeißt Luke seinen Laden selbst?« fragte ich.

McCary schüttelte bedächtig den Kopf. »Den kriegst du nirgends zu Gesicht. Ein Kerl namens Stokes macht alles für ihn – junger Typ. Sind schon seit fast acht Jahren Partner. Alles läuft unter Stokes' Namen ...«

»Wie sieht dieser Stokes aus?«

»Groß, deine Statur. Glänzendes, schwarzes Haar und ein paar riesige Goldzähne« – McCary klopfte mit einem seiner feisten Wurstfinger an die Schneidezähne – »hier.«

»Wieviel ist er Ihnen wert?« wollte ich wissen.

McCary stand auf. Er lehnte sich über den Schreibtisch, grinste mich von oben an und sagte: »Keinen müden Cent.« Seine Augen waren groß und klar wie die eines Babys, als er langsam hinzufügte: »Aber mein Alter kann dir zweitausendfünfhundert Eier bringen.«

Ich schwieg, während McCary sich hinsetzte, eine andere Schublade aufzog und eine Flasche Whiskey herausholte. Dann goß er ein.

»Ich denke, du solltest am besten zu Stokes gehen und ihm den gleichen Vorschlag wie mir machen. Niemand hat dich kommen sehen. Das ist die einzige Möglichkeit, sich dem Alten zu nähern.«

Ich nickte. Dann tranken wir.

»Bei –! Dein Stil gefällt mir«, sagte er. »Bisher hatte ich leider immer nur mit Hinterwäldlern zu tun.«

Wir grinsten uns an. Es amüsierte mich, daß er sagte, er mochte mich, denn ich wußte, er mochte mich überhaupt nicht. Ich stand ihm da in nichts nach: ich mochte ihn nämlich auch nicht besonders.

Stokes saß auf der Ecke des großen, schweren Bibliothekstisches und schlenkerte mit seinen langen Beinen.

»Du läßt Ben sitzen – woher sollen wir wissen, daß du nicht mit gezinkten Karten spielst?« fragte er mit eiskalter Miene.

Ich sah den Alten an und sagte: »Ich kann Ihren Sohn – diesen Fettsack – nicht ausstehen und den, der mir das beste Angebot macht, bescheiße ich nie.«

Luke McCary war ein dünner, kleiner Mann mit hagerem, roten Gesicht und buschigem, weißen Haar. Er saß an der anderen Seite des Tisches in einem großen Lehnstuhl. Hals und Kopf mit den wildaussehenden, weißen Haaren ragten aus einem dicken, blauen Bademantel.

Er sah mich scharf an: »Ich will davon nichts wissen.«

»Dann werde ich mich wohl an das bessere Angebot halten müssen.«

Stokes grinste.

Der Alte stand auf und sagte: »Zum Teufel mit dir und deinem Gequatsche ...« Er öffnete eine Zigarrenkiste auf dem Tisch und nahm eine kleine Automatik heraus. »Ich könnte dich einfach wegpusten, Bürschchen ... Ich könnte dich wegen Einbruchs umlegen, und niemand würde den Unterschied bemerken ...«

»*Doch*. Sie würden den Unterschied bemerken – die vertane Chance, ein Talent nicht gefördert zu haben, als Sie die Gelegenheit dazu hatten.«

Er legte die Automatik zurück in die Kiste, setzte sich wieder und lächelte Stokes milde an.

Stokes' Augen waren auf den Fußboden gerichtet. »Fünf Riesen, wenn du den ganzen Haufen erledigst. Treib sie aus der Stadt, laß sie einbuchten, vergifte sie ... Irgendwas«, sagte er.

»Vielleicht noch 'nen neuen Bahnhof dazu?«

Einen Moment lang sagten sie nichts, sahen mich nur an.

»Keine Chance«, sprach ich weiter, »die Sache geht klar für die Kohle – die ganze Organisation auseinanderzunehmen heißt aber, noch ein paar Freunde zu engagieren – da muß mehr Schotter als nur fünf Riesen ...«

Der Alte zuckte etwas zusammen, dann sagte er: »Ben reicht.«

»Wie wär's mit einem kleinen Vorschuß?«

»Wohl verrückt geworden«, erwiderte Stokes.

Der Alte kicherte: »So ein Teufelskerl ist mir noch nicht untergekommen.«

»Gut, Gentlemen«, sagte ich, »ich lass' vielleicht von mir hören.«

Stokes ging mit mir hinunter und grinste merkwürdig. »Hätte nie gedacht, daß der Alte sich auf so eine komplizierte Geschichte einläßt. Ich denke mal, es wird glattgehen, weil Ben glaubt, du arbeitest für ihn.«

»Hm hmm«, nickte ich, »Ben ist 'n toller Kerl. Wahrscheinlich knallt er mich ab, wenn ich ihn wiedersehe.«

»Ich glaube nicht, daß er jetzt in seinem Laden ist.«

Ich blieb stehen, und Stokes, an die Tür gelehnt, sagte: »Unten im Süden sitzt eine große Gang. Die schicken jede Woche zwölf Laster hier durch. Seit Jahren zahlen sie für diesen Teil des Highways an den Alten. Die letzten beiden Konvois sind am Four-Mile Creek, nördlich der Stadt, überfallen worden – ein paar Fahrer wurden umgelegt ...«

Er machte eine Pause, dann ein schlaues Gesicht und erklärte: »Das war Ben. Letzte Nacht hätte ein Konvoi durchkommen sollen – sie fahren in Gruppen von vier oder sechs Lastern –, er kam nicht. Heute nacht kommt er hundert Pro – und dann wird auch Ben da sein.«

»Gut«, sagte ich, »wie komme ich da hin?«

Stokes erklärte mir den Weg, auf dem ich mich auf dem Main Highway nördlich halten sollte, und beschrieb mir die Abfahrt, die zum Four-Mile führte. Ich bedankte mich und ging weiter.

Von einem Drugstore an der Ecke rief ich mir ein Taxi. Als es kam, stieg ich ein und ließ den Fahrer den Wagen so lange herummanövrieren, bis er so parkte, daß ich die Eingangstür von McCarys Haus beobachten konnte.

Nach einer Weile kam Stokes aus dem Gebäude, stieg in einen Roadster, knatterte an uns vorbei und bog in die Seitenstraße ab. Ich sagte dem Fahrer, er solle dem Wagen folgen. Ich glaube nicht, daß der Taxifahrer wußte, wer der andere war. Es war ja auch scheißegal.

Ich stieg aus und sagte dem Fahrer, er solle warten. Ich ging die Dell Street hinunter, wobei ich mich so dicht wie möglich am Zaun hielt. Es hatte wieder angefangen, ziemlich stark zu regnen. Ich kam an die Stelle, an der mich Lowry angesprochen hatte, und ging weiter bis zur Straßenecke; dann kehrte ich um und ging den gleichen Weg zurück, bis ich an ein kleines Tor kam, das ich in der Dunkelheit übersehen haben mußte.

Eigentlich war es weniger ein Tor als eine Tür, die in den Zaun eingelassen war. Ich fummelte ein bißchen an dem Schnappschloß herum, stieß das Tor langsam auf und betrat einen Lagerhof. Das Gelände war ziemlich groß und voll mit verrottetem Bauholz und alten Güterwaggons – Gerümpel eben. Auf der einen Seite stand ein langer Lagerschuppen, auf der gegenüberliegenden befand sich ein kleines, zweigeschossiges Gebäude.

Stück für Stück pirschte ich mich so leise wie möglich an das Haus heran, und als ich um einen Haufen Eisenbahnschwellen bog, sah ich Stokes' Roadster dunkel und friedlich im Regen stehen. Ich ging an dem Wagen vorbei und weiter zum Gebäude, als ich in einem der Fenster Licht sah.

Ich mußte mir schnell und lautlos eine Kiste suchen, um mich daraufzustellen und durch das kleine, rechteckige Fenster sehen zu können. Die Scheiben waren verdreckt; drinnen sah es aus wie in einem Büro, das nur zeitweilig genutzt wurde. Stokes, Ben McCary und noch ein anderer Kerl waren da. Sie stritten sich. McCary lief wild gestikulierend herum, Stokes und der andere saßen. Von dem, was sie sagten, war nichts zu verstehen. Der Regen prasselte auf das Blechdach des Schuppens, und ich konnte nur undeutliches Stimmengewirr ausmachen.

Ich blieb nicht lange. Es brachte nichts. Ich stieg von der Kiste, stellte sie beiseite und streifte eine Weile umher, bis ich McCarys Wagen fand. Zumindest nahm ich an, es sei seiner. Es war eine große Limousine, geparkt in der Nähe des Eingangstores, oder genauer gesagt, auf der anderen Seite der Dell Street.

Ich stieg ein und setzte mich auf die Rückbank. Die Seitenvorhänge waren zugezogen, und es war angenehm, eine Zeitlang nicht mehr im Regen stehen zu müssen.

Etwa zehn Minuten später ging das Licht aus, und ich hörte Stimmen, die sich dem Wagen näherten. Ich duckte mich auf den Boden. Die drei standen eine Weile draußen und sprachen von »einem Anruf von Harry« – dann gingen Stokes und der andere zu Stokes' Wagen, während McCary sich auf den Vordersitz zwängte und seinen Wagen startete.

Ich wartete, bis wir durch das Tor geprescht waren und einen halben Häuserblock hinter uns gelassen hatten, dann stieß ich ihm einen Revolver ins Genick. Er setzte sich aufrecht und stieg langsam auf die Bremse. Ich sagte ihm, er solle weiterfahren und uns zum Alten bringen.

Wir saßen oben in dem großen Zimmer. Der Alte in dem großen Sessel am Tisch, Ben ihm gegenüber. Ich hatte es mir außerhalb des Lichtkegels der Lampe in einem anderen Stuhl bequem gemacht, den Revolver im Schoß.

Der Alte war außer sich. Sein Gesicht war grün vor Haß, und seine rotgeränderten Augen starrten Ben verächtlich an.

»Also, Opa –«, sagte ich, »wenn du jetzt mal den Scheck ausstellen würdest, könnten wir das hier hinter uns bringen.«

Der alte Mann schluckte.

»Die zweitausendfünfhundert Mäuse von dir nehme ich Cash«, fuhr ich zu Ben gewandt fort. »Dann befördere ich euch beide ins Jenseits – und alle werden glücklich sein.«

Sie sahen aus, als würden sie mir glauben. Ben erstarrte, der Alte räusperte sich und griff langsam nach der Zigarrenkiste.

Ich wedelte mit dem Revolver. Dann warf ich eine Schachtel Zigaretten auf den Tisch. »Zigarette?«

Der Alte glotzte auf die Zigaretten, dann auf den Revolver in meiner Hand und entspannte sich.

»Wie dem auch sei – irgendwie kommt meine Vorliebe für Gründlichkeit nicht ganz klar damit. Vielleicht solltet ihr Jungs euch mal zusammensetzen und mir ein Angebot für Stokes machen. Er ist die Hauptfigur in dem Spiel – er hat euch beide reingelegt.«

Ben schien nicht sehr überrascht zu sein – der Alte hingegen sah aus, als hätte er ein Auto verschluckt.

»Er und Ben haben die Überfälle auf die Laster gemeinsam

durchgezogen«, fuhr ich fort. »Er hat auf eine günstige Gelegenheit gewartet, dich auszubooten – und deinen Laden zu
übernehmen.«

»Das ist eine – verdammte Lüge«, sagte der Alte.

»Wie du meinst.«

Ich wandte mich an Ben: »Heute abend hat er mir in Lukes
Namen fünf Riesen geboten, wenn ich dich ausschalte – und
er hat mir den Tip mit dem Four-Mile Creek gegeben ...« Ich
zögerte einen Moment. »Nur würdest du wohl kaum dreimal
an derselben Stelle zuschlagen.«

Ben fand schließlich zu seinem Grinsen zurück. Er wollte
etwas sagen, aber ich unterbrach ihn: »Stokes sagte, die beiden
Jungs gingen auch auf dein Konto.«

Bens Grinsen verabschiedete sich wie das Licht einer erlö-
schenden Kerze. »Stokes hat die beiden erschossen – es war
völlig überflüssig. Sie mußten sich an der Straße aufstellen ...«

Sanft, wie er es erzählte, hörte sich die Geschichte richtig
gut an.

»Er hängt jetzt bei dir rum – oder?« sagte ich.

»Er ist nach Hause gefahren.«

Ben gab mir die Telefonnummer, ich wählte, aber am anderen Ende meldete sich niemand.

Wir schwiegen einige Minuten, dann wurde unten die Tür
geöffnet, wieder geschlossen, und jemand kam die Treppe herauf.

»Was wollen wir wetten?« fragte ich Ben.

Die Zimmertür ging auf, und Stokes erschien. Er trug einen
langen, grauen Regenmantel und wirkte damit noch größer
und dünner. Er blieb im Türrahmen stehen und starrte fast
unentwegt auf den Alten; dann ging er weiter und setzte sich
an eine Ecke des Tisches.

»Jetzt, da der ganze Verein versammelt ist, können wir ja
mit der Auktion beginnen«, sagte ich.

Ein tiefes, hohles Lachen drang aus der Kehle des Alten.
Stokes fixierte mich ausdruckslos, und Ben grinste blöde auf
seine Hände.

»Zu versteigern ist die interessante kleine Stadt in diesem
Staat, Gentlemen«, fuhr ich fort, »mit den besten Schulen,

dem ausgeklügeltsten Abwassersystem, dem schönsten Postamt, der wunderbarsten Straßenbeleuchtung, der herrlichsten Wasserversorgung ...«

Ich hatte einen Mordsspaß.

Grimmig blickte der Alte zu Stokes hinüber. »Ich gebe dir fünfundzwanzigtausend Dollar«, sagte er zu mir, »wenn du mir die Kanone gibst und von hier verschwindest.«

Hätte ich nur die Spur einer Chance gesehen, mit dem Geld tatsächlich durch diese Tür gehen zu können, ich hätte mich vielleicht darauf eingelassen. So entwickeln sich die Dinge mitunter.

Ich sah auf meine Uhr, legte den Revolver auf die Armlehne des Stuhls, wo er für meinen Geschmack den größten Eindruck hinterließ, und nahm den Telefonhörer ab.

»Wo soll das Ding heute abend abgewickelt werden?« fragte ich Ben.

Ben versuchte, nett zu sein. Er sagte: »Bei einem Freßschuppen, etwa sechs Meilen nördlich der Stadt.« Er warf Stokes einen Blick zu. »Der da wollte alles umkrempeln und es doch am Four-Mile abziehen, weil er dachte, du würdest mich dort abknallen.«

»Sind eure Jungs jetzt dort?«

Er nickte. »Seit kurzem halten die Fahrer dort immer, um zu essen.«

Ich rief die Vermittlung an und ließ mich zum Bristol Hotel in Talley, der nächsten Stadt nördlich von hier, durchstellen. Es klappte auf Anhieb. Ich fragte nach Mr. Cobb.

Als er dran war, informierte ich ihn über die Raststätte, sagte ihm aber, daß ich mir bei der ganzen Sache nicht sicher sei; ich sagte weiter, er könne die gestohlenen Sachen in dem Lagerschuppen auf dem Gelände in der Dell Street finden. Auch dessen war ich mir nicht sicher, aber ich beobachtete Ben und Stokes, während ich das sagte, und es schien zu stimmen. Cobb sagte, er sei gegen Mitternacht mit dem Konvoi in Talley angekommen und habe seitdem auf meinen Anruf gewartet.

Ich legte auf. »Da draußen wird es ein hübsches Feuerwerk geben. Eine Maschinenpistole in jedem Laster – außerdem

Doppelbesetzung. Scheißegal«, wandte ich mich an Ben, »wie idiotensicher dein Plan auch ist, sie werden die ganze Strecke auf der Hut sein.«

Stokes stand auf.

Ich nahm die Waffe. »Nicht so viel bewegen, Bohnenstange. Das macht mich nervös.«

Er stand da und glotzte auf den Revolver. Regenwasser lief von seinem Mantel und bildete eine kleine, dunkle Pfütze zu seinen Füßen.

»Was zum Teufel willst du?« fragte er.

»Ich wollte dir nur sagen, daß einer der Jungs, die du letzte Woche am Four-Mile abgeknallt hast, der Bruder von meinem Boß war. Er wollte nur mal mitfahren.«

Stokes war bewegungsunfähig. Ich glaube, er wollte sich etwas zur Seite drehen und eine Hand in die Tasche stecken oder so, aber er konnte nur tief Luft holen. Dann jagte ich ihm eine Kugel in den Bauch, an der gleichen Stelle, wo er den Jungen getroffen hatte, und als er zu Boden sackte, verknoteten sich seine Beine zu einem Schneidersitz.

Der Alte blieb sitzen. Er rutschte tiefer in seinen Sessel und starrte auf Stokes.

Für einen dicken Kerl bewegte sich Ben erstaunlich schnell. Er sprang auf und stürzte aus der Tür, als sei der Leibhaftige hinter ihm her. Es kümmerte mich nicht – er konnte nicht vor den Lastwagen an der Raststätte sein. Ich hatte seine Wagenschlüssel, und außerdem war es zu weit.

Ich stand auf, legte die Waffe beiseite und holte meine Zigaretten vom Tisch. Ich sah auf den Alten hinunter und sagte: »Jetzt wird es wieder etwas ruhiger werden – eventuell. Du bekommst die Knete dafür, daß wir unsere Fuhren durch dein Gebiet machen – wie immer. Sieh zu, daß sie auch durchkommen.«

Er schwieg.

Als ich zur Tür ging, fiel vor dem Haus ein Schuß. Ich rannte hinunter zur Eingangstür. Sie stand offen, und Ben lag auf der Schwelle – hingeklatscht mit dem Gesicht nach unten.

Geduckt lief ich in den Flur zurück und rüttelte an ein paar verschlossenen Türen. Als ich zurückkam, fand ich den Alten neben Ben kniend und ihn jammernd in seinen Armen wiegen.

Ich ging durch einen anderen Raum in die Küche und weiter zum Hintereingang. Dann rannte ich quer über den Hinterhof, sprang über einen niedrigen Zaun, kam wieder auf eine Art Hof und schließlich an eine Tür, die in eine Gasse führte. Ich watete durch den Schlamm bis zu einer Kreuzung und weiter bis zu der Ecke, die schräg gegenüber McCarys Häuserblock lag.

Ein Taxi fuhr die Straße entlang, und ich wartete, bis es fast auf meiner Höhe war, dann sprang ich ihm in den Weg. Der Fahrer machte einen Schlenker und stieg aufs Gas, hatte aber schon so viel Fahrt verloren, daß mir genügend Zeit blieb, auf das Trittbrett aufzuspringen.

Im Licht des Taxameters steckte ich meinen Kopf in den Wagen hinein. Es sollte die beste Eingebung des Abends werden, denn nur einen Moment später hätte mir der Fahrer mit einer der übelsten .45er, die ich je gesehen hatte, aus einem halben Meter Entfernung die Brust zerfetzt. Es war der Junge, der Lowry und mich aufgegabelt hatte. Als er mich sah, zögerte er gerade lange genug.

Fast wären wir an einen Baum gefahren, was mir Gelegenheit gab, in das Wageninnere zu fassen und ihm die Kanone aus der Hand zu schlagen. Er stieg auf die Bremse und griff nach der Waffe, aber ich war um Haaresbreite schneller, steckte sie in meinen Mantel und schwang mich auf den Sitz neben ihm.

»Du solltest dich schämen«, sagte ich, »einen alten Freund wie mich fast an den Baum zu setzen.«

Steif saß er hinter dem Lenkrad und rang sich ein schwaches Grinsen ab. »Wohin?« fragte er.

»Einfach nur weg.«

Wir fuhren durch Schlamm und Regen und bogen dann in eine etwas heller beleuchtete Straße ab.

»Woher hast du gewußt, daß Ben Lowry erschossen hat?« fragte ich.

Die Augen seines gesenkten Kopfes auf die Straße gerichtet, sagte er: »Lowry und ich, wir haben zwei Jahre zusammen gewohnt. Er hatte auch 'nen Taxijob, bevor er sich mit McCary eingelassen hat ... Lowry hat vor ein paar Tagen 'ne Menge

Schotter an einem von McCarys Würfeltischen gewonnen. McCary wollte, daß er's wieder rausrückt – meinte, jeder, der für ihn arbeitet, sei nur so 'ne Art Lockvogel und müsse seinen Gewinn wieder abdrücken. Monatelang hat Lowry jeden Cent, den er verdient hat, gleich wieder verspielt. Für Ben war das okay. Verlieren ging in Ordnung, bloß gewinnen durftest du nicht.«

Ich nickte und zündete mir eine Zigarette an.

»Ben hat Lowry heute abend in seinem Schuppen in der Dell Street erschossen. Ich weiß, daß er's war; Lowry hatte Angst davor – und deshalb sagte er auch ›McCary‹.«

»Hast du gewußt, daß es Lowry war, als du uns mitgenommen hast?«

»Erst als ich die Taschenlampe genommen habe. Und dann, als wir bei Ben hielten, sah ich, wie er gerade aus seinem Wagen stieg und vor dir in seinen Laden ging – da war mir alles klar. Ich hab' Lowry zu seinem Pa gebracht.«

Der Junge fuhr mich nach Süden, in die nächste Stadt. Ich habe den Namen vergessen. Ich hatte Glück mit dem Zug – ich mußte nur zehn Minuten warten.

ROTE 71

Shane drückte auf den Knopf unterhalb der blankgeputzen roten 71. Dann lehnte er sich gegen das Gebäude, hob seinen Kopf ein wenig und blickte in den dicht verhangenen, gelbschwarzen Himmel über ihm. Strömender Regen peitschte in dichten Schleiern quer über die dunkle Straße und wühlte die Pfütze zu seinen Füßen auf. Die Ampel über der Straßenkreuzung schaukelte quietschend im Wind hin und her.

Licht fiel durch einen Schlitz in der Tür, sie wurde geöffnet. Shane kam in einen schmalen, mit dickem Teppich ausgelegten Flur. Er nahm seinen dunklen Filzhut vom Kopf, schüttelte die Nässe ab und reichte ihn dem Mann, der ihn eingelassen hatte.

»Hi, Nick«, sagte er, »was gibt's Neues?«

»Mieses Wetter gibt's«, sagte Nick, »und das Geschäft läuft auch mies.«

Nick war klein und sehr füllig. Seine Fülle war mehr muskulöser Natur, kräftig, aber nicht fett. Seine Schultern verliefen in einem mächtigen Bogen zu den langen, durchtrainierten Armen und den großen, weißen Händen. Sein Hals war gedrungen und weiß, und sein breites Gesicht war so bleich, daß seine langen, schwarzen Haare wie eine Mütze wirkten. Er hängte Shanes Hut auf einen der in einer langen Reihe angebrachten, nummerierten Haken und half ihm aus dem Mantel, den er neben den Hut hängte.

Vorwurfsvoll sah er Shane an. »Er wartet schon lange auf dich«, sagte er.

»Oh–oh«, sagte Shane beiläufig, ging durch den Flur nach hinten und eine schmale Treppe nach oben. An deren Ende bog er in einen weiteren Gang und ging schräg auf eine geöffnete Flügeltür zu.

Der Raum war weitläufig und dezent beleuchtet. Etwa fünf-zehn oder achtzehn Leute saßen meist zu zweit oder zu dritt an den kleinen, runden Tischen, auf denen weiße Tisch-decken lagen. An der mit Aluminium verkleideten Bar am Ende des Raumes standen noch einmal drei Personen, eine Frau und zwei Männer.

Shane stand einen Moment an der Türschwelle und ging dann quer durch den Raum auf die andere Seite, wo Rigas an einem Tisch saß und auf ihn wartete. Einige der Leute sahen auf, nickten oder sprachen ihn an, als er vorbeikam; er setzte sich Rigas gegenüber an den Tisch und sagte »Bacardi« zu dem vorbeischwebenden Kellner.

Rigas faltete seine Zeitung zusammen, lehnte sich, die Ell-bogen auf den Tisch gestützt, nach vorn und lächelte.

»Du kommst spät, mein Freund.« Er hob eine Hand und rieb sich sein blaßbläuliches Kinn.

Shane nickte leicht mit dem Kopf. »Ich war ziemlich be-schäftigt", sagte er.

Rigas war Grieche. Sein langes, kastenförmiges Gesicht war tief zerfurcht, seine Augen waren klein, dunkel und standen weit auseinander; sein Mund war ein blutleerer, nach oben gekrümmter Schlitz. Er trug einen Smoking.

»Bei dir läuft's gut – ja?« fragte er.

Shane zuckte mit den Achseln. »Geht so.«

»Hier läuft es sehr mies.« Rigas nahm seinen Cocktail, nipp-te daran und lehnte sich zurück.

Shane wartete.

»Sehr mies«, fuhr Rigas fort. »Sie haben unsere Schutzgelder um mehr als fünfzig Prozent erhöht.«

Mit einem eleganten Schwung nahm der Kellner Shanes Cocktail vom Tablett und stellte das Glas vor ihn auf den Tisch.

Shane betrachtete es, dann blickte er zu Rigas: »Nun ...«

. Rigas schwieg. Er starrte auf die Tischdecke, als Ausdruck tiefster Konzentration spitzte er seine dünnen Lippen.

Shane nahm einen Schluck von seinem Cocktail und lachte verhalten. »Du weißt verdammt gut«, sagte er, »daß ich keinen müden Cent mehr in diesen Laden stecken werde.« Er setzte das Glas ab und starrte Rigas ungehalten an. »Und du weißt auch, daß ich bei den Schutzgeldern nichts machen kann. Das ist allein deine Sache.«

Ohne aufzusehen, nickte Rigas betrübt mit dem Kopf. »Ich weiß – ich weiß.«

Abwartend nippte Shane an seinem Cocktail.

Schließlich hob sich Rigas' Blick, und stockend sagte er: »Lorain – Lorain wird sich scheiden lassen.«

Shane lächelte und sagte: »Das ist ja 'ne Überraschung.«

Rigas nickte langsam. »Ja.« Er sprach sehr bedächtig und nachdenklich: »Ja – das ist es wohl für jeden von uns, eine Überraschung.«

Shane lehnte sich nach vorn, stützte die Ellbogen auf den Tisch und ließ langsam eine Hand mit der Innenfläche nach oben auf den Tisch sinken. Er fixierte Rigas, und sein Gesicht war wie versteinert, sein Blick eisig. »Du hast dir schon mal so 'ne Geschichte aus den Fingern gesogen – erinnerst du dich?«

Rigas schwieg. Ausdruckslos stierte er mit weit aufgerissenen Augen auf Shanes Krawatte.

»Weißt du noch, was passiert ist?« sprach Shane weiter.

Rigas reagierte nicht.

Shane entspannte sich. Er lehnte sich zurück, ließ seinen Blick umherschweifen und lächelte schwach.

»Ich unterstütze diesen Laden«, sagte er, »weil ich geglaubt habe, du würdest was draus machen. Ich mag dich nicht – habe dich noch nie gemocht –, aber ich mag Lorain, ich mochte sie schon, als wir noch Kinder waren. Ich hielt sie für komplett verrückt, als sie dich geheiratet hat, und das habe ich ihr auch gesagt.«

Er schlürfte an seinem Cocktail, und sein Grinsen wurde breiter. »Sie hat mir erzählt, was für ein toller Kerl du bist«, fuhr er fort, »und hat sich selbst dann nicht davon abbringen lassen, als du deine ganze Kohle verjubelt hast und ihre dazu. Dann hat sie mir erzählt, daß du den Laden hier übernehmen willst, und dann bin ich gekommen und habe fünfzehn Riesen auf den Tisch geblättert.«

Rigas wurde es unbehaglich, er rutschte auf seinem Stuhl

hin und her, und seine Blicke wanderten hastig durch den Raum.

»Seitdem«, setzte Shane wieder an, »habe ich nochmal an die fünf draufgelegt ...«

Rigas unterbrach ihn: »Wir haben für fast zwölftausend Dollar Ware auf Lager.« Er machte eine ausladende Geste.

»Wozu?« sagte Shane und verzog seinen Mund zu einem spöttischen Lächeln. »Damit man dir eins über den Schädel zieht, und der Schlägertrupp ein paar Monate im besten Jahrgangswein baden kann?«

Rigas zuckte unwirsch mit den Achseln und wandte sich etwas ab. »Ich kann mit dir nicht reden. Dir knallt immer gleich die Sicherung durch ...«

»Nein.« Shane lächelte.«Du kannst mit mir reden, worüber du willst, Charley –, und mir knallt nicht gleich die Sicherung durch, und ich werde auch nicht diskutieren. Aber hör mit den Märchen über Lorain und mich auf. Alles, was ich für dich getan habe, habe ich für Lorain getan – weil ich sie mag. Verstehst du, *mag*. Kriegst du das in deinen verdammten Griechenschädel? Ich will überhaupt nichts von ihr – und hör auf, die Augenbrauen so hochzuziehen. Siehst ja aus wie 'n Zuhälter.«

Rigas' Gesicht lief dunkelrot an. Sein Blick war stechend, seine Augen funkelten. Er stand auf und sprach ruhig und ohne Atem zu holen, als ob er Schwierigkeiten hätte, die Wörter aus sich herauszulassen: »Laß uns nach oben gehen, Dick.«

Shane erhob sich und gemeinsam gingen sie durch den Raum und durch die Flügeltür.

In der zweiten Etage liefen sie einen Flur entlang bis zu einer hohen, grauen Tür, Rigas schloß sie auf, und sie betraten ein geräumiges Zimmer. Über zwei großen runden Tischen hing jeweils eine Zugleuchte mit grünem Schirm, an einem saßen acht Leute, an dem anderen sieben. Rigas und Shane gingen quer durch den Raum zu einer weiteren hohen, grauen Tür.

Der Kartengeber und zwei der Spieler am nächstgelegenen Tisch sahen hoch, und einer der Spieler sagte: »Wie geht's so, Charley?« Dann öffnete Rigas die Tür, und sie traten in ein kleines Zimmer, das wie ein Büro eingerichtet war.

Rigas knipste das Licht an, schloß die Tür und blieb einen Moment mit dem Rücken zu ihr stehen. Seine Hände steckten in den Taschen seines Smokings.

Shane setzte sich auf den Rand des Schreibtisches.

Langsam ging Rigas durch das Zimmer auf den Schreibtisch zu, und als er auf Shanes Höhe war, zog er seine rechte Hand mit einem Ruck aus seiner Tasche und setzte Shane ein schmales Messer an die Kehle.

Shane glitt ein bißchen zur Seite und packte Rigas dicht am Ellbogen; das Messer fuhr über das Revers seines Sakkos und schlitzte es auf. Im selben Moment rammte er Rigas das rechte Knie in den Magen. Rigas stöhnte auf, eines seiner Knie gab nach, und er sank seitwärts zu Boden. Das Messer fiel klirrend auf die Glasplatte des Schreibtisches.

Als Shane von der Schreibtischkante rutschte und sich über Rigas beugte, öffnete sich die Tür und ein sehr großer, dürrer Mann machte ein paar Schritte ins Zimmer.

Shane warf dem Mann einen flüchtigen Seitenblick zu, dann sah er hinunter zu Rigas, seine Augen waren dabei halb geschlossen, und sein Mund war eine zusammengekniffene, dünne Linie.

Rigas krümmte sich und preßte seine Hände fest an den Bauch und das Kinn auf die Brust.

Shane blickte hoch zu dem Dürren, und mit zusammengebissenen Zähnen sagte er: »Besser du läßt deinen Freund hier keine Messerkunststücke mehr vollführen. Er bringt es noch fertig, jemanden zu verletzen.«

Der Dürre blickte verwirrt auf Rigas.

Shane ging an ihm vorbei zur Tür, verließ das Zimmer und durchquerte den großen Raum. Alle an den Tischen sahen ihn an, und alle waren seltsam ruhig. Am Tisch nahe der Tür standen zwei auf.

Shane ging aus dem Raum und schloß die Tür hinter sich, dann lief er hastig zwei Stockwerke hinunter. Er suchte Hut und Mantel und zog sich an. Nick kam aus dem Keller, als er gerade dabei war, sich seinen Schal umzubinden.

»Soll ich Ihnen ein Taxi rufen, Mr. Shane?« fragte er.

Shane schüttelte den Kopf. Er schob den mächtigen Riegel zur Seite, öffnete die Tür und trat in den strömenden Regen. Er ging zur Madison Avenue, stieg in ein Taxi und sagte: »Valmouth – in der Neunundvierzigsten.«

Es war fünf Minuten nach acht.

Shanes Zimmer im Valmouth befanden sich in der siebzehnten Etage. Er stand an einem der riesigen Fenster, blickte hinaus in den windgepeitschten, prasselnden Regen, hinunter auf die Fünfzigste Straße.

Nach einer Weile ging er ins Bad, drehte das laut in die Wanne plätschernde Wasser ab und zog sich aus.

Jemand klopfte an die Eingangstür, und er rief: »Herein«, während er in den langen Spiegel im Bad blickte, der einen Teil des Wohnzimmers widerspiegelte. Ein Kellner mit einem großen, ovalen Tablett öffnete die Tür, trat in das Zimmer und stellte das Tablett auf einen niedrigen Tisch.

»Auf dem Telefontisch liegt ein bißchen Kleingeld«, sagte Shane. Er streifte seine Slipper ab und stieg in die Wanne.

Fünf Minuten später war er wieder aus dem Wasser, hatte sich einen langen, dunkelgrünen Bademantel und Slipper angezogen und saß an dem niedrigen Tisch und zerteilte ein dickes T-Bone Steak in viereckige, dunkelrosa Stücke.

Als er sich Kaffee eingoß, surrte das Telefon. Er lehnte sich zur Seite, hob den Hörer ab und sagte: »Hallo.« Dann sagte er: »Mr. Shane ist nicht da ... Sie ist auf dem Weg nach oben! Warum zum Teufel haben Sie sie rauffahren lassen?«

Er knallte den Hörer auf die Gabel, hastete zur Tür und drehte den Verriegelungsknopf herum. Einen Moment lang stand er an der Tür, dann zuckte er leicht mit den Achseln, entriegelte das Schloß wieder und ging langsam zurück und setzte sich.

Lorain Rigas war schlank und hatte einen dunklen Teint. Ihre Augen waren schwarz, ein wenig schräg stehend, und ihre üppigen, vollen Lippen waren tiefrot. Sie trug einen dunklen, taillierten Regenmantel und einen kleinen Hut aus Veloursleder. Sie schloß die Tür und blieb mit dem Rücken zu ihr stehen.

»Kaffee?« fragte Shane.

Sie schüttelte den Kopf. »Charley hat mich heute nachmittag angerufen und mir gesagt, daß er in die Scheidung einwilligen wird – er wird keine Schwierigkeiten machen.«

»Das ist ja wunderbar.« Shane legte zwei Stücke Zucker auf einen Löffel, hielt ihn in den Kaffee und beobachtete aufmerksam, wie die Zuckerstücke zerfielen und sich auflösten.

»Ja und?«

Sie ging zu ihm hinüber und setzte sich. Sie knöpfte ihren Mantel auf, schlug ihre schlanken, in Seidenstrümpfen steckenden Beine übereinander, nahm eine Zigarette aus einem kleinen Silberetui und zündete sie an.

»Und du mußt mir helfen, Del zu finden, bevor er's schafft, bei Charley aufzukreuzen«, sagte sie.

Shane schlürfte seinen Kaffee und wartete ab.

»Del fing gestern abend an zu trinken«, fuhr sie fort, »heute morgen hat er damit weitergemacht. Er ist ungefähr um elf gegangen, und irgendwann so um eins hat Jack Kenny angerufen und mir gesagt, daß Del in seinem Laden ist. Er sei total besoffen und gröle rum, daß er Charley kaltmachen werde. Es ist immer das gleiche mit ihm, wenn er zu ist, dreht durch vor Eifersucht.«

Sie lehnte sich zurück und blies einen dünnen Kegel Rauch zur Decke. »Ich habe Jack gesagt, er solle ihn bis zum Umfallen weitersaufen lassen oder ihn einsperren oder irgendwas – und kurz darauf hat Jack mich nochmal angerufen und gesagt, alles sei in Ordnung, und Del sei umgekippt.«

Shane lächelte ein wenig. Er stand auf und ging zum Tisch in der Mitte des Zimmers, nahm eine grünlichbraune Zigarre aus einer Kiste, knipste das Ende ab und steckte sie an. Dann ging er zurück und setzte sich wieder.

Das Mädchen beugte sich vor. »So um drei«, sagte sie, »hat mich die Eastman Agentur angerufen – das sind die Schnüffler, die ich auf Charley angesetzt habe, damit ich was in der Hand habe –, und man sagte mir, sie hätten das Wohnhaus oben an der West Side ausfindig gemacht, wo Charley mit dieser McLean haust ...«

»Wie lange waren sie dran an der Sache?« fragte Shane.

»Drei Tage – und bis heute ist Charley ihnen immer durch die Lappen gegangen – jetzt haben sie wohl ein Telefongespräch abgehört.«

Shane nickte und goß Kaffee in die kleine Tasse.

Lorain Rigas drückte ihre Zigarette aus. »Ich habe Eastman gebeten, seine Jungs so lange vor dem Apartment zu lassen, bis sie Charley reingehen sehen. Ich wollte dann heute abend rübergehen und sie mit einem Haufen Zeugen überraschen – aber kurz darauf ruft mich Charley an, meint, alles sei okay, und er sei bereit, sich wann und wo immer ich will, von mir scheiden zu lassen und so weiter.«

»Du hattest einen anstrengenden Tag« sagte Shane.

»Hm, hmm.« Sie streckte ihre Hand aus, nahm die Kaffeetasse und trank einen Schluck. »Ich habe Eastman nicht zurückgerufen – ich will das Ding so durchziehen wie geplant – ihn auf frischer Tat ertappen, mit Zeugenaussagen und allem Drum und Dran. Wenn Charley seine Meinung nämlich ändert ...« Sie stellte die Tasse zurück auf das Tablett, lehnte sich zurück und zündete sich eine weitere Zigarette an. »Aber wir müssen Del finden.«

»Ich denke, der liegt bei Kenny und ist außer Gefecht.«

Sie schüttelte ihren Kopf und lächelte. »Ich habe Kenny angerufen, um zu hören, wie es Del geht, und Del war nicht mehr da. Er ist aufgewacht und hat da weitergemacht, wo er aufgehört hat – hat bei Jack eine Kanone mitgehen lassen und ist durch die Hintertür verschwunden. Ich glaube nicht, daß er wirklich ernst macht, aber sobald er genügend geschluckt hat, rastet er aus.«

Shane lehnte sich weit in seinem tiefen Sessel zurück und starrte an die Decke ins Leere. »Wenn du wirklich glaubst, daß Del was von Charley will«, er paffte an der Zigarre und sprach langsam weiter, »siehst du bei weitem nicht so aufgeregt aus, wie du eigentlich solltest.«

»Warum zum Teufel sollte ich aufgeregt sein?«

Sie stand auf.

»Es ist sonnenklar, daß sie Del nicht ins 71 lassen – und vor der Tür würde er nicht auf Charley warten, nicht, wenn er voll ist. Er hat diese seltsamen Vorstellungen von Mann gegen

Mann und von Angesicht zu Angesicht, wenn er betrunken ist. Ich kenne Del.«

»Wo liegt dann dein Problem?« Shane sah zu ihr auf und lächelte sanft. »Wahrscheinlich ist er zu Hause und wartet auf dich.«

»Nein – ich habe gerade angerufen.« Sie ging zum Fenster.

Shane betrachtete ihren Rücken. »Du bist ziemlich verrückt nach Del – stimmt's?«

Ohne sich umzudrehen, nickte sie.

Shane legte seine Zigarre beiseite und griff nach dem Telefon. »Wo meinst du, sollten wir anfangen?«

Sie drehte sich um zu ihm, legte den Kopf ein wenig zur Seite und sah ihn aus müden Augen an. »Wenn ich wüßte, wo wir anfangen sollen, Dick, müßte ich dich nicht belästigen. Du kennst Del seit Jahren – du weißt, genausogut wie ich, welchen Schwachsinn er sich so zusammenreimt – und du weißt, wo er sein könnte. Wo meinst du, würde er hingehen, um Charley zu suchen – außer ins 71?«

Shane nahm das Telefon, betrachtete es einen Moment und stellte es wieder zurück. Er stand auf und sagte: »Ich ziehe mir nur etwas an« und verschwand im Schlafzimmer.

Lorain Rigas setzte sich ans Fenster. Sie schob den kleinen Velourslederhut aus der Stirn, lehnte sich zurück und schloß die Augen.

Als Shane, seine Krawatte bindend, ins Zimmer kam, lag sie ganz ruhig da. Er beugte sich einen Augenblick über sie und blickte aus dem Fenster. Dann, als er den Knoten fertig gebunden hatte, sah er sie an, streckte zögernd eine Hand nach ihr aus und berührte mit seinen Fingern ihre Stirn. Sie schlug die Augen auf und sah ihn einen Moment lang ausdruckslos an. Er wandte sich ab und ging zu dem Stuhl, auf den er seinen Mantel geworfen hatte und zog ihn an.

Gerade als Shane die Tür geschlossen hatte, surrte das Telefon. Leise fluchend kramte er in seinen Taschen. Lorain Rigas lehnte an der Wand im Korridor und lächelte amüsiert über die erfolglosen Anstrengungen, den Schlüssel zu finden.

Das Telefon surrte beharrlich weiter.

Schließlich fand er den Schlüssel, schloß hastig die Tür auf und ging an den Apparat. Währenddessen lehnte das Mädchen im Rahmen der offenen Tür.

»Hallo ...«, sagte Shane, »stellen Sie ihn durch ...« Er stand da, den Hörer in der Hand, blickte zu ihr, sprach wieder in das Telefon: »Hallo, Bill ... Ja ... Ja ... Warum zum Teufel ...?« Dann schwieg er eine Weile, während er den Hörer noch an sein Ohr hielt. »Okay, Bill – danke«, sagte er schließlich und legte den Hörer langsam auf.

Er setzte sich und gab dem Mädchen mit einer Kopfbewegung zu verstehen, daß sie hereinkommen und die Tür schließen solle. Sie schloß die Tür, blieb mit dem Rücken zu ihr stehen und starrte ihn fragend an.

»Charley ist gegen halb neun heute abend in den Montecito Apartments in der Zweiundachtzigsten West erschossen worden.«

Zögernd und etwas ziellos streckte Lorain Rigas ihre Hand ein wenig nach vorn. Ihr Blick war vollkommen leer. Auf unsicheren Beinen wankte sie zu einem Sessel und versank darin.

»Sie halten diese McLean fest«, sagte er. »Sie haben rausgefunden, daß Charley und ich heute abend Streit hatten und wollen mit mir reden. Sie sind schon auf dem Weg hierher, um mich abzuholen.«

Er warf einen Blick auf seine Uhr. Es war zwanzig vor zehn. Er stand auf und ging zum Tisch, nahm eine Zigarre aus der Kiste und steckte sie an. Dann ging er zum Fenster und starrte hinaus in die Dunkelheit.

»Einmal – Schädelbasis. Einmal – etwas tiefer – zerschmetterter Halswirbel.« Der Gerichtsmediziner richtete sich auf, warf das glänzende Besteck in den Sterilisator und streifte sich die Gummihandschuhe von den Händen. Er blickte kurz zu Shane, drehte sich um und machte sich auf den Weg zur Tür.

Sergeant Gill und ein Assistent des Arztes drehten den Körper um.

»Rigas?« fragte Gill und sah Shane an.

Shane nickte.

Gill breitete ein halb ausgefülltes Formular neben Rigas'

Füßen auf dem Untersuchungstisch aus, zog einen Bleistiftstummel aus seiner Tasche und schrieb mehrere Zeilen in das Formular. Dann faltete er es zusammen, steckte es in seine Tasche und sagte: »Gehen wir wieder nach oben.«

Shane folgte ihm durch den Raum, der nach Formalin und Tod roch; sie gingen durch einen langen Korridor zum Fahrstuhl.

Im zweiten Stockwerk stiegen sie aus, gingen quer über den Gang zur geöffneten Tür eines großen Büros und traten ein. Ein großer, dickbäuchiger Mann mit einem knochigen, purpurroten Gesicht drehte sich vor dem Fenster um, ging zu einem Drehstuhl hinter dem breiten Schreibtisch und setzte sich.

»Wie kommt's«, sagte er, »daß du heute abend vorbeischaust, Dick?« Er lehnte sich zurück und schielte über den Tisch zu Shane.

Shane reagierte mit einem Achselzucken und setzte sich seitlich auf die Schreibtischkante. »Wollte meinen Kumpeln mal Hallo sagen.«

»Du bist ein verdammter Lügner!« Der große Mann sprach gleichförmig, unterkühlt. »Ein paar meiner Leute waren gerade auf dem Weg zu dir, um dich abzuholen, als du hier aufgekreuzt bist. Irgend jemand hat dir einen Tip gegeben, und ich will wissen, wer das war – dir kann so etwas ja egal sein, aber für unser Department ist es fatal.«

Shane grinste hinüber zu Gill, dann wandte er den Kopf und blickte stumm auf den großen Mann hinunter. »Was willst du machen, Ed – mich festhalten?« sagte er schließlich.

»Wer hat ausgeplaudert, daß wir dich festnehmen wollten?«

Shane erhob sich und sah dem großen Mann direkt ins Gesicht. »Festnehmen also, ja?« sagte er. Er drehte sich um, ging auf die Tür zu und sagte über die Schulter zu Gill: »Gehen wir, Sarge.«

»Bleib hier, du –!«

Shane drehte sich nochmal um. Er sah nicht gerade amüsiert aus. Er machte zwei kurze, langsame Schritte zurück in Richtung Schreibtisch.

Der große Mann grinste. »Is' schwer mit dir auszukommen – stimmt's?«, kaute er gedehnt.

Shane gab keine Antwort. Er hatte einen Fuß vor den anderen gestellt, und seine Augen unter der Krempe seines dunklen Filzhutes starrten auf den großen Mann. Die Haut um Augen und Mund war sehr gespannt.

Das Grinsen des großen Mannes wanderte von Shane zu Gill. »Sieh zu, ob du diesen Schnüffler von Eastman finden kannst.«

Gill stürzte aus dem Zimmer.

Der große Mann wippte ein wenig in seinem Stuhl und drehte seinen Kopf, um aus dem Fenster sehen zu können. Die Art, wie er sprach, wirkte betont lässig.

»Diese McLean hat Rigas umgelegt.«

Shane regte sich nicht und schwieg.

»Worüber habt ihr euch heute abend gestritten?« Der große Mann drehte sich um und sah Shane an. Er hatte die Hände miteinander verschränkt und hielt sie vor seinen fetten Bauch. Nervös schnipste er mit den Daumennägeln.

Shane räusperte sich. »Bin ich verhaftet?« fragte er heiser.

»Nein. Aber wir haben genug, um dich erstmal festhalten zu können. Du hast 'ne Menge Kohle in Rigas' Laden gesteckt und soweit wir wissen, nicht viel rausgeholt. Heute abend hattet ihr eine Auseinandersetzung ...«

Der große Mann löste seine Hände voneinander, beugte sich nach vorn und legte seine Arme auf den Schreibtisch. »Warum hilfst du uns nicht, die Sache vom Tisch zu bekommen, anstatt dich hier querzustellen?« Er verzog sein stark gerötetes Gesicht zu einem schiefen Lächeln.

»Rigas und ich hatten Streit wegen Geld – um acht bin ich dort weggegangen und war eine Viertelstunde später in meinem Hotel. Dort war ich, bis ich hierhergekommen bin.« Er kam wieder näher an den Schreibtisch heran. »Es gibt ein halbes Dutzend Leute im Hotel, die das beschwören können.«

Der große Mann wehrte mit einer ausladenden Geste ab. »Zum Teufel, Dick, wir wissen, daß du's nicht warst – und es ist eigentlich klar, daß es die McLean war. Wir dachten nur, du könntest uns helfen, die Lücken zu füllen.«

Shane schüttelte den Kopf, langsam und entschieden.

Sergeant Gill und ein zu klein geratener blonder, junger

Kerl in einem schäbigen Anzug mit blauem Futter kamen ins Zimmer.

Der junge Mann ging zum Schreibtisch, nickte Shane zu und sagte: »Wie geht's, Cap?« zu dem großen Mann.

Der richtete seinen Blick auf Shane. »Dieser Mann –«, sagte er und deutete mit seinem Kopf auf den jungen Mann, »arbeitet für Eastman. Er hat im Auftrag von Mrs. Rigas Beweismaterial gesammelt und ging mit dem Polizisten in das Gebäude, nachdem Rigas erschossen wurde ...«

»Ja, Sir«, unterbrach der junge Mann. »Das Mädchen von der Telefonvermittlung kam rausgerannt und hat wie am Spieß geschrien, und dann kam der Bulle von der Ecke, und wir sind zu zweit hochgegangen«, er machte eine Pause und holte Atem, »und da lag dann dieser Typ, Rigas, halb im Schlafzimmer, halb draußen, tot wie ein Stück Holz ... Die Kanone lag auf dem Boden, und diese Lady, McLean, stand im Pyjama und hat geschrien, daß sie's nicht gewesen sei.«

»Ja – das hast du uns ja alles schon erzählt«, sagte der große Mann.

»Ich weiß – aber jetzt erzähl' ich's ihm.« Der junge Mann grinste Shane an.

Shane setzte sich wieder auf die Schreibtischkante. Sein Blick wanderte von dem jungen Burschen zu dem großen Mann. Er fragte: »Und was erzählt die McLean?«

»Die hat 'ne ganze Sammlung von Kurzgeschichten.«

Zielsicher spuckte der große Mann in einen Napf neben dem Schreibtisch. »Die beste ist die, daß sie geschlafen hat und erst aufgewacht ist, als sie die Schüsse gehört hat – und dann hat sie das Licht angemacht, und er lag da, auf dem Boden, halb in der Tür. Die Eingangstür zum Apartment war nicht abgeschlossen – soll den ganzen Abend über nicht abgeschlossen gewesen sein. Sie sagt, sie habe das immer so gemacht, wenn er weg war. Er hat nämlich ständig seine Schlüssel verloren, und so konnte er rein, ohne sie aufzuwecken.«

»Was hat sie um halb neun im Bett gemacht?« fragte Shane.

»Starke Kopfschmerzen.«

Sergeant Gill holte eine .38er Automatik aus der Schublade eines stählernen Aktenschranks und gab sie Shane. »Keine

Fingerabdrücke«, sagte er, »blank wie polierter Marmor.«

Shane betrachtete die Waffe und legte sie auf den Schreibtisch.

Der große Mann blickte zu dem jungen Burschen und zu Gill und nickte bedeutungsvoll mit dem Kopf in Richtung Tür. Die beiden verließen den Raum. »Bis dann, Cap – bis dann, Mr. Shane«, sagte der Junge. Gill schloß die Tür hinter ihm.

Shane grinste.

»Rigas' Frau hat ihm diese Eastman-Schnüffler auf den Hals gehetzt – steckt sie irgendwie mit drin?«

»Warum?« Shane zuckte mit den Achseln. »Sie wollte die Scheidung.«

»Seit wann hatten sie Ärger?«

»Keine Ahnung.«

Der große Mann stand auf, steckte die Hände in seine Taschen und ging zum Fenster. Über die Schulter hinweg sagte er: »Seid ihr zwei, du und sie, nicht mal gute Freunde gewesen?«

Shane gab keine Antwort. Sein Gesicht war vollkommen ausdruckslos.

Der große Mann drehte sich um und schaute ihn an, dann sagte er: »Nun – ich denke, das wäre alles.«

Zusammen verließen sie das Zimmer.

Im Flur verabschiedete sich Shane mit einer leichten Handbewegung und sagte: »Wir sehen uns«, ging zwei Stockwerke tiefer und durch die Tür auf die Straße. Er stand im breiten Torbogen des Eingangs geschützt vor dem Regen und sah sich rechts und links nach einem Taxi um. Sechs oder sieben Eingänge vom Polizeirevier entfernt stand eines vor einem Drugstore; er pfiff, lief aber schließlich hastig durch den dichten Regen auf das Taxi zu.

Als er gerade einsteigen wollte, kam der junge Bursche in dem blaugefütterten Anzug aus dem Drugstore über den Gehweg gestürzt, kletterte in das Taxi und setzte sich neben ihn.

Der Fahrer drehte sich nach hinten und fragte: »Wohin?«

»Moment«, sagte Shane.

Der junge Bursche lehnte sich zurück und legte ihm freundschaftlich eine Hand auf die Schulter. »Sagen Sie ihm, er soll um den Häuserblock fahren. Ich muß Ihnen etwas erzählen.«

Der Fahrer sah Shane an, und Shane nickte. In einem schwungvollen Bogen fuhren sie los.

»Ich habe Mrs. Rigas gesehen. Etwa einen halben Häuserblock nördlich von dem Gebäude, in dem Rigas umgebracht wurde, ungefähr zehn Minuten bevor wir ihn gefunden haben.«

Shane sagte nichts. Mit einer Hand rieb er sich die eine Seite seines Gesichts, warf einen Blick auf seine Uhr und nickte.

»Ich kam gerade aus dem Imbiß an der Ecke. Habe mir ein bißchen was zwischen die Zähne geschoben. Sie lief in die gleiche Richtung, auf der anderen Straßenseite. Zuerst war ich mir nicht sicher, ob sie's war – ich habe sie nur einmal gesehen, als sie ins Büro gekommen ist, um Mr. Eastman zu sprechen – aber dann fuhr ein Wagen die Straße lang, und die Scheinwerfer waren ziemlich hell, und da war ich mir fast sicher, daß sie's war.«

»Fast«, sagte Shane.

»Ach Scheiße – sie war es.« Der junge Bursche zog eine durchnäßte Zigarette aus seiner Tasche und zündete sie an.

»Wohin ist sie gegangen?«

»Das ist es ja, was ich nicht weiß. Es hat so verdammt stark geregnet – und es war windig –, und als ich zu unserem Wagen kam, der gegenüber vom Montecito auf der anderen Straßenseite stand, war sie verschwunden.« Er schüttelte den Kopf. »Ich habe es meinem Partner erzählt. Er sagte, ich hätte mich wohl getäuscht, denn wenn sie es gewesen wäre, hätte sie im Büro angerufen und gefragt, wo sie uns finden kann, weil sie doch mit uns zusammen reingehen wollte. Er ist dann runter zur Ecke gegangen, um was zu essen, und ich saß im Wagen und war mir sicher, daß ich mich getäuscht hatte, und dann, ein paar Minuten später, habe ich die Schüsse gehört und die Telefonistin kam rausgerannt.«

»Hast du Rigas reingehen sehen?« fragte Shane.

Der junge Bursche schüttelte den Kopf. »Nein, und mein Partner schwört, daß er nicht rein ist, während er Wache gehalten hat. Er muß den Hintereingang benutzt haben.«

Shane nahm eine Zigarre aus einem blauen Lederetui, biß das Ende ab und steckte sie an. »Und du sagst, du hast gedacht, daß du dich getäuscht hast, als du sie gesehen hast?«

Der Junge lachte. »Ja – das habe ich da gedacht. Aber das ist nicht das, was ich jetzt glaube.«

»Warum nicht?«

»Mr. Shane, wenn ich einer Lady, die gerade einen Typen umgelegt haben soll, in die Augen sehe, weiß ich, ob sie's war oder nicht. Darauf bin ich ziemlich stolz, und deswegen bin ich in diesem Geschäft.« Er wandte seinen Kopf und sah Shane sehr bedeutungsvoll an.

Shane lächelte schwach im Dunkeln.

»McLean war's nicht.« sagte der junge Bursche. Er klang sehr überzeugt.

»Warum hast du das nicht dem Captain erzählt?« fragte Shane.

»Himmel! Wir sind doch unseren Kunden verpflichtet.«

Das Taxi hielt vor dem Drugstore, der Fahrer drehte sich nach hinten und schaute Shane fragend an.

Shane stieß eine große Wolke graublauen Rauchs aus, sah den Jungen von der Seite an und fragte: »Wohin willst du?«

»Hier ist schon okay.« Der Junge beugte sich vor und legte eine Hand auf den Türgriff. Er zögerte etwas und wandte sich nochmal zu Shane.

»Ich sitze in der Klemme, Mr. Shane. Meine Frau ist krank – und ich habe letztens beim Rennen einen ganzen Batzen verloren, als ich das Geld für eine Operation zusammenkriegen wollte ...«

»Weiß außer deinem Partner noch jemand von Mrs. Rigas?«

Der Junge schüttelte den Kopf.

Shane schnippte seinen Hut nach hinten, wischte sich mit zwei Fingern über die Stirn und sagte: »Mal sehen, was ich da machen kann. Wo wohnst du?«

Der junge Bursche zog eine Visitenkarte aus seiner Tasche, nahm einen kleinen, silbernen Stift und schrieb etwas darauf. Er gab Shane die Visitenkarte, sagte »Bis dann«, stieg aus dem Taxi und lief über den Gehsteig zum Drugstore.

»Downtown«, sagte Shane.

In Höhe der Zwölften Straße, nicht weit der Sixth Avenue, klopfte er an die Trennscheibe, und das Taxi fuhr in einem Bogen an den Bordstein. Er bat den Fahrer zu warten, stieg aus und ging eine kleine Gasse zwischen zwei Gebäuden entlang. Er gelangte zu einer grünen Holztür, über der trübe eine Glühbirne brannte. Er öffnete die Tür und klopfte an eine weitere, schwerere Tür, die sich im rechten Winkel dazu befand. Kurz darauf wurde geöffnet, und er stieg vier breite Stufen hinab in einen langen und schmalen Raum, in dem sich an der einen Seite eine Bar langzog. Sieben oder acht Männer standen an der Bar, und zwei mit weißen Schürzen bewegten sich dahinter: ein gedrungener, braungebrannter Italiener und ein kräftig gebauter Ire.

Shane ging zum anderen Ende des Raumes, lehnte sich an die Bar und sagte zu dem Italiener: »Was ist das Beste, was ihr hier zu bieten habt?«

Der Italiener stellte eine Flasche Brandy und ein Glas vor ihn auf den Tresen. Shane zog ein Taschentuch aus seiner Brusttasche, hielt das Glas gegen das Licht und wischte es sorgfältig ab. Er goß sich ein und probierte.

»Ekelhaft«, sagte er, »gib mir ein Glas Bier.«

Der Italiener nahm das Glas mit Brandy, trank es aus, stellte die Flasche weg und zapfte das Bier. Er streifte den Schaum ab und stellte das hohe Glas auf den Tresen.

»Fünfundsiebzig Cents«, sagte er.

Shane legte eine Dollarnote auf die Bar und fragte: »Ist Kenny da?«

Der Italiener schüttelte den Kopf.

»Wo ist das Telefon?« fragte Shane.

Der Italiener zeigte mit dem Kopf auf eine schmale Tür hinter Shane. Shane ging in die Kabine, rief im Valmouth an und verlangte Miss Johnson. Als die Verbindung hergestellt war, sagte er: »Hallo, Lorain – welche Zimmernummer hast du? ... Gut, bleib da, bis ich zurück bin – verlaß auf keinen Fall das Zimmer ... Ich bin in Jack Kennys Laden ... Erzähl ich dir, wenn ich komme ... Hm, hmm ... Wiedersehen.« Er hing ein und ging zurück zur Bar.

Der Italiener und der Ire unterhielten sich. Der Ire kam auf Shane zu und sagte: »Jack ist oben und schläft. Worum geht's denn?«

»Du weckst ihn besser auf – ich will ihm sagen, wie er seinen Arsch retten kann.« Shane trank etwas Bier: »Ekelhaft – gib mir 'n Glas Wasser.«

Der Ire betrachtete ihn einen Augenblick argwöhnisch, stellte ein Glas Wasser auf den Tresen und ging zur Tür am Ende des Raumes.

»Was sag' ich, wer es ist?« fragte er.

»Shane.«

Der Ire verschwand durch die Tür.

Kurz darauf kam er zurück und sagte: »Sie können raufgehen – es ist die offene Tür am Ende der Treppe.«

Shane ging nach hinten durch die Tür und kam in einen dunklen, stickigen Gang. Er zündete ein Streichholz an, entdeckte die unterste Stufe und stieg nach oben. Am Ende der Treppe gelangte er an eine angelehnte Tür, durch die schwaches Licht fiel, stieß sie auf und ging hinein.

Jack Kenny war fett und hatte eine Glatze. In sich zusammengesunken, saß er in einem abgenutzten, ramponierten Korbsessel. Er war sehr betrunken.

Auf dem dreckigen, ungemachten Bett lag noch ein weiterer Mann, Gesicht nach unten. Er schnarchte laut und manchmal pfiff er beim Ausatmen in langgedehnten Seufzern.

Kenny hob das Kinn von seiner Brust und blickte aus trüben Augen hoch zu Shane. »Hi, mein Junge«, sagte er.

»Was für eine Kanone hast du Del Corey gegeben?« fragte Shane.

Kenny riß seine Augen auf und grinste. Er lehnte sich weit nach vorn, dann zurück und räkelte sich ausgiebig.

»Ich habe ihm gar keine gegeben – die Ratte hat sie gestohlen.«

Shane wartete.

Plötzlich wurde Kenny ernst. »Worum zum Teufel geht es überhaupt?« sagte er.

»Charley Rigas wurde heute abend mit einer .38er Smith & Wesson Automatik erschossen«, sagte Shane, »die Sicherung war rausgeschlagen, und die Nummer auf dem Lauf fing mit vier sechs sechs zwei an ...«

Kenny erhob sich schwankend.

»Ich habe gedacht, es würde dich interessieren«, sagte Shane, drehte sich um und ging zur Tür.

»Wart mal 'ne Sekunde«, sagte Kenny.

Shane blieb im Türrahmen stehen und drehte sich um.

Jegliche Farbe war aus Kennys aufgedunsenem, roten Gesicht gewichen, und zurück blieb nur ein käsiges, gelbliches Weiß.

»Bist du sicher?« fragte er. Unsicher wankte er zu einem kleinen Tisch, nahm eine leere Flasche, hielt sie ins Licht und schleuderte sie in eine Ecke.

Shane nickte: »Saublöd von Del, wegen Lorain und Charley so auszurasten, daß er Charley gleich umbringt – hm? Lorain hat Charley schon vor Monaten den Laufpaß gegeben – und wenn überhaupt einer davon wußte, dann war das Del ...«

»Er hat sich nicht wegen Lorain bepißt«, sagte Kenny, »es war wegen dieser kleinen Zigarettenmieze – Thelma oder Selma oder so ähnlich –, die für Charley arbeitet. Mit ihr hat Del Lorain in den letzten Wochen betrogen. Irgend jemand muß ihm gesteckt haben, daß Charley und sie was miteinander hatten, deshalb war er heute nachmittag so stinksauer.«

Kenny ging zu einer Kommode, zog eine Schublade auf und holte eine Flasche Whiskey heraus.

»Oh«, sagte Shane.

Er ging aus dem Zimmer, die dunkle Treppe hinunter und betrat wieder die Bar. Das Bier und das Glas Wasser standen auf dem Tresen, wo er sie stehengelassen hatte. Er hob das Glas mit dem Wasser, kostete davon und sagte: »Ekelhaft«, dann ging er durch die Eingangstür und durch die Gasse zurück zum Taxi.

Es war einige Minuten vor elf, als Shane aus dem Taxi stieg, den Fahrer bezahlte und ins Valmouth ging. Das Mädchen am Empfang gab ihm einen Zettel, auf dem stand, daß ein Mr. Arthur angerufen habe und sich am folgenden Morgen wieder melden werde.

Shane fuhr nach oben in seine Zimmer, setzte sich, ohne

Mantel und Hut abzulegen, und nahm den Hörer vom Telefon.

»Hör mal, Baby«, sagte er, »sag deiner Ablösung morgen früh, wenn Mr. Arthur anruft: ich bin nicht in der Stadt – und komme erst in ein paar Monaten zurück. Er will mir irgendeine Versicherung andrehen.«

Er hängte ein, suchte in seinem kleinen, schwarzen Buch die Nummer des 71 und rief an. Eine unbekannte Stimme meldete sich. Shane sagte: »Ist Nick da? ... Ist Pedro da? ... Egal – was ich wissen will, ist, wie heißt Thelma mit Nachnamen? Thelma, das Zigarettenmädchen? ... Hm, hmm ... Ist doch egal, wer ich bin – ich bin einer eurer besten Kunden ... Hm, hmm ... Wie buchstabiert man das? ... B-u-r-r ... Sie haben nicht vielleicht auch ihre Telefonnummer, oder?« Im Hörer knackte es, Shane grinste und hängte ein.

Er fand Thelma Burrs Adresse im Telefonbuch: eine Nummer in der Vierundsiebzigsten Straße West, beim Riverside Drive. Er stand auf, ging zum Tisch und nahm mehrere Zigarren aus der Kiste und steckte alle bis auf eine in das blaue Lederetui. Die zündete er sich an und ging zu einem der Fenster und schaute auf die winzigen Lichter der nördlich gelegenen Gebäude. Der Regen klatschte in Böen an das Fenster und er fröstelte plötzlich.

Er ging zu einer Vitrine, nahm eine rechteckige, braune Flasche und ein Glas heraus und goß sich kräftig ein. Dann ging er nach draußen, hinunter in den sechzehnten Stock. Einige Male klopfte er an die Tür von 1611, aber niemand rührte sich. Er ging zum Fahrstuhl und fuhr hinunter in die Eingangshalle.

Der Nachtportier sagte: »Das ist richtig, Sir – 1611, aber ich glaube, Miss Johnson hat kurz bevor Sie kamen das Haus verlassen.«

Shane ging zum Haustelefon und sprach mit der Vermittlung: »Hat Miss Johnson irgendeinen Anruf erhalten, nachdem ich mit ihr gegen halb elf gesprochen habe? ... Gleich nachdem ich angerufen habe, hm? ... Danke.«

Er ging nach draußen auf die Straße, stieg in ein Taxi und gab dem Fahrer die Hausnummer in der Vierundsiebzigsten Straße.

Wie sich herausstellte, handelte es sich um ein schmales, fünfstöckiges Wohnhaus auf der Nordseite der Straße. Shane bat den Fahrer zu warten, ging die Stufen nach oben, durch eine schwere Tür und kam in einen düsteren Hausflur. Auf jeder Seite des Flurs waren Briefkästen angebracht; er zündete ein Streichholz an und begann auf der linken Seite. Der vorletzte Kasten auf der linken Seite fand sein Interesse: N. Manos – Apartment 414. Er ging hinüber zur rechten Seite des Flurs, fand den Namen und die Apartmentnummer, nach der er gesucht hatte, und stieg die knarrenden Stufen hinauf bis zur zweiten Etage.

In 312 regte sich nichts.

Nach einer Weile ging Shane wieder den Flur hinunter. Einige Minuten verharrte er in der Dunkelheit. Dann ging er wieder nach oben in die dritte Etage und klopfte an der 414. Auch dort rührte sich nichts. Er versuchte die Tür zu öffnen, fand sie verschlossen und ging hinunter, zurück zur 312.

Eine Zeitlang stand er im dämmrigen Licht des Korridors und hielt sein Ohr dicht an die Tür. Er hörte, wie die Haustür unten geöffnet und geschlossen wurde, dann Stimmen. Er ging ein paar Stufen die Treppe hinunter, wartete, bis die Stimmen im Erdgeschoß sich entfernten, dann ging er zurück zur 312 und versuchte, mit verschiedenen Schlüsseln das Türschloß zu öffnen. Der sechste, den er probierte, ließ sich fast problemlos herumdrehen; er hielt den Knauf fest, hob die Tür etwas an, stemmte sich dagegen und drehte gleichzeitig den Schlüssel mit einem Ruck herum. Das Schloß klickte, gab nach und die Tür ging auf.

Shane ging hinein. Es war dunkel. Er schloß die Tür und zündete ein Streichholz an. Er entdeckte den Lichtschalter und drückte ihn. Eine Stehlampe mit einem bunten, geschmacklosen Batikschirm und eine kleinere Tischlampe, die man mit einem schwarzen Seidentaschentuch drapiert hatte, gingen an. Die Glühbirnen waren honigfarben; das Licht der beiden Lampen reichte kaum aus, um die helltapezierten Wände und die Unmenge an Möbeln in dem Zimmer ausmachen zu können. Shane suchte sich mühsam seinen Weg zum Tisch und zupfte das Taschentuch von der Tischlampe;

dadurch wurde es ein bißchen heller.

An einem Ende des kleinen Zimmers kniete ein Mann vor einer Couch. Sein Oberkörper lag vornübergebeugt auf der Couch, und seine Arme hingen schlaff und absurd zu Boden; sein Hinterkopf war eingeschlagen, und der weiße, mit leuchtenden Blumen gemusterte Schonbezug war unterhalb des Kopfes und der Schultern blutdurchtränkt.

Shane hockte sich zu ihm und betrachtete die zertrümmerte, blutige Hälfte seines Gesichts. Es war Del Corey.

Shane stand auf, ging durch das Zimmer zu einer Tür, die nur angelehnt war, und stieß sie mit seinem Fuß auf. Die Lampe über dem Waschbecken brannte und war mit mehreren Lagen rosa Seide verhüllt; das Licht war schummrig.

Thelma Burr lag auf dem Rücken am Boden. Ihr grünes Crêpe-de-Chine Nachthemd war zerrissen und fleckig. Hals und Brust wiesen schwarze Druckstellen auf; ihr Gesicht war angeschwollen, eine durch Schläge entstellte, grün und blau verfärbte Fratze, der Mund und eine Wange waren dunkelbraun von Jod. Unweit ihres ausgestreckten Armes stand ein schwerer Kerzenständer aus Zinn.

Shane kniete sich nieder, stützte seinen Ellbogen auf den Rand der Badewanne und hielt sein Ohr fest an ihre Brust. Ihr Herz schlug schwach.

Er stand eilig auf, ging aus dem Bad und zur Tür. Er nahm sein Taschentuch heraus, wischte sorgfältig den Lichtschalter ab und knipste das Licht aus. Dann ging er nach draußen und verschloß die Tür, wischte über den Türknauf, steckte den Schlüssel in seine Tasche, ging die Treppen nach unten ins Freie und über die Straße zum Taxi.

Der Fahrer deutete mit seinem Kopf auf ein einsames Taxi, das einen halben Häuserblock weiter vorn stand. »Die Karre ist gleich nach uns hier angekommen«, sagte er. »Keiner ist ausgestiegen. Vielleicht 'n Spitzel.« Unvermittelt glotzte er Shane an.

»Wahrscheinlich«, sagte Shane und warf beiläufig einen Blick auf das andere Taxi. »Du kannst dir 'nen Fünfer verdienen, wenn du mich in fünf Minuten zum nächsten Telefon bringst und dann zur Fünfzigsten 71 West.«

Der Fahrer zeigte auf die andere Straßenseite und sagte: »Da drüben, das Parkhaus – die müßten ein Telefon haben.«

Shane lief über die Straße zu dem Parkhaus, fand ein Telefon und rief in der Central Station an, wo er sich mit Bill Hayworth verbinden ließ. Als Hayworth abnahm, sagte er: »Im Apartment 312 – in der Vierundsiebzigsten West, liegen ein Toter und eine, die nicht mehr lange zu leben hat. Beeil dich – das Mädchen ist noch nicht ganz weggetreten. Ich ruf dich später wieder an.« Er lief hinaus zum wartenden Taxi, stieg ein, lehnte sich zurück und knipste das Ende einer Zigarre ab und zündete sie an, dann beobachtete er durch die Rückscheibe das andere Taxi. Sie fuhren den Riverside Drive in Richtung Süden und bogen an der zweiten Kreuzung nach Osten ab. Anfänglich glaubte Shane, daß das andere Taxi ihnen nicht folgen würde, aber als sie mehrere Häuserblocks entlang der Zweiundsiebzigsten gefahren waren, sah er es wieder. Sie nahmen die Abkürzung über den Broadway zum Columbus Circle hinunter und über die Neunundfünfzigste.

Vor dem 71 sprang Shane aus dem Wagen und sagte: »Das war 'ne Glanzleistung – warten Sie hier«, hastete über den Gehsteig und drückte den Knopf unterhalb der roten Ziffern.

Der Schlitz in der Tür öffnete sich und eine Shane unbekannte Stimme hauchte: »Was wollen Sie?«

»Rein«, sagte Shane. Er schob seinen Kopf in den dünnen Lichtstrahl, der durch den Schlitz fiel.

Die Tür wurde geöffnet und Shane trat in den schmalen Gang. Der Mann, der ihm geöffnet hatte, war etwa fünfundfünfzig – ein hagerer, schmalgesichtiger Kerl mit weißem Haar, das er aus seiner hohen Stirn streng nach hinten gekämmt hatte. Er schloß die Tür und schob den Riegel vor.

Nick stand etwas seitlich hinter ihm. In seiner rechten Hand hielt er ruhig eine mattbläulich schimmernde Automatik. Das Kinn auf die Brust gesenkt, starrte er Shane eindringlich unter dicken, buschigen Brauen an. Plötzlich schnellte sein Kopf in die Höhe, und er sagte in scharfem Ton: »Nimm deine Hände hoch, du –!«

Shane lächelte gelassen und hob seine Hände bis zu den Schultern hoch.

Eine Klingel surrte schwach über der Tür; der hagere, weißhaarige Mann öffnete den Schlitz und sah hinaus, dann machte er ihn wieder zu und öffnete die Tür. Ein Mann, den Shane als einen der Kartengeber wiedererkannte, trat ein. Der hagere Mann schloß die Tür.

Erneut schnellte Nicks Kopf in die Höhe, und er sagte: »Nach oben.« Er steckte die Automatik in die Tasche seines Smokings. Die Mündung zeichnete sich unter dem Stoff ab.

Shane drehte sich um und ging langsam die Treppe hinauf, Nick und der Kartengeber folgten ihm. Der Hagere blieb an der Tür.

Als er in der ersten Etage an der Flügeltür des großen Raumes vorbeikam, ließ Shane seine Hände sinken und blickte hinein. An einem der Ecktische saßen drei Leute, ein Mann und zwei Frauen, betrunken und in ein ernstes Gespräch vertieft. Ein Pärchen saß am anderen Ende des Raumes an einem Tisch an der Wand. Bis auf diese, einen Kellner und den Mann hinter der Bar war der Raum menschenleer.

»Erlesene Gesellschaft«, sagte Shane über die Schulter hinweg zu Nick.

Nick hastete über zwei, drei Stufen, zog die Automatik aus seiner Tasche und bohrte sie Shane hart in den Rücken.

Shane nahm wieder seine Hände nach oben und stieg die Treppe zur zweiten Etage hinauf. Nick und der andere Mann folgten ihm. Am Ende der Treppe blieb er stehen und lehnte sich gegen das Geländer. Nick ging an ihm vorbei und klopfte an die hohe, graue Tür. Kurz danach wurde sie geöffnet, und die drei betraten den Raum.

Pedro Rigas, Charleys Bruder, saß auf einem der großen, runden Tische und ließ seine Füße hin und her schwingen. Er war sehr groß und mager, sein Gesicht war gebräunt, hübsch, seine Gesichtszüge scharf geschnitten.

In seiner Nähe saß ein plump wirkender, junger Mann mit frischer Gesichtsfarbe, strahlend blauen Augen und stufiggeschnittenem, sandfarbenem Haar auf einem Lehnstuhl mit geflochtener Sitzfläche. Er hatte die Beine übereinandergeschlagen und einen Ellbogen auf den Tisch gestützt. Dicht bei seinem Ellbogen lag ein schwerer, vernickelter Revolver.

Aufmerksam musterte er Shane.

Lorain Rigas saß auf einer abgewetzten Kunstledercouch an der Wand. Sie saß vornübergebeugt, die Ellbogen auf den Knien und hielt die Hände vors Gesicht. Sie hatte den kleinen Velourslederhut abgesetzt, und ihr mattes, schwarzes Haar hing feucht herunter und erinnerte an Rankenornamente, die ihre weiße Stirn, den Hals und die Hände verzierten.

Der junge Eastman–Schnüffler war neben der Couch zu Boden gegangen, halb sitzend, halb liegend lehnte er an der Wand. Sein Gesicht war nur noch eine breiige Masse geschundenen Fleisches; er hatte einen Arm angehoben und verbarg darunter die untere Hälfte seines Gesichts, den anderen hatte er im Winkel zwischen Wand und Fußboden abgestützt. Er zitterte, während er leise vor sich hin wimmerte.

Pedro Rigas richtete seinen Blick auf den Kartengeber, der mit Shane und Nick hereingekommen war, deutete mit dem Kopf auf Shane und fragte: »Hast du ihn mitgebracht?«

»Er ist von ganz allein gekommen«, sagte Nick. Säuerlich grinste er hinüber zu Shane.

Shane starrte müde auf Lorain Rigas.

Sie hob ihr Gesicht und sah ihn hilflos an. »Jemand hat angerufen, kurz nachdem ich mit dir gesprochen habe, und sagte, er sei der Nachtportier – er meinte, du würdest draußen vor dem Hotel auf mich warten. Ich bin runtergegangen, und sie haben mich in ein Taxi geprügelt und hierhergebracht.«

Shane nickte leicht mit dem Kopf.

Ihre Augen wanderten zu dem Eastman-Schnüffler. »Er war hier«, fuhr sie fort, »und sie machten gerade Kleinholz aus ihm. Ich weiß nicht, wo sie ihn aufgegabelt haben.«

»Wahrscheinlich vor dem Polizeirevier, nachdem er mit mir gesprochen hat«, sagte Shane. »Sie verfolgen mich schon die ganze Nacht – seitdem ich das Hotel verlassen habe, um mit dem Captain zu sprechen. Deshalb wußten sie auch, daß du im Hotel warst – sie haben dich gegen neun reingehen sehen –, und den falschen Namen Johnson hatten sie aus dem Gästebuch.«

Pedro Rigas lächelte Shane kalt an, während er mit seinen Füßen nervös hin und her schaukelte.

»Einer von euch beiden«, sagte er und wies dabei mit dem Kopf auf das Mädchen, »hat Charley umgelegt. Ich werde bald rausfinden, wer – oder ich leg' euch beide um.«

Shane ließ seine Hände nach unten sinken. Er streckte sie aus, besah sie sich eingehend und strich mit der Handfläche der einen Hand über den Rücken der anderen. Dann hob sich sein Blick und blieb an dem jungen Mann mit der frischen Gesichtsfarbe hängen, und er fragte Rigas: »Der Vollstrecker?« Er lächelte dünn, sarkastisch.

Lorain Rigas sprang plötzlich auf und sagte zu Pedro gewandt: »Du Idiot! Kriegst du's nicht in deinen Schädel, daß Del Charley umgebracht hat? Mein Gott!« Ihre Haltung drückte Resignation aus. »Lies die Zeitungen – die Kanone, die sie gefunden haben, war die, die Del heute nachmittag bei Jack Kenny geklaut hat. Jack wird das bestätigen.«

Als Pedro sie ansah, war sein Gesicht kalt und hart und ohne jeden Ausdruck. »Was hattest du dort zu suchen?«

»Hab' ich dir doch gesagt!« sie schrie fast. »Ich bin hingegangen, um Charley zu warnen, daß Del hinter ihm her ist! Als ich fast oben war, habe ich die Schüsse gehört – und bin abgehaun.«

Shane sah zu Lorain Rigas, in seinen Augen war ein Anflug bitteren Spotts.

»Ich habe dir davon nichts erzählt, Dick«, sagte sie und warf ihm dabei einen flüchtigen Blick zu, »weil ich Angst hatte, du würdest dir was zusammenreimen. Du weißt, du traust ja nicht mal deiner eigenen Mutter über den Weg.«

Shane nickte bedächtig.

Er wandte sich zu Pedro: »Wo komme ich ins Spiel?« fragte er. »Ich bin von hier direkt ins Hotel gegangen – und war da bis etwa viertel vor zehn ...«

Der Kartengeber, der immer noch an der Tür stand, sprach jetzt zum erstenmal: »Nein. Nachdem du hier weggegangen bist, warst du erst um zehn vor neun im Hotel. Ein Freund von mir – ein Hoteljunge – hat mir das erzählt.«

Lorain Rigas blickte vom Kartengeber hinüber zu Shane. Ihre Augen waren weit aufgerissen, überrascht. »Mein Gott!« sagte sie.

Plötzlich hörte Pedro auf, mit seinen Füßen zu schaukeln. »Wo bist du hingegangen, nachdem du hier weg bist?« fragte er und kniff seine Augen zu schmalen, dickumpolsterten Schlitzen zusammen.

Shane schwieg einen Moment. Dann griff er langsam und vorsichtig in seine Innentasche, lächelte Lorain Rigas zu und fragte: »Darf ich rauchen?«

Mit einem Ruck stand Pedro auf.

Der ›Vollstrecker‹ stand ebenfalls auf. In seiner Hand funkelte der Revolver, und eilig ging er zu Shane, klopfte dessen Taschen und die Hüfte ab und tastete die Arme entlang. Als er fertig war, trat er einen Schritt zurück.

Shane zog das blaue Etui heraus, nahm eine Zigarre und steckte sie an.

Bis auf das Würgen und Wimmern des kleinen Kerls von Eastman herrschte Stille.

Unvermittelt kam Nick nach vorn, packte Shane an der Schulter und rüttelte ihn. »Du antwortest gefälligst, wenn Pedro dir eine Frage stellt«, sagte er.

Shane drehte sich langsam um und schaute Nick finster an. Dann blickte er hinunter auf Nicks Hand, die auf seiner Schulter lag, und sagte ruhig: »Nimm deine Hand von mir, du –!« Er sah wieder zu Pedro. »Frag Nick, wo er heute abend war.«

Gereizt zuckte Pedro mit dem Kopf.

Shane nahm die Zigarre aus dem Mund und sagte: »Hast du gewußt, daß Thelma Nicks Braut ist?« Er zögerte einen Moment und warf Nick einen flüchtigen Seitenblick zu. »Und hast du gewußt, das Charley was mit ihr hatte?«

Pedro starrte Nick an. Sein Mund war leicht geöffnet.

»Nick wußte es«, fuhr Shane fort.

Er drehte sich blitzschnell um, schmetterte seine linke Faust auf Nicks kräftigen Unterarm und griff mit der linken Hand nach der Automatik. Die Waffe fiel herunter und scheppert zu Boden. Shane, Nick und der Junge mit der frischen Gesichtsfarbe stürzten sich auf sie, aber der Junge war ein bißchen schneller; mit einem breiten, mörderischen Grinsen im Gesicht stand er auf – in jeder Hand eine Waffe.

»Erzähl weiter«, sagte Pedro.

Shane sagte nichts. Er schaute zu Nick und seine Augen glänzten voller Erwartung – er lächelte ein wenig.

»Geh runter und schick Mario rauf – du bleibst an der Tür«, fauchte Pedro den Kartengeber an.

Der Kartengeber ging aus dem Zimmer und schloß die Tür. Alle schwiegen. Nick starrte auf die Automatik in der Hand des jungen Mannes und hatte einen nichtssagenden, entrückten Ausdruck im Gesicht. Shane fixierte Nick wie eine Schlange ihr Opfer kurz vor dem tödlichen Angriff. Und Lorain Rigas setzte sich zurück auf die Couch und legte wieder die Hände vors Gesicht.

Pedro wartete nur ab und starrte auf den Fußboden.

Die Tür wurde geöffnet, und der hagere, weißhaarige Mann trat ein.

»Wann ist Nick heute abend weggegangen?« fragte Pedro.

Verblüfft sah der hagere Mann zu Nick. Er räusperte sich und sagte: »Nick ist weg, gleich nachdem Charley nach Hause gegangen ist. Er sagte, es sei sowieso nichts los, und er wolle ins Kino gehen und fragte mich, ob ich eine Weile an der Tür bleiben könne. Irgendwann so gegen neun ist er wiedergekommen ...«

»In Ordnung –«, sagte Pedro, »geh wieder runter.«

Der Hagere machte eine Bewegung mit der Hand. »Sie haben mich doch an der Tür gesehen, als Sie gegangen sind, nachdem wir das von Charley erfahren haben«, sagte er. »War das nicht okay, daß ich an der Tür gestanden habe?«

»Doch.« Pedro sah Nick an. »Doch – nur ich dachte, Nick sei im Keller oder so – ich wußte nicht, daß er weg war.«

Der hagere Mann zuckte mit den Schultern, ging raus und schloß die Tür.

»Nick hat irgendwie geahnt«, sagte Shane mit monotoner Stimme, »daß Charley zu Thelma gehen würde. Er ist nicht Charley nach, sondern hat sich wohl ein Taxi genommen und ist zu ihr gefahren. Angetroffen hat er aber nicht Charley – sondern Del Corey.«

Lorain Rigas ließ ihre Hände sinken und sah hoch zu Shane. Ihr Gesicht war verzerrt und kreidebleich.

»Del ist aus dem selben Grund dort gewesen«, fuhr Shane fort, »in der Vermutung, Charley anzutreffen. Del war scharf auf Thelma – und er wußte von Charley und ihr –, war besoffen und stocksauer und wollte Charley erledigen.« Shane beobachtete Nick eindringlich. »Thelma muß Del beruhigt haben – Nick sah die beiden ...«, sein Blick schwenkte hinüber zu Lorain Rigas, »und schlug Del den Schädel ein.«

Lorain Rigas stand auf und schrie.

Pedro stürzte zu ihr hin, hielt ihr mit einer Hand den Mund zu, die andere legte er ihr auf den Rücken und drückte sie sanft auf die Couch zurück.

»Nick hat Thelma grün und blau geschlagen«, sagte Shane, »sie so lange bearbeitet, bis sie zugegeben hat, daß auch Charley was mit ihr hatte, und dann hat er sie fast umgebracht.«

Er sah wieder zu Nick.

»Er zerrte das, was von ihr übrig war, ins Bad und schmierte ihr etwas Jod ins Gesicht, dann drückte er ihr den Kerzenleuchter, den er Del übergezogen hatte, in die Hand, damit es so aussehen würde, als hätte sie Del erledigt und sich dann umgebracht.«

Nick drehte sich zu Shane und starrte ihn ausdruckslos an.

Shane blies große Wolken blaugrauen Rauchs in die Luft und schien sich prächtig zu amüsieren.

»Sie war aber noch nicht ganz tot«, sagte er weiter und warf einen Blick auf seine Uhr. »Mittlerweile müßten die Bullen bei ihr sein – und ihre Aussage aufnehmen.«

»Weiter«, sagte Pedro.

Shane zuckte mit den Achseln. »Nick nahm die Kanone, die Del bei Jack Kenny hatte mitgehen lassen und raste zu Charley. Er wußte, daß er gefahrlos mit Charley abrechnen konnte, weil Charley und ich heute abend diesen Streit hatten und es deshalb so aussehen würde, als wär ich's gewesen, zumindest konnte er es so einfädeln, daß der Verdacht auf mich fällt. Offensichtlich muß Charley auf dem Weg nach Hause irgendwo angehalten haben – Nick war als erster da und hat Charley entweder im Korridor überfallen und in das Apartment gezerrt, um ihn umzulegen, oder er hat sich reingeschlichen – die Tür war nicht abgeschlossen – und im Dunkeln gewartet.

Dann ist er durch die Hintertür raus, durch die Charley reingekommen war, und wieder hierher zurückgekommen.«

Pedro ging zur Tür, drehte sich zu Shane und sagte: »Du und die Lady, ihr geht jetzt.«

Shane zeigte auf den Eastman-Schnüffler. »Und was ist mit dem?«

»Wir bringen ihn wieder in Ordnung, geben ihm ein bißchen Geld. Wäre doch jammerschade.«

Pedro lächelte und öffnete die Tür.

Shane sah zu Nick. Nicks Gesicht war wächsern und hatte immer noch den dümmlich entrückten Ausdruck.

Lorain Rigas erhob sich, nahm ihren Hut und ging zu Shane.

Zusammen gingen sie durch die Tür hinaus in den Flur.

Pedro lehnte sich über das Geländer und gab dem kleinen Mann an der Eingangstür ein »Okay«.

Shane und das Mädchen stiegen die Treppe hinab, vorbei an den Türen der dunklen, verlassenen Bar und hinunter ins Erdgeschoß.

Der hagere, weißhaarige Mann und der Kartengeber flüsterten miteinander. Der Hagere hielt ihnen die Tür auf und sagte: »Gute Nacht – beehren Sie uns bald wieder.«

Sie gingen hinaus und stiegen ins Taxi.

»Valmouth«, sagte Shane.

Für einen Moment hatte es aufgehört zu regnen, aber die Straßen waren noch immer schwarzglänzend und rutschig.

Er warf die Zigarre durch den schmalen Spalt des geöffneten Fensters, lehnte sich zurück und sagte: »Bin ich ein brillanter Schnüffler?«

Lorain Rigas gab keine Antwort. Sie hatte ihren Ellbogen auf die Armlehne gestützt und ihr Kinn in die Hand gelegt. Ausdruckslos starrte sie aus dem Fenster.

»Du stimmst dem nicht unbedingt zu.« Shane grinste in sich hinein und schwieg eine Weile.

An der Fifth Avenue mußten sie an einer Ampel halten. Dem Wetter zum Trotz wimmelte es von Theaterbesuchern auf der Straße.

»Ich bin mir nur noch nicht im klaren«, sagte Shane, »ob du

wirklich zu Charley gegangen bist, um ihn zu warnen – oder ob du das mit Del und Thelma erfahren hast und dir dann der Gedanke kam, daß der Tag, an dem Del vor Zeugen rumtönt, er werde Charley erschießen, ein prima Zeitpunkt wäre, es selbst zu tun.«

Sie antwortete nicht.

Als das Taxi in die Sixth Avenue einbog, sagte sie: »Wo bist du gewesen, nachdem du aus dem 71 weggegangen bist – und bevor du zurück ins Hotel kamst?«

Shane lachte. »Das lausige Alibi ist beim Captain durchgegangen«, sagte er, »er hat nicht daran gezweifelt.« Er knöpfte den obersten Knopf seines Mantels auf und zog aus seiner Innentasche etwas, was in Seidenpapier eingewickelt war. »Du weißt, daß ich eine Schwäche für Versteigerungen habe?«

Sie nickte.

Er faltete das Seidenpapier auseinander und nahm einen in Platin gefaßten Diamantring heraus. Es war ein großer, lupenreiner, sehr schöner Stein.

»Wunderbar, nicht wahr?« sagte er.

Sie nickte wieder.

Er wickelte den Ring wieder in das Seidenpapier und steckte ihn zurück in die Tasche.

Das Taxi glitt an den Bordstein vor dem Valmouth heran.

»Wo willst du jetzt hin?« fragte er.

Sie schüttelte ihren Kopf.

»Du behältst das Taxi«, sagte er. Er drückte ihr einen Geldschein in die Hand und sagte: »Das dürfte reichen – warum machst du nicht eine hübsche, lange Spazierfahrt?«

Er berührte ihre Stirn leicht mit den Lippen, stieg aus dem Taxi und ging ins Hotel.

AUSGETRICKST

Ich klopfte an die Tür am Ende des Flurs. Es war kalt und nahezu dunkel. Ich klopfte erneut, und Bellas Stimme erwiderte matt: »Herein«, dann sagte sie: »Oh – es ist abgeschlossen.« Der Schlüssel scharrte im Schloß, die Tür ging auf und ich betrat das Zimmer.

Drinnen war es sehr warm. Bis auf das spärliche Licht, das ein Gasofen ausstrahlte, war es finster. Ein weiterer schwacher Lichtschein fiel von der Küche durch einen kurzen Korridor in das Zimmer, trotzdem war es ziemlich düster.

Bella schloß die Tür, ging hinüber zum Sofa und setzte sich. Sie saß nahe am Ofen, und das gelbe Licht flackerte über ihr Gesicht.

Ich zog meinen Mantel aus und legte ihn auf einen Stuhl. Bella nagte unaufhörlich mit den Zähnen an ihrer Unterlippe. Ihre Zähne waren winzig wie die eines kleinen Tieres, und sie fuhr damit hastig über ihre weiche Unterlippe. Das Licht aus dem Ofen schien hell auf ihre untere Gesichtshälfte.

Ich ging durch den kurzen Korridor zur Küche. Die Tür zum Badezimmer stand offen. Ich warf im Vorbeigehen einen flüchtigen Blick hinein. Gus Schaeffer drehte seinen Kopf und sah mich über die Schulter an. Er stand mit dem Rücken zur Tür am Waschbecken, und als er mir sein Gesicht zuwandte, erkannte ich seinen erbärmlichen Zustand. Seine Haut war feucht und fahl, in seinen Augen lag etwas Schweres, Vergängliches.

»Hi, Gus«, sagte ich und ging in die Küche.

Auf einer der Bänke an dem schmalen Frühstückstisch saß ein Mann. Der Tisch stand der Länge nach in einer Nische, auf jeder Seite eine Bank. Der Mann saß in der Ecke der

Nische; seine Knie waren angezogen, und seine Füße standen auf dem vorderen Ende der Bank. Sein Kopf lehnte an der Wand, Augen und Mund standen offen. Aus seinem Hals ragte seitlich der schmale Griff eines Messers.

Gus kam aus dem Badezimmer und stellte sich hinter mich in den Türrahmen.

Auf dem Tisch standen einige benutzte Gläser. Eines war zu Boden gefallen und in viele glitzernde Teile zerbrochen.

Ich betrachtete die Scherben und blickte dann wieder hoch zu ihm. Ich glaube, ich sagte sehr sanft: » – «

»Ich war's. Ich war's, und ich wußte nicht, was ich tat. Ich war blind ...« Gus klammerte sich an meinen Arm.

Bella kam durch den Korridor und blieb hinter ihm stehen. Sie sah sehr verängstigt aus und sehr schön.

»Gus war furchtbar betrunken«, sagte sie mit belegter Stimme. »Frank hat irgendeine schmutzige Bemerkung gemacht, und Gus hat das Messer genommen und es ihm in den Hals gestochen. Er ist erstickt, glaube ich ...«

Sie blickte auf den Toten, verdrehte die Augen, bis nur noch das Weiße zu sehen war, und wurde ohnmächtig.

Gus drehte sich um und fiel fast zu Boden, als er versuchte, sie aufzufangen. »Oh, Baby – Baby!« stammelte er. Er hob sie hoch und trug sie zurück ins Wohnzimmer.

Ich folgte ihm und knipste das Licht an. Er legte Bella auf das Sofa. Ich beobachtete ihn, wie er sich über sie beugte und ihr Eiswasser aus einem Krug über das Gesicht spritzte; er rieb ihre Hände und Handgelenke und versuchte, ihr durch die blassen, fest zusammengepreßten Lippen etwas Whiskey einzuflößen. »Oh, Baby – Baby«, wiederholte er dabei immer und immer wieder. Ich setzte mich.

Er saß auf der Kante des Sofas und sah mich an, während er Bellas Hände rieb und tätschelte.

»Du rufst besser an«, sagte er. Dann sah er Bella lange an. »Ich war es – kapierst du – ich war es; ich habe es nur nicht mitbekommen. Ich war stockbesoffen ...«

Ich nickte. »Sicher, Gus«, sagte ich, beugte mich vor und nahm den Telefonhörer von der Gabel.

Gus betrachtete Bellas schönes, weißes Gesicht. Mechanisch

wippte er mit dem Kopf auf und ab.

»Welche Geschichte klingt am besten«, fragte ich, »Notwehr?«

Er drehte sich plötzlich zu mir um. »Ist mir egal – überhaupt keine Geschichte.« Er ließ ihre Hand sinken und stand auf. »Nur, daß ich es war. Sie hatte damit nichts zu tun. Sie war da drinnen ...«, sagte er sehr eindringlich, während er auf mich zukam und mit dem Finger auf mich zeigte.

»Vielleicht kann ich Neilan erreichen«, sagte ich. »Je länger wir warten, umso schlimmer wird es.«

Ich wählte eine Nummer.

Neilan war klein und rundlich, mit einem ungewöhnlich langem Gesicht und einer hohen, knochigen Stirn. Er und Frank hatten seit fast fünf Jahren eine Kette von Schnapsbrennereien zusammen betrieben. »Seit wann bist *du* hier, Red?« fragte er.

»Bella hat mich angerufen und mir gesagt, daß etwas passiert ist – ich wohne um die Ecke.«

Ich saß nahe der Tür, die zur Küche führte. Bella saß nach vorn gebeugt in der Mitte des Sofas, hatte ihre Ellbogen auf die Knie gestützt und starrte mit leeren Augen in das helle Licht des Ofens. Gus saß auf einem Stuhl mit hoher, gerader Rückenlehne mitten im Zimmer.

Neilan war umhergegangen und hatte die Bilder an den Wänden betrachtet. Er setzte sich rittlings auf eine Sofalehne.

»Du warst also so betrunken, daß du dich nicht mehr erinnern kannst?« Neilan sah Gus an.

Gus nickte. Bella sah einen Moment hoch zu ihm, nickte leicht und starrte dann wieder ins Feuer.

Leise pochte es an der Tür, sie ging auf, und ein großer Mann betrat leise den Raum und schloß die Tür wieder hinter sich. Er trug eine Brille, sein schwarzer Filzhut saß schräg auf seinem Hinterkopf. Ich glaube, sein Name war McNulty oder McNutt – oder so ähnlich. »Ed ist unten mit ein paar von den Jungs«, sagte er.

»Sie können unten warten.« Neilan drehte ein wenig den Kopf und sah Bella aus den Augenwinkeln an. »Also Gus war so betrunken, daß er sich nicht mehr erinnern kann?«

Gus stand auf. »Verdammt nochmal!« sagte er. »Pat – ich war so betrunken, ich hatte mich nicht mehr unter Kontrolle, aber ich war nicht so betrunken, daß ich nicht wüßte, daß ich es war. Laß Bella in Ruhe – sie war hier drin ...«

»Das hat sie nicht gesagt.«

»Ich war fast eingeschlafen«, sagte sie, »und konnte hören, wie sich Gus und Frank in der Küche unterhielten, und dann waren sie auf einmal still. Nach einer Weile bin ich aufgestanden und in die Küche gegangen – Frank saß so da wie jetzt, und Gus war weggetreten – sein Kopf lag auf dem Tisch.«

Sie hatte das Kinn in die Hände gelegt, und ihr Kopf wippte beim Sprechen auf und ab. Gus hatte sich wieder hingesetzt und saß jetzt auf der Kante des Stuhls.

Neilan grinste McNulty an. »Was meinst du, Mac?« sagte er.

McNulty ging auf Bella zu, schob seinen feisten Zeigefinger unter ihr Kinn und drückte ihr den Kopf bis zum Anschlag nach hinten.

»Ich denke, sie lügt.«

Gus erhob sich.

Es schien, als hätte McNulty genau darauf gewartet. Er schlug Gus zweimal sehr hart ins Gesicht. Gus brach zusammen und rollte zur Seite. Er krümmte sich und stöhnte leise. McNulty zog seinen Mantel aus, legte ihn sorgfältig zusammen und dann über einen Stuhl. Er drehte sich wieder zu Gus und trat ihm ein paarmal gegen den Kopf. Gus versuchte, sich mit den Armen zu schützen. Er gab keinerlei Geräusche mehr von sich, hob nur die Arme zum Schutz. Beim ersten Versuch, sich aufzurichten, trat McNulty ihm in den Magen. Gus ging wieder zu Boden und blieb regungslos liegen.

McNulty trat noch ein paarmal zu und setzte sich. Er keuchte. Er nahm seinen Hut ab, zog ein Taschentuch aus seiner Tasche und wischte sich übers Gesicht.

Ich sah Neilan an.

»Ich habe dich angerufen«, sagte ich, »weil ich dachte, du würdest Gus 'ne Chance geben ...«

»Hättest du doch die Polizei angerufen«, sagte er, »die sind bestimmt ganz scharf darauf, Gus und deiner vornehmen Freundin hier eine Chance zu geben« – er drehte seinen zu

Kopf zu Bella – »und den Strick hätten sie sicherlich gleich mitgebracht.«

Bella saß zurückgelehnt auf dem Sofa und hielt sich die Hände ans Gesicht. Sie starrte Gus an und versuchte gleichzeitig, McNulty anzusehen.

»Klar – warum rufst du nicht die Bullen?« sagte er und grinste. »Die standen alle bis hoch zum Chief auf Frankies Gehaltsliste – die werden wohl jetzt wieder für die Stadt arbeiten müssen.« Er war außer Atem und sprach stockend.

Als Bella aufstand und zur Tür gehen wollte, folgte Neilan ihr, legte ihr eine Hand auf den Mund, die andere auf den Rücken. Eine Minute lang verharrte er in der Position, dann drückte er sie wieder auf das Sofa zurück.

Plötzlich stand McNulty auf und stürzte sich auf Gus, packte ihn hinten am Hemdkragen und zog ihn ein Stück in die Höhe.

»Komm mit, mein Junge«, sagte McNulty, »wir gehen ein bißchen frische Luft schnappen.«

Der Hemdkragen begann zu reißen, und McNulty legte seine andere Hand fest um Gus' Nacken und zog ihn hoch. Gus konnte sich nicht selbst auf den Beinen halten; McNulty stand da und hielt ihn fest, einen Arm um seine Schultern gelegt. Gus' Gesicht war ziemlich übel zugerichtet.

»Komm mit, mein Junge«, sagte er noch einmal und wollte Gus zur Tür führen.

»Wart mal einen Moment«, sagte Neilan.

McNulty drehte sich um und blickte Neilan einen Moment verwirrt an, dann stieß er Gus in einen großen Sessel. Er setzte sich auf die Lehne des Sessels, nahm wieder sein Taschentuch und wischte Gus übers Gesicht.

Neilan ging hinaus in die Küche. Zwei oder drei Minuten verbrachte er dort, ohne daß irgendwelche Geräusche zu hören waren, dann knipste er das Licht aus und kam zurück. Auch im Wohnzimmer machte er das Licht aus, so daß es bis auf den blassen, gelben Schein, der aus dem Gasofen drang, dunkel war.

Neilan ging zurück zum Sofa und setzte sich an den Rand, wo ihn der Lichtstrahl nicht erreichte. Das Licht tanzte über

Bellas Gesicht, und als sich meine Augen nach einer Weile an die Finsternis gewöhnt hatten, konnte ich dunkle Umrisse ausmachen, dort, wo McNulty und Gus saßen – und Neilan.

Bis auf die rasselnden Geräusche, die Gus beim Atmen machte, herrschte Stille und Dunkelheit. Es gab auch weiter nichts zu sehen, außer Bella, und die hatte sich mit geschlossenen Augen zurückgelehnt. Ihr Gesicht zeigte keinerlei Regung.

Nach einigen Minuten ging mir das auf die Nerven, und ich sagte: »Was soll das alles, Pat?«

Neilan antwortete nicht, und ich beugte mich auf meinem Stuhl nach vorn, stand aber nicht auf. Ich saß da, alle meine Muskeln angespannt.

Dann hörte ich, wie sich etwas in der Küche bewegte. Ich weiß nicht, ob es außer mir noch jemand gehört hatte, aber ich weiß, daß da ein Geräusch war, als ob sich etwas über den Boden bewegen würde.

Ich stand auf und brachte kein Wort heraus. Das Geräusch hörte ich nicht mehr, aber ich blieb stehen und bewegte mich nicht, und dann fing Bella an zu reden. Sie sprach gelassen, hatte ihren Kopf zurückgeworfen und hielt die Augen geschlossen: »Frank kam meinetwegen hierher. Vier Abende hat er mich hintereinander besucht. Er hat jede Menge billigen Whiskey mitgebracht und dafür gesorgt, daß sich Gus vollaufen ließ, er selbst war auch jedesmal völlig zu. Er hatte Gus schon einmal abgefüllt und dann versucht, sich an mich ranzumachen. Er wollte einfach nicht aufgeben.«

Sie hielt kurz inne, und der Widerschein des Gasofens zuckte kurz über ihr Gesicht. In diesem Augenblick war sie wunderschön.

»Als Gus heute abend kurz im Badezimmer war, hat Frank das Maul ziemlich voll genommen und gesagt, daß er ihm von Red und mir erzählen würde ...«

Sie öffnete ihre Augen und blickte durch die Dunkelheit einen Moment lang zu mir herüber, dann schloß sie sie wieder und fuhr fort: »Ich hatte Angst. Ich rief Red an, als sie sich in der Küche gerade mächtig in den Haaren hatten, und er kam rüber, und ich habe ihn reingelassen. Wir haben sie eine Weile belauscht, und als Frank dann darüber sprach, was für ein toller Kerl Red doch sei und anfing, dreckige Witze zu reißen, hat sich Red auf ihn gestürzt und ihn umgebracht. Ich glaube, Gus war schon zu sehr weggetreten, um noch irgendwas davon mitzubekommen.«

Sie hörte wieder auf zu sprechen, und es war still.

»Dann ist Red abgehauen, und ich saß eine Weile hier drinnen, und dann bin ich rausgegangen und habe Gus aufgeweckt, wie ich dir erzählt habe. Ich glaube, er dachte, ich wär's gewesen. Ich habe nochmal Red angerufen ...«

Neilan stand auf, ging durchs Zimmer und knipste das Licht an.

Auch McNulty stand auf, blinzelte und starrte Bella blöde an.

Ich nahm Hut und Mantel und zog mich an. Als ich den Mantel angezogen hatte, blieb ich eine Weile stehen und betrachtete Bella. Sie saß zurückgelehnt, die Augen noch immer geschlossen. Sie war eine der schönsten Frauen, die ich je in meinem Leben gesehen hatte.

Neilan öffnete die Tür, und McNulty und ich gingen hinaus in den Flur. Im Gegensatz zu dem überheizten Zimmer wirkte der Flur kalt. Neilan schloß die Tür, und wir gingen zu dritt die Treppe nach unten.

Am Bordstein stand eine kleine Limousine, deren Seitenvorhänge zugezogen waren. Vorn saßen zwei Männer, die ich vorher noch nie gesehen hatte, ein dritter Mann stand auf dem Gehweg. Der Motor lief.

McNulty öffnete die Wagentür und setzte sich nach hinten, danach folgte ich und dann Neilan. Es gab nichts, was ich hätte tun können. Ich saß zwischen ihnen, und Neilan sagte: »Fahr los.«

Langsam fuhren wir die Straße hinunter. Der Mann auf dem Gehweg war nicht eingestiegen; er stand da und sah uns nach. Ich wandte mich ein wenig um und blickte ihn durch die Heckscheibe hindurch an; als wir um die Ecke bogen, ging er die Straße in entgegengesetzter Richtung entlang.

Ein Stück außerhalb der Stadt fuhren wir schneller. Es war sehr kalt.

»Macht schon«, sagte ich.

Neilan wandte sich mir zu und grinste mich an. Als wir an einer Straßenlaterne vorbeifuhren, konnte ich kurz sein Gesicht sehen. »Macht schon – was?« fragte er.

»Macht schon.« Die Kälte kroch mir in die Magengrube und in die Beine. Ich wünschte mir, aufstehen zu können. Wenn möglich, wollte ich dabei stehen.

Neilan warf einen Blick durch die Heckscheibe. »Ich glaube, unser Rücklicht funktioniert nicht.«

Der Wagen wurde langsamer und hielt an. Wir waren mittlerweile schon mitten auf dem Land, und die Straße war dunkel.

»Schau mal nach dem Rücklicht, Mac«, sagte Neilan.

McNulty brummte, streckte seinen Arm aus und öffnete die Tür. Er stemmte sich hoch, bückte sich und setzte einen Fuß auf das Trittbrett. Neilans Arm schnellte an mir vorbei. Er hatte eine Waffe in der Hand und drückte sie McNulty in den Rücken. Er feuerte dreimal. Die Schüsse krachten in sehr kurzer Folge. McNultys Knie gaben nach, und er fiel vornüber aus dem Wagen.

Der Motor wurde wieder angelassen, der Beifahrer griff nach hinten und schlug die Tür mit einem heftigen Knall zu.

Neilan räusperte sich. »Frank stand schon lange auf der Abschußliste«, sagte er. »Er hat unsere großen Lieferungen auffliegen lassen, unten im Süden; seit Monaten haben wir keinen Laster mehr durchbekommen.«

Ich fühlte, wie mein Blut langsam wieder in meine Arme und Beine zurückströmte. Mir war nicht mehr so kalt, und ich konnte ohne Schmerzen atmen.

»McNulty hat mit ihm gemeinsame Sache gemacht und mit denen im Süden unter einer Decke gesteckt. Letzte Nacht sind wir dahintergekommen.«

Eine Weile fuhren wir, und keiner sagte etwas.

»Wenn die Lady bei ihrer Geschichte bleibt«, fuhr Neilan fort, »machst du dich besser so schnell wie möglich aus dem Staub. Tut sie's nicht, muß Gus da durch. Für dich ist in dieser Gegend sowieso nichts mehr drin.«

Bald darauf hielten wir an einem kleinen Provinzbahnhof. Von dort aus konnte ich einen Bus in die Stadt nehmen.

Ich mußte eine Zeitlang warten. Ich saß im Bahnhof, wo es warm war, und dachte über Bella nach. Nach einer Weile kam der Bus.

HINRICHTUNG IN BLAU

»Die Acht in die Ecke«, sagte Coleman.

Mit einem sanften Klicken stießen die Kugeln aneinander, und mit einem lauteren Klacken fiel die schwarze Kugel in das Loch, das Coleman angesagt hatte.

Coleman stellte sein Queue in den Wandhalter. Er rollte die Ärmel seines grellgestreiften Seidenhemds herunter, zog seine Jacke an und setzte einen perlgrauen Velourshut auf. Dann ging er zu dem blassen, fetten Mann, der krumm am Nebentisch lehnte, nahm zwei Hundertdollarscheine aus dessen ausgestreckter Hand, warf dem schmächtigen, pickelgesichtigen Jungen, der sein Gegner gewesen war, einen Blick zu und grinste dünn.

»Bis dann«, sagte er, ging zur Tür und hinaus auf die Straße.

Plötzlich krachte es aus einem schwarzen Roadster mit aufgesteckten Seitenblenden, der auf der anderen Straßenseite parkte; ein gellendes Krachen von vier oder fünf kurz aufeinanderfolgenden Schüssen, ein greller, in der Dunkelheit zuckender Feuerstrahl, dann ging Coleman in die Knie. Erst schwankte er nach hinten, dann fiel er nach vorn aufs Gesicht; sein Hut rollte gemächlich über den Gehweg. Der Roadster fuhr davon und war schon verschwunden, als Coleman sich unwiderruflich nicht mehr regte. In der Straße wurde es sehr still.

Mazie Decker zauberte ihr vollkommenes, nur für Kunden reserviertes Lächeln auf ihren orangefarben geschminkten Mund. Sie nahm das kleine grüne Ticket, das ihr der dunkelhaarige junge Mann entgegenhielt, riß eine Ecke ab und steckte den Rest in ihren Ausschnitt. Er zog sie fest in seine Arme, und als die Geigen zu einer Melodie verschmolzen und das Licht schummriger wurde, schwebten sie über die menschenüberfüllte Tanzfläche.

Sie hatte ihren Kopf zurückgeworfen und schmiegte ihren leuchtenden Mund dicht an seine glattrasierte, bläulich schimmernde Wange.

»Meine Güte – hätt' nicht gedacht, daß du kommst«, flüsterte sie.

Er neigte seinen Kopf ein wenig und lächelte sie an.

»Ich hab' letzte nacht bis eins auf dich gewartet«, sprach sie weiter, ohne ihn dabei anzusehen. Sie zögerte einen Moment und fuhr dann hektisch fort: »Meine Güte – ich führe mich auf, als ob ich dich schon seit Ewigkeiten kenne, dabei sind's erst zwei Tage. Was für ein dummes Ding ich doch bin!« Sie kicherte ohne rechte Freude.

Er gab keine Antwort.

Die Musik schwoll zu einem Crescendo der Bläser an, dann war das Stück zu Ende. Mit hundert anderen Paaren standen sie auf der Tanzfläche und applaudierten mechanisch.

»Meine Güte – Walzer! Ich liebe Walzer! Du auch?« sagte sie.

Er nickte beiläufig, und als das Orchester von neuem losschmetterte und zu einem jammernden Foxtrott anhob, nahm er sie wieder in die Arme, und sich umeinander drehend, tanzten sie auf die andere Seite des Saales zu.

»Laß uns von hier verschwinden, Baby.« Der Anflug eines Lächelns erschien auf seinem weißen Gesicht, seine Augen hatte er halb geschlossen.

»In Ordnung«, sagte sie, »wir müssen nur aufpassen, daß der Chef mich nicht sieht. Eigentlich muß ich bis elf arbeiten.«

An einem der niedrigen Drehkreuze, durch die man hineingelangte, trennten sie sich. Er ließ sich an der Garderobe Hut und Mantel geben, ging nach unten und holte seinen Wagen vom Parkplatz auf der anderen Straßenseite.

Als sie die Treppe herunterkam, stand er in zweiter Reihe geparkt vor dem Eingang. Er hupte und hielt ihr die Tür auf, während sie atemlos hinuntereilte und in den Wagen stieg. Ihre Augen glänzten, und sie lachte ein wenig überdreht.

»Der Chef hat mich gesehen«, sagte sie. »Aber ich habe ihm

gesagt, daß ich krank bin – und es hat geklappt.« Während er den Wagen in die Sechste Straße lenkte, rutschte sie näher und schmiegte sich dicht an seinen Körper. »Meine Güte – was für 'n klasse Schlitten!«

Er brummte zustimmend, dann fuhren sie schweigend etwa einen Häuserblock die Sechste Straße hinunter.

Als sie an der Figueroa Street nach Norden abbogen, sagte sie: »Warum hast du die Seitenblenden aufgesteckt? Ist doch so 'ne schöne Nacht.«

Er bot ihr eine Zigarette an, zündete sich selbst eine an und lehnte sich entspannt im Sitz zurück.

»Ich glaube, es wird regnen«, sagte er.

Links und rechts der Straße war es sehr dunkel, und der riesige Pfefferbaum schirmte den Roadster gänzlich gegen das Licht des Nachthimmels ab.

Mit weicher Stimme sagte Mazie Decker: »Angelo. Angelo – das ist ein wunderschöner Name. Klingt himmlisch.«

Das dunkle Gesicht des jungen Mannes wirkte ungerührt im schwachen Schein der Armaturenbeleuchtung. Er hatte seinen Hut abgenommen, und sein glänzendes, schwarzes Haar ähnelte einer metallenen Kappe. Mit dem Handballen berührte er ein Ohr und fuhr sich dann mit der Hand durch das ölige Schwarz seines Haares. Dann nahm er sie herunter und ließ sie unter seinen Mantel gleiten. Den anderen Arm hatte er um das Mädchen gelegt.

Er zog seine Hand aus der Tiefe seines Mantels, und für einen flüchtigen Moment blitzte glänzendes Metall auf.

»Mein Gott!« sagte das Mädchen langsam und hob ihre Hände vor die Brust ...

Er beugte sich über sie und drückte die Tür auf; als sie in sich zusammensank, schob er sie sanft hinaus; ihr Körper neigte sich zur Seite, fiel aus dem Wagen und landete weich im Laub neben der Straße. Ihr schnelles, heftiges Atmen und ein fernes, bebendes »Ah!« wurden, als er den Wagen anließ, vom Geräusch des aufheulenden Motors geschluckt; er zog die Tür zu und setzte sorgfältig seinen Hut auf, dann legte er den Gang ein und ließ langsam die Kupplung kommen.

Als er aus der Dunkelheit der schmutzigen Straße an die

Auffahrt des Highways kam, griff er in den Winkerspalt, zog die Seitenblende ab, verstaute sie und beugte sich über das Lenkrad.

Es regnete leicht.

R.F. Winfield streckte eines seiner langen Beine aus und legte seinen Fuß auf einen in der Nähe stehenden Ledersessel. Die blonde Frau stand auf und wankte unsicher zum Plattenspieler, dessen Aussehen an eine Standuhr erinnerte. Er hatte weit über tausend Dollar gekostet, und die Bezeichnung ›Plattenspieler‹ würde ihn sicherlich beleidigen – dennoch war es einer.

Unsanft schnipste die blonde Frau gegen einen kleinen Hebel; sie nahm die Platte hoch und starrte mit trübem Blick auf die Rückseite.

»Minnie the Moocher. Willst du's hören?« fragte sie.

»Hm, hmm«, sagte Mr. Winfield. Er setzte ein mit Eis und Whiskey gefülltes Glas an seine Lippen und kippte es hinunter. Er stand auf und zog den dunkelblauen Morgenmantel fester um seine dürren Beine. Mit erhobenem Kopf ging er durch einen kurzen Korridor zum Badezimmer, öffnete die Tür und trat ein.

Laut plätschernd strömte Wasser in die große, blaue Badewanne aus Porzellan. Eine Hand auf den Hahn gestützt, drehte er das Wasser ab, streifte sich den Morgenmantel vom Körper und stieg in die Wanne.

Blechern drang die Stimme der blonden Frau durch die halboffene Tür.

»Nahm sie mit nach Chinatown, um mit ihr auf den Putz zu haun.«

Mr. Winfield griff in die Tasche seines Morgenmantels und fischte eine Zigarette und Streichhölzer heraus. Er steckte sich die Zigarette an, lehnte sich im Wasser zurück und atmete tief durch. Sein längliches, von der Sonne gebräuntes, kantiges Gesicht strahlte Zufriedenheit aus. Er sperrte den Kiefer auf, hob mechanisch eine Hand und nahm einen Teil seines Gebisses heraus, dann legte er den kleinen Halbkreis blitzender Zähne auf den Beckenrand neben die Wanne, ließ seine Zunge über die vollen, scharf umrissenen Lippen wandern und holte wieder tief Luft. Das warme, weiche Wasser umschmeichelte ihn; er fühlte sich sehr wohl.

Er hörte das Läuten der Klingel, dann die blonde Frau durch den Korridor, vorbei am Badezimmer, zur Eingangstür des Apartments stolpern. Er lauschte, konnte aber kein Wort von dem verstehen, was dort gesprochen wurde; nur das Geräusch der Tür, wie sie geöffnet und wieder geschlossen wurde, dann Stille, die lediglich von dem schwachen »Hi-de-ho-oh, Minnie« des Plattenspielers durchbrochen wurde.

Langsam öffnete sich die Badezimmertür, und in der Dunkelheit des Korridors zeichnete sich schemenhaft die Gestalt eines Mannes ab. Er trug keinen Hut, und sein Haar reflektierte das Licht als eine dünne Linie, so daß es matt auf die feuchte Blässe seines Gesichts schien. Der Gürtel des Regenmantels, den er trug, war fest gebunden, seine Hände hatte er tief in den Manteltaschen vergraben.

Winfield richtete sich in der Wanne auf und sagte zaghaft »Hallo!«, wobei er die zweite Silbe argwöhnisch dehnte und ebenso argwöhnisch hochblinzelte. Die Zigarette hing schlaff in seinem Mundwinkel.

Der Mann lehnte sich gegen den Türrahmen, zog eine kurze, massive Automatik aus seiner Manteltasche und hielt sie entschlossen in Hüfthöhe.

Winfield stützte seine Hände auf den Wannenrand und wollte aufstehen.

Die Automatik donnerte zweimal.

Eine Hand und ein Bein auf dem Wannenrand, verharrte Winfield vielleicht fünf Sekunden. Seine Augen waren weit aufgerissen, sein Blick war verblüfft. Dann sank er langsam zurück, sein Kopf schlug auf das glatte, blaue Porzellan, und sein Körper glitt unter Wasser. Im Mundwinkel hing noch die Zigarette, und als sein Kopf untertauchte, zischte sie kurz auf und erlosch.

Der Mann in der Tür drehte sich um und verschwand.

Das Wasser färbte sich rot. Vom Plattenspieler drang verschwommen aus der Ferne: »Hi-de-ho ...«

Doolin grinste den Kellner an. »Und sorgen Sie dafür, daß ich Vierminuteneier kriege, und keine Milch in den Kaffee.«

Der Kellner nickte mürrisch und verschwand durch eine Schwingtür.

Doolin schlug seine Zeitung auf und blätterte bis zu der Seite mit den Comics. Aufmerksam las er sie von oben bis unten durch und kicherte vor Vergnügen in sich hinein. Dann breitete er die Doppelseite zwei und drei auf dem Tresen aus und begann oben auf der zweiten Seite zu lesen. In der Mitte las er die Überschrift: Winfield, Leiter eines Filmstudios, von Geliebter getötet: Fortsetzung von Seite eins.

Er blätterte zurück zur Titelseite und betrachtete ein zwei Spalten breites Bild von Winfield, las den dazugehörigen Artikel, ging wieder auf Seite zwei und las zu Ende. Eine weitere Abbildung zeigte Winfield und eine Frau. Der Text unter dem Foto der Frau lautete: »Elma O'Shea Darmond, bekannte Filmschauspielerin und Freundin von Winfield, die mit einer Automatik in ihrer Hand bewußtlos in seinem Apartment aufgefunden wurde.«

Doolin gähnte und schob die Zeitung beiseite, um Platz für Kaffee, Toast und Eier zu schaffen, die der mürrische Kellner brachte. Er verschlang die Eier und hatte seinen Kaffee halb ausgetrunken, als etwas auf Seite drei sein Interesse weckte. Er setzte die Tasse ab, beugte sich über die Zeitung und las: »Rätselhafter Mord an einem Mann in Glendale. H.J. (Jake) Coleman, vermutlich Berufsspieler, wurde gestern abend erschossen, als er die Lyric Billiard Parlors in Glendale verließ. Die Schüsse wurden aus einem schwarzen Roadster abgefeuert, nach dem die Polizei fahndet.«

Doolin las sich den Rest der Geschichte durch und trank seinen Kaffee aus. Einige Minuten starrte er ausdruckslos in den Spiegel hinter dem Tresen und betrachtete sein Spiegelbild, dann stand er auf, bezahlte und ging hinaus in den strahlenden Morgen.

Frisch und voller Energie ging er die Hill Street entlang bis zur Ersten Straße, dann über die Erste zum Los Angeles Bulletin Gebäude. Vor sich hin pfeifend fuhr er mit dem Aufzug nach oben.

Im Archiv des Bulletin fand er, wonach er suchte; den Aufmacher vom 10. Dezember:

MASSAKER IN NACHTCLUB
Filmstars gehen vor tödlichem Kugelhagel aus Maschinengewehren in Deckung
Das Hotspot, berühmtes Cabaret bei Culver City, war heute in den frühen Morgenstunden Schauplatz der blutigsten Schlacht, die der örtliche Bandenkrieg bisher zu verantworten hat. Zwei Männer, bei denen es sich nach Polizeiangaben vermutlich um Frank Riccio und Edward (Whitey) Conroy, Mitglieder der Purple Gang aus Detroit, handelt, waren sofort tot, als vier Männer in ein Hinterzimmer des Clubs eindrangen und das Feuer aus Maschinengewehren eröffneten. Ein dritter Mann, der in Begleitung von Riccio und Conroy war, wurde schwer verwundet und hat vermutlich nur geringe Überlebenschancen.

Doolin überflog die Spalte und las weiter:
R.F. Winfield, prominenter Leiter eines Filmstudios, der ebenfalls in dem Raum anwesend war, ließ verlauten, er könne keinen der Mörder identifizieren. Alles sei zu schnell gegangen, so Winfield, um auch nur einen der Täter mit Sicherheit identifizieren zu können. Seine Gegenwart in der Gesellschaft dreier berüchtigter Gangster begründete er mit dem Wunsch nach Informationen über die Unterwelt aus erster Hand, da er gerade Dreharbeiten zu einen Film aus diesem Milieu inspizierte. Die Namen weiterer Gäste sind der Redaktion nicht bekannt.

Unter einer Zwischenüberschrift las Doolin:
H.J. Coleman und seine Begleiterin, Miss Mazie Decker, befanden sich zum Zeitpunkt des Überfalls in dem Korridor, der zu dem Hinterzimmer führt. Miss Decker sagte aus, sie würde mit Sicherheit zwei von ihnen wiedererkennen. Coleman, seinerseits kurzsichtig, war sich gleichermaßen sicher, er könne auf keinen Fall ...

Eineinhalb Stunden später verließ Doolin das Bulletin Gebäude. Sorgfältig war er alle Ausgaben von Dezember bis Mitte

Januar durchgegangen. Er hatte sich des Adressenverzeichnisses, des Telefonbuchs, der Dun & Bradstreet Auskunftei und des Telefons bedient und einen Polizeireporter, den er nur flüchtig kannte, so lange bequatscht, bis der mit allen nur möglichen Insider-Informationen rausgerückt war.

Er stand auf den breiten Steinstufen und sah auf das Blatt Papier, auf das er seine Notizen gekritzelt hatte.

Sie lauteten:

Personen im Hinterzimmer und im Korridor, die die Mörder von Riccio und Conroy identifizieren könnten:

Winfield. Tot.

Coleman. Tot.

Martha Grainger. Schauspielerin. Spielt in N.Y.

Betty Crane. Prostituierte. Am 4. Januar an Lungenentzündung gestorben.

Isabel Dolly. Prostituierte und Statistin beim Film. War während der Schießerei sturzbetrunken; wahrscheinlich unbedeutend. Aufenthaltsort unbekannt.

Mazie Decker. Animiermädchen. Arbeitet im Dreamland, Ecke Sechste und Hill Street. Konnte auf den Fotos der Verbrecherkartei keinen der Killer wiedererkennen.

Nelson Halloran. Lebemann. Geld. Freund von Winfield. Wohnt im Fontenoy, gleiches Apartmenthaus wie Winfield.

Doolin faltete das Papier zusammen und strich es glatt. Dann wickelte er es gedankenverloren um seinen Zeigefinger und ging die Stufen hinunter über den Gehweg zu einem Taxi. Er stieg ein, setzte sich und lehnte sich zurück.

Der Fahrer schob die Trennscheibe zur Seite und fragte: »Wohin?«

Doolin blickte ihn leicht verwirrt an, dann lachte er. »Moment«, sagte er und entfaltete das Blatt Papier auf seinen Knien. Aus seiner Tasche kramte er einen Bleistiftstummel hervor und zog langsam und sorgfältig eine Linie durch die ersten fünf Namen; übrig blieben Mazie Decker und Nelson Halloran.

Doolin beugte sich nach vorn und fragte den Fahrer: »Hat dieser Dreamland-Schuppen Ecke Sechste und Hill nachmittags geöffnet?«

Der Fahrer dachte einen Moment lang nach, dann schüttelte er den Kopf.

»Na gut«, sagte Doolin, »dann zu den Fontenoy-Apartments – auf der Whitley Avenue in Hollywood.«

Nelson Halloran sah aus wie der leibhaftige Tod. Sein bleiches Gesicht war außergewöhnlich langgezogen und schmal; sein spitzes Kinn schwang sich in einer fortlaufenden Linie zu hohen, kantigen Wangenknochen und großen, tiefliegenden Augen hinauf. Das Ganze mündete in einer fast unnatürlich hohen Stirn. Sein Mund war breit, mit schmalen Lippen und stand in starkem Kontrast zu seinem bleichen Gesicht. Sein Haar hatte eine wässrige Farbe. Er war etwa einsneunzig groß und wog achtzig Kilo.

Halb liegend saß er in einem dick gepolsterten Sessel im Wohnzimmer seines Apartments und beobachtete, wie sich ein runder Fleck Sonnenlichts an der Wand entlangschob. Die Vorhänge waren fast zugezogen, und das Apartment lag im Halbdunkel. Es herrschte ein Durcheinander an modernen Möbeln, Büchern, Zeitschriften, Zeitungen und Flaschen; an den hellen Wänden hingen einige gute, aber schlecht plazierte Drucke.

Träge führte Halloran hin und wieder seine lange, weiße Hand an den Mund, inhalierte tief den Rauch und blies ihn in den Strahl des Sonnenlichts.

Als das Telefon klingelte, zuckte er unwillkürlich zusammen, beugte sich zur Seite und nahm es von einem Beistelltisch hoch.

Er hörte einen Moment zu, dann sagte er: »Schicken Sie ihn rauf.« Seine Stimme klang sehr matt. Es lag etwas Sanftes darin, aber auch etwas Unterkühltes und Gleichgültiges.

Er veränderte leicht seine Position im Sessel und verbarg eine Hand in den Falten seines Morgenmantels. Im Schutze des Polsters hielt er eine Luger bereit. Er saß mit dem Gesicht zur Tür.

Gleichzeitig mit dem schnarrenden Ton der Klingel rief er: »Herein.«

Die Tür wurde geöffnet, Doolin trat ein paar Schritte in das

Zimmer und schloß die Tür hinter sich.

Halloran schwieg.

Doolin blinzelte ins Halbdunkel, während Halloran ihn beobachtete und nichts sagte.

Doolin war etwa dreißig Jahre, von durchschnittlicher Größe und von der Hüfte an aufwärts neigte er zur Fettleibigkeit. Sein Gesicht war rund, von gesunder Farbe, und seine blauen Augen standen weit auseinander. Seine Kleidung saß nicht besonders gut.

Den Hut in der Hand, stand er mit ausdruckslosem Gesicht da, bis Halloran kühl sagte: »Ich habe den Namen nicht verstanden.«

»Doolin. D - zweimal o - l - i - n«, sagte er, ohne dabei groß den Mund zu bewegen. Seine Stimme klang freundlich; die Vokale leicht mit irischem Akzent gefärbt.

Halloran wartete.

»Ich habe da heute morgen ein paar Geschichten in der Zeitung gelesen«, sagte Doolin, »und da kam mir so ein Gedanke. Ich ging zum Bulletin und habe den Gedanken weiter verfolgt, und es sieht aus, als würden Sie ziemlich in der Klemme sitzen.«

Halloran zog an seiner Zigarette, sah Doolin erstaunt an und wartete ab. Auch Doolin wartete ab. Sie schwiegen beide und sahen sich einfach nur an. Doolins Augen glänzten, blickten zufrieden.

Schließlich sagte Halloran: »Das hört sich etwas verwirrend an.« Einen Augenblick zögerte er. »Setzen Sie sich.«

Doolin setzte sich auf den Rand des mit dickem Leinen bezogenen Stahlrohrstuhls. Er ließ seinen Hut auf den Boden fallen, beugte sich nach vorn und stützte seine Ellbogen auf die Knie. Über ihm wanderte der kleine Kreis des Sonnenlichts langsam die Wand entlang.

Halloran drückte seine Zigarette aus, veränderte seine Haltung ein wenig und sagte: »Sprechen Sie weiter.«

»Haben Sie die Zeitung gelesen?« Doolin zog eine in Cellophan eingewickelte Zigarre aus seiner Tasche, riß die Verpackung ab und klemmte die Zigarre zwischen die Zähne.

Halloran nickte, falls man eine Kopfbewegung um den

Bruchteil eines Zentimeters ein Nicken nennen kann.

Doolin quetschte die Worte um die Zigarre herum: »Wer hat Riccio und Conroy umgelegt?«

Halloran lachte.

Doolin nahm die Zigarre aus dem Mund. »Hören Sie mal zu«, sagte er in sehr ernstem Ton, »letzte Nacht wurde Winfield ermordet – und Coleman. Sie werden der nächste sein. Ich weiß nicht, warum die, die's getan haben, so lange damit gewartet haben – vielleicht, weil für ein paar der verhafteten Jungs der Prozeß nächste Woche losgeht ...«

Hallorans Gesicht war nur noch eine bleiche, ausdruckslose Maske.

Doolin lehnte sich zurück und schlug die Beine übereinander. »Wie dem auch sei – Winfield und Coleman hat's erwischt. Bleiben also noch die Decker-Mieze, die zusammen mit Coleman da war, und Sie. Der Rest ist unwichtig – eine ist in New York, eine ist an Lungenentzündung gestorben, und eine war sturzbesoffen ...«

Er machte eine Pause, um an seiner Zigarre zu kauen, und Halloran rieb sich langsam mit der linken Hand über eine Hälfte seines Gesichts.

»Ich war mal Stuntman beim Film«, fuhr Doolin fort. »Da ist nicht viel gelaufen im vergangenen Jahr. Seit fünf Monaten bin ich ohne Job.« Er beugte sich vor und unterstrich seine Worte mit der Zigarre, die er wie einen Stift zwischen seinen Fingern hielt: »Ich möchte für Sie arbeiten.«

»Was für Qualifikationen haben Sie denn?« fragte Halloran in mäßig amüsiertem Ton.

»Ich kann schnell und treffsicher schießen, und ich habe keine Angst, etwas zu riskieren – egal, was es ist! Ich würde 'nen prima Leibwächter abgeben.«

Doolin ereiferte sich beim Anpreisen seiner Fähigkeiten, stand auf und ging zwei Schritte auf Halloran zu.

»Hinsetzen«, sagte Halloran. Seine Stimme war eiskalt. In seiner Hand blitzte die Luger.

Doolin blickte auf die Waffe und lächelte schwach, dann steckte er die Zigarre in den Mund, ging rückwärts zu seinem Stuhl und setzte sich wieder.

»Woher weiß ich, daß du mich nicht verarschen willst?«
fragte Halloran.

Doolin schob seine Unterlippe über die Oberlippe. Er
kratzte sich mit dem Daumennagel an der Nase und schüttelte bedächtig den Kopf, dabei grinste er.

»Wie auch immer – für mich sind das Hirngespinste«, fuhr
Halloran fort. »Die Zeitungen schreiben, Miss Darmond habe
Winfield umgebracht.« Er lächelte. »Und Coleman war ein
Spieler – jeder x-beliebige aus so einem Haufen hätte mögli-
cherweise Grund gehabt, ihn zu erschießen.«

Doolin zuckte übertrieben mit den Achseln. Er beugte sich
vor, griff seinen Hut, setzte ihn auf und erhob sich.

Halloran lachte wieder. Sein Lachen klang nicht besonders
angenehm.

»Nicht so eilig«, sagte er.

Für einen Moment sagte keiner von beiden etwas. Dann
zündete sich Halloran eine Zigarette an und stand auf. Halloran war so groß und so dürr, daß Doolin ihn unwillkürlich
anstarren mußte, als er, die Luger lässig in der Hand, auf ihn
zukam, mit der anderen seine Taschen abklopfte und ihn unter
den Armen abtastete. Danach ging Halloran zu einem Tisch in
einer Ecke des Zimmers und ließ die Luger in einer Schublade
verschwinden.

Er drehte sich um und lächelte Doolin freundlich an. »Was
willst du trinken?« fragte er.

»Gin.«

»Kein Gin.«

Doolin grinste.

Halloran sprach weiter: »Scotch, Rye, Bourbon, Brandy,
Rum, Schnaps, Champagner. Kein Gin.«

»Rye«, sagte Doolin.

Halloran nahm zwei Flaschen aus einer hohen Vitrine und
füllte zwei Gläser. »Warum fährst du nicht zu der Decker-
Braut? Sie ist diejenige, die gesagt hat, sie könne die Männer
identifizieren, die Riccio und Conroy umgebracht haben. Sie
ist diejenige, die einen Leibwächter braucht.«

Doolin ging zum Tisch und nahm sein Glas. »Bin noch
nicht dazu gekommen«, sagte er. »Sie arbeitet im Dreamland,

unten in Downtown, und nachmittags ist da noch geschlossen.« Sie tranken.

Hallorans Mund dehnte sich zu einem kleinen Lächeln. Er griff nach einer zusammengefalteten Zeitung, deutete auf die Schlagzeile und reichte sie Doolin.

Doolin nahm die Zeitung, es war die neueste Ausgabe des Morning Bulletin, und las:

ERMORDETES MÄDCHEN ALS ANIMIERMÄDCHEN IDENTIFIZIERT

Die Leiche des Mädchens, das heute am frühen Morgen an einer Straße nahe Lankershim erstochen aufgefunden wurde, ist als Mazie Decker, einer Angestellten des Dreamland Tanzpalasts, wohnhaft 305 S. Lake Street, identifiziert worden.

Identifiziert wurde sie von Peggy Galbraith, der Mitbewohnerin der Ermordeten. Miss Decker war vergangene nacht nicht nach Hause zurückgekehrt, und nachdem Miss Galbraith einen Artikel über die Tragödie in der Morgenausgabe gelesen hatte, suchte sie das Leichenschauhaus auf, wo sie Miss Decker einwandfrei identifizierte. Die Polizei ist ...

Doolin legte die Zeitung beiseite und sagte: »Tja ja ... Wie ich schon sagte ...« An der Tür wurde geklopft, oder besser, jemand trommelte mit den Fingernägeln einen eigenartigen Rhythmus.

»Herein«, rief Halloran.

Die Tür wurde geöffnet, eine Frau trat langsam ein und schloß die Tür wieder. Sie ging zu Halloran, legte ihre Arme um ihn und warf ihren Kopf zurück.

Halloran gab ihr einen sanften Kuß. Er lächelte Doolin an und sagte: »Das ist Mrs. Sare.« Sein Lächeln wanderte zu der Frau. »Lola – darf ich dir Mr. Doolin vorstellen – meinen Leibwächter.«

Es gab nichts Besonderes an Lola Sare, außer vielleicht ihrem schönen Haar; dennoch war sie eine sehr attraktive Frau.

Die Farbe ihres Haars war dunkelrot, beinahe schwarz. Ihre

Augen waren mandelförmig und von so einem tiefen grün, daß man sie auch für schwarz halten konnte. Ihre Nase war gerade, aber die Nasenflügel wölbten sich ein kleines bißchen zu sehr nach außen; ihr Mund war rot und üppig; zu groß und zu geschwungen. Ihre Haut war weich, ihr Teint sehr dunkel. Sie war schlank und hatte eine gute Figur. Ein bestimmtes Alter schien sie nicht zu haben; vielleicht war sie sechsundzwanzig, vielleicht sechsunddreißig.

Sie trug ein Hauskleid aus schwerem, dunkelgrünen Samt und schwarze Pantoffeln; ihr Haar war im Nacken zu einem großen Knoten aufgesteckt.

Sie neigte ihren Kopf in Richtung Doolin und sah ihn regungslos an.

»Sehr erfreut, Sie kennenzulernen, Mrs. Sare«, sagte er.

Sie ging zu einem der breiten Fenster und zog den Vorhang ein wenig zur Seite; ein breiter, flacher Sonnenstrahl tauchte das Zimmer in gelbes Licht.

»Tut mir leid, die Grabstätte zu entweihen«, sagte sie mit dunkler, rauher Stimme.

Halloran füllte drei Gläser, ging zu seinem Sessel zurück und setzte sich. Mrs. Sare lehnte am Tisch, und Doolin ließ sich, nachdem er ihr einen unentschlossenen Blick zugeworfen hatte, auf einen Stuhl an der Wand sinken.

Halloran nippte an seinem Glas. »Das Merkwürdige an der ganzen Geschichte«, sagte er, »ist, daß ich keinen der vier Männer jener Nacht wiedererkennen könnte, selbst wenn mein Leben davon abhinge – und ich bin mir fast sicher, Winfield konnte es auch nicht. Wir waren drei Tage durch die Kneipen gezogen – und mein Personengedächtnis ist ohnehin denkbar schlecht ...«

Er stellte sein Glas neben den Sessel auf den Boden und zündete sich eine Zigarette an.

»Wer, sagtest du, außer der Decker, Coleman, Winfield und mir könnte ...?«

Doolin zog das zusammengefaltete Stück Papier aus seiner Tasche, stand auf und reichte es Halloran.

Halloran studierte es eine Weile und sagte dann: »Da fehlt einer.«

Mrs. Sare nahm die beiden Flaschen, ging hinüber zu Doolin und füllte sein Glas auf.

Doolin starrte Halloran fragend an, seine Augenbrauen formten ein breites, umgedrehtes V.

»Der Mann, der mit Riccio und Conroy zusammen war«, fuhr Halloran fort. »Der dritte, auf den geschossen wurde ...«

»Ich habe nichts mehr über ihn im Zeitungsarchiv gefunden«, sagte Doolin, »in der Zeitung hieß es, er werde nicht überleben ...«

Halloran klopfte sich mit dem Nagel seines Zeigefingers auf die Zähne und sagte: »Das würde mich auch mal interessieren.«

Mrs. Sare war stehengeblieben und hörte aufmerksam zu. Dann ging sie zu Halloran, goß ihm nach, stellte die Flaschen auf den Boden und setzte sich auf die Lehne von Hallorans Sessel.

»Winfield und ich sind allein ins Hotspot gegangen«, sprach Halloran weiter. »Wir hatten etwas Geschäftliches mit ein paar Mädels aus der Show zu besprechen.« Verlogen grinste er Mrs. Sare an. »Riccio, Conroy und dieser dritte Mann – ich glaube, sein Name war Martini oder irgendsowas Trockenes in der Richtung – und die drei Mädchen von deiner Liste kamen an unserem Tisch vorbei, als sie auf dem Weg ins Hinterzimmer waren ...«

Doolin hatte sich vorgebeugt, kaute an seiner Zigarre und in seinen Augen blitzte Neugier.

Halloran blies Rauch in den keilförmigen Strahl der Sonne. »Winfield kannte Conroy flüchtig – er hatte ihn im Osten kennengelernt. Sie fielen sich um den Hals, und Conroy lud uns ein, mit ihnen zu feiern. Winfield gefiel das. Er drehte gerade einen Gangsterfilm, und Conroy war eine große Nummer im Osten – Winfield dachte, er könnte eine Menge Tips bekommen ...«

»Da war also alles noch okay?« fragte Doolin.

»Ja«, sagte Halloran und nickte dabei nachdrücklich. »Winfield sprach sogar davon, Conroy zum technischen Berater des Films zu machen – bevor das Feuerwerk losging.«

»Wie hat dieser dritte Kerl – dieser Martini, ausgesehen?«

Halloran sah leicht verärgert aus. »Dazu komme ich noch. Wir waren acht Leute in diesem Raum – die drei Männer, die drei Mädchen, Winfield und ich. Riccio war ziemlich betrunken, und eins der Mädchen lag praktisch schon unterm Tisch. Wir waren alle in ziemlich ausgelassener Stimmung.«

Halloran hob sein Glas und beugte sich nach vorn. »Riccio und Martini hatten sich in einem Streitgespräch festgebissen, und ich hatte den Eindruck, daß es irgendwas mit Drogen zu tun hatte – Morphium. Riccio wurde ziemlich laut. Winfield und ich unterhielten uns mit Conroy, und die Mädchen gurgelten mit Champagner und amüsierten sich darüber, als die vier Kerle – ich glaube es waren vier – hereinstürzten und das Feuer auf Riccio und Conroy eröffneten ...«

»Was war mit Martini?« Die nicht angezündete Zigarre in Doolins Mund wurde zusehends kürzer.

Halloran sah wieder verärgert aus. »Das ist ja der springende Punkt«, sagte er. »Sie beachteten Martini überhaupt nicht – sie hatten es nur auf Riccio und Conroy abgesehen. Und es waren keine Maschinengewehre – das haben die Zeitungen dazugedichtet. Es waren Pistolen ...«

»Und was war mit Martini?« frage Doolin.

»Verdammt nochmal – halt endlich die Klappe!« Halloran grinste säuerlich und trank sein Glas aus. »Riccio hat auf Martini geschossen.«

Doolin stand langsam auf und sagte: » Kann ich mal telefonieren?«

Halloran lächelte Mrs. Sare an und nickte.

Doolin wählte mehrere Nummern, stellte Fragen und warf mit monotoner Stimme mal ein »Ja«, mal ein »Nein« dazwischen.

Halloran und Mrs. Sare sprachen leise miteinander. Zwischen zwei Anrufen wandte sich Halloran an Doolin: »Du hast Verbindungen – stimmt's?!« Es war eine Feststellung, keine Frage.

»Wenn ich soviel Geld wie Verbindungen hätte«, erwiderte Doolin, »würde ich mich zur Ruhe setzen.«

Nach einer Weile war er fertig, hängte den Hörer ein und stellte das Telefon zurück auf den runden Beistelltisch.

»Martinelli«, sagte er, »nicht Martini. War angeblich Riccios und Conroys Partner im Osten. Sie hatten den Drogenmarkt ziemlich fest im Griff. Ende November ist er hier aufgetaucht, und Riccio und Conroy sind am zehnten Dezember nachgekommen und noch in derselben Nacht umgelegt worden ...«

»Daran erinnere ich mich«, sagte Halloran, »sie sprachen noch über die Fahrt.«

Doolin nahm die Zigarre gerade mal so lange aus dem Mund, daß er einen Schluck trinken konnte. »Martinelli ist am sechzehnten Januar aus dem St. Vincent Hospital entlassen worden – das war vorgestern. Ein ziemlich übler Kerl – hat's geschafft, sich im Osten aus vier oder fünf Anklagen wegen Mordes rauszuwinden und soll noch ein halbes Dutzend mehr begangen haben. Man nennt ihn den Vollstrecker. Angelo Martinelli – der Vollstrecker.«

»Greift zu, Essen ist fertig«, sagte Mrs. Sare.

Doolin und Halloran erhoben sich und gingen in das kleine Speisezimmer. Sie setzten sich an den Tisch, und Mrs. Sare brachte eine dampfende Platte mit Rühreiern und Speck und einen riesigen Kaffeekocher aus Glas mit brodelndem Kaffee herein.

»Ich denke mir das so,« sagte Doolin, »wenn Martinelli mitbekommen hat, daß Sie und Winfield und wer sonst noch in dem Raum war gesehen haben, wie Riccio auf ihn geschossen hat, würde er Sie alle zum Schweigen bringen wollen; daß er Riccio reingelegt hatte, war sonnenklar, und wenn das bei dem Prozeß rauskäme, hätte er die Jungs aus Detroit am Hals.«

Halloran nickte und klatschte einen großen, runden Klecks Chilisoße neben die Rühreier auf den Teller.

»Aber aus welchem Grund hat er Coleman und Decker umgelegt?«

Halloran wollte gerade mit vollem Mund anfangen zu sprechen, als Doolin ihn unterbrach: »Die Antwort darauf ist, daß Martinelli sich mit der Organisation hier zusammengetan hat, der Organisation, die Riccio und Conroy aus dem Geschäft drängen wollte ...«

»Martinelli ist wahrscheinlich hierhergekommen«, sagte

Halloran, »um den Drogenhandel zwischen hier und Detroit aufzuziehen und die hiesigen Jungs aus dem Geschäft zu drängen. Die Szene, so wie sie hier war, gefiel ihm und er ist eingestiegen – und als Riccio und Conroy ankamen, hat Martinelli sie bei den Jungs in der Stadt verpfiffen ...«

Doolin schlang einen Riesenbissen Rühreier und Speck hinunter und sagte aus einem Mundwinkel zu Mrs. Sare: »Wirklich klasse.«

Er nahm seine Zigarre und zeigte damit auf Halloran. »Deshalb wollte er euch alle – Sie und Winfield, weil Sie ihm mit einer Zeugenaussage die Organisation aus Detroit auf den Hals hetzen würden; Decker und Coleman, weil sie vielleicht die Jungs aus L.A. wiedererkennen könnten. Er hat nicht einem Schweigegeld oder so angeboten – er gehört zu den Typen, die es vorziehen, jemanden gleich umzulegen.«

»Er muß sich auch vor den beiden, die im Knast sitzen, in acht nehmen«, sagte Halloran. »Sie könnten alles ausplaudern. Wenn alle, die dabeigewesen waren, tot wären, gäb's keine Chance, die beiden Kerle zu identifizieren – und alles wär' wunderbar.«

Schweigend aßen sie zu Ende.

Später, beim Kaffee, sagte Doolin: »Komisch, daß er letzte nacht nicht auch versucht hat, Sie zu kriegen – bevor oder nachdem er Winfield erledigt hat. Schließlich ist es dasselbe Gebäude und so ...«

»Vielleicht hat er das.« Halloran legte seinen Arm um Mrs. Sare, die neben seinem Sessel stand. »Ich bin erst gegen drei nach Hause gekommen – wahrscheinlich war er hier, aber hat mich verpaßt.«

»Am besten fahren wir gleich zum Staatsanwalt. Das arme Mädchen von Winfield wird wahrscheinlich gerade kräftig in die Zange genommen. Wir könnten alles aufklären und Martinelli einbuchten lassen ...«

»Nein«, sagte Halloran. Er sagte es sehr entschlossen.

Doolins Augen wurden allmählich größer. Er trank seinen Kaffee aus und wartete.

Halloran lächelte dünn und sagte: »Erstens kann ich Bullen nicht ausstehen.« Er legte seinen Arm fester um Mrs. Sare.

»Und zweitens ist mir Miss Darmond ziemlich egal – von mir aus kann sie ab jetzt in ihrem eigenen Saft schmoren. Und drittens – es macht mir Spaß ...«

Doolin warf Mrs. Sare einen Blick zu, dann wandte er seinen Kopf langsam wieder zu Halloran.

»Ich habe noch drei Monate zu leben«, sprach Halloran weiter, »wenn's hochkommt.« Seine Stimme klang kalt, vollkommen ohne Gefühl. »Neunzehn'achtzehn in Frankreich hat mich fast eine Granate erwischt, ich bin in einen Gasangriff geraten und überhaupt ziemlich übel zugerichtet worden. Man hat mich wieder zusammengeflickt und nach Hause geschickt, und ich habe mich ganz gut gehalten. Aber meine Pumpe ist im Eimer, meine Lunge im Arsch und so weiter – die Ärzte fangen an, sauer zu werden, weil ich den Löffel immer noch nicht abgegeben habe ...«

Er grinste breit. »Aus der Zeit, die mir noch bleibt, will ich das Letzte herausholen, und sollte diese Zeit auch noch so kurz sein. Wir werden die Bullen nicht anrufen, wir werden in diese Show einsteigen und uns prächtig amüsieren. Du bist mein Leibwächter, du bekommst fünfhundert die Woche, aber dein Job ist nicht, mich zu bewachen, sondern dafür zu sorgen, daß keine Langeweile aufkommt und ich meinen Spaß habe. Und anstatt darauf zu warten, daß Martinelli zu uns kommt, werden wir zu Martinelli gehen.«

Unsicher blickte Doolin zu Mrs. Sare. Sie lächelte höchst befremdlich.

»Willst du den Job?« fragte Halloran.

Doolins Grinsen wurde langsam breiter.

»Klar«, antwortete er.

Doolin trocknete sich die Hände, strich sein Haar glatt und ging, disharmonisch vor sich hin pfeifend, durch das kleine, billig eingerichtete Wohnzimmer seiner Wohnung bis zur Tür der noch kleineren Küche. Er nahm eine Zeitung von einem Tisch neben der Tür, schlug sie auf und warf einen Blick auf die Schlagzeile. »Sie bezeichnen den Mord an Winfield als ›Hinrichtung in Blau‹, weil es in einer blauen Badewanne passiert ist. Was für ein Witz!«

Eine recht hübsche, junge Frau rührte in einer weißen Kasserole auf dem kleinen Gasherd. Sie sah hoch und lächelte: »Abendessen ist in einer Minute fertig«. Dann wischte sie sich die Hände an ihrer Schürze ab und begann, den Tisch zu decken.

Doolin lehnte an der Wand und blätterte den Rest der Zeitung durch. Den Fall Coleman hatte man in eine Viertelspalte gequetscht – die Polizei hatte es nicht geschafft, den Wagen ausfindig zu machen. Über Mazie Decker stand sogar noch weniger drin. Es hieß, die Polizei „arbeite an einer Theorie ...“

Was den Mord an Winfield anging, arbeitete die Polizei auch in diesem Fall an einer Theorie. In der Mordnacht hatte man Miss Darmond mit einer großen Platzwunde am Kopf in der Nähe der Eingangstür von Winfields Apartment gefunden. Sie sagte, sie könne sich nur noch daran erinnern, die Tür geöffnet und mit jemandem gerungen zu haben. Bis dahin glaubten ihr die cleversten Köpfe der Polizei ihre Geschichte; sie gingen davon aus, daß sie einen Komplizen hatte.

Doolin rollte die Zeitung zusammen und warf sie auf einen Stuhl. »Fünfhundert die Woche – plus Spesen! Himmel – ist das klasse!«

Er grinste übers ganze Gesicht.

»Ich freue mich riesig über das Geld«, sagte das Mädchen, »wenn du nur *sicher* bist, daß dir nichts passiert. Es wird weiß Gott auch Zeit, daß wir mal 'ne Chance kriegen.« Sie zögerte einen Moment. »Ich hoffe, der Job ist okay ...«

Sie war dreiundzwanzig oder vierundzwanzig Jahre alt, ein honigblondes Ding mit frischen Wangen, großen grauen Augen und einer schlanken, wohlproportionierten Figur.

Doolin ging zu ihr und küßte sie auf den Nacken.

»Natürlich ist der Job okay, Mollie. Jeder Job ist okay, wenn du ausreichend dafür bezahlt wirst. Hauptsache, es läuft 'ne Weile – fünfhundert ist 'ne Menge Geld, aber für tausend könntest du nochmal so viele Lammkoteletts kaufen.«

Ein kleiner Fleck auf einem der billigen, weißen Teller nahm ihre ganze Aufmerksamkeit in Anspruch, und eifrig rieb sie ihn mit einem Handtuch weg. Ohne aufzusehen, sagte sie: »Ich muß immer an die Darmond denken – wie sie im

Gefängnis sitzt. Was, meinst du, hat Halloran gegen sie?«

»Ich weiß nicht.« Doolin setzte sich an den Tisch. »Auf alle Fälle geht's ihr ganz gut. Wir können sie jederzeit da rausholen, nur im Moment noch nicht, weil die Bullen sonst Martinelli auf die Spur kommen, und wenn sie ihn schnappen, würde das Halloran den Spaß verderben.«

»Komische Art, Spaß zu haben.« Sie verzog ihren Mund zu einem Lächeln.

»Er ist ein merkwürdiger Typ«, sagte Doolin. »War mal Polizeireporter in Chicago – vielleicht liegt's daran. Jedenfalls wird der arme Teufel es nicht mehr lange machen – laß ihm doch den Spaß, den er haben will. Er kann es sich leisten ...«

Sie schwiegen, während das Mädchen Brot schnitt, die Butter aus dem Kühlschrank holte und den Tisch fertig deckte.

Doolin hatte seine Ellbogen auf den Tisch gestützt, das Kinn in die Hände gelegt und beugte sich vor. »Was die Darmond angeht, der Fraß, den sie ihr da im Knast vorsetzen, tut ihr sicher ganz gut. Solche Weiber brauchen das – damit sie wieder eine Perspektive bekommen.«

Das Mädchen füllte das Kartoffelpüree in eine große Schüssel um. Sie sagte nichts.

»Ich denke mir das so«, fuhr Doolin fort, »Halloran hat nicht den Nerv, selbst Schluß zu machen. Er ist fertig, und er weiß es – und die Gewißheit darüber hat ihn ein wenig durchknallen lassen. Und dann taucht dieser Martinelli auf, eine Chance für ihn, sich auf dramatische Weise zu verabschieden – genauso wie er gelebt hat –, und die Idee gefällt ihm. Mein Gott, ich würde das gleiche tun, wenn mein Abgang so nahe wäre wie seiner. Er schert sich einen gottverdammten Dreck um irgendwas – und er muß es auch nicht ...«

Das Mädchen war mit dem Anrichten fertig und setzte sich. Doolin häufte Koteletts, Kartoffelpüree und Blumenkohl auf beide Teller, während sie den Salat auftat. Sie fingen an zu essen.

Doolin stand auf, füllte zwei Gläser mit Wasser und stellte sie auf den Tisch.

»Tut mir leid, daß ich das Wasser vergessen habe ...« sagte das Mädchen.

Doolin beugte sich zu ihr hinüber, küßte sie und setzte sich wieder.

»Was Halloran angeht«, sprach er weiter, »bin ich nur eine weitere Figur in seinem Spiel. Anstatt rumzusitzen und darauf zu warten, daß Martinelli sich ihn schnappt, schnappen wir uns Martinelli. Das ist Hallorans Vorstellung von Spaß – das ist seine Art von Humor. Zum Teufel, er hat nichts zu verlieren ...«

»Iß, bevor das Essen kalt wird«, sagte das Mädchen.

Eine Weile schwiegen sie.

»Und was, wenn Martinelli zuerst schießt?« fragte sie.

Doolin lachte. »Martinelli wird überhaupt nicht schießen. Genausowenig wie ich – oder Mr. Halloran.«

Das Mädchen zündete sich eine Zigarette an und schlürfte ihren Kaffee. Ausdruckslos starrte sie Doolin an, wartete.

»Halloran wird mit Mrs. Sare zu Abend essen. Dann werden sie sich eine Vorstellung ansehen, und ich werde sie danach abholen – vom Theater. Und dann werden Halloran und ich uns um Martinelli kümmern.«

Er trank seinen Kaffee aus und goß beide Tassen nach. »In der Zwischenzeit soll ich rausfinden, wo wir Martinelli am ehesten finden können – Halloran hält große Stücke auf meine Verbindungen.«

Doolin grinste und sprach mit einem heiteren und zufriedenen Ausdruck im Gesicht weiter, als hätte er gerade einen Hasen aus einem Zylinder gezaubert. »Ich habe Martinelli schon gefunden – ich weiß, wo er überall rumhängt und wo er wohnt. Es war ein Kinderspiel. Er hat keine Veranlassung zu glauben, daß irgend jemand hinter ihm her ist – er versteckt sich nicht.«

»Ja und?«, fragte das Mädchen.

Er stand auf und streckte sich ausgiebig: »Und jetzt werde ich zu Martinelli gehen.«

Er machte eine dramatische Pause.

»Und ihm sagen, in was für einer Scheiße er sitzt – ein halbes Dutzend Mordanklagen, die ihm anhängen und der ganze andere Mist. Ich werde ihm erzählen, daß außer mir noch 'ne Menge anderer Leute Bescheid weiß und daß das Zeug zum

Staatsanwalt unterwegs ist und daß er sich besser schleunigst aus dem Staub macht ...«

»Du bist vollkommen übergeschnappt«, sagte das Mädchen. Doolin lachte übertrieben. »Schlau wie ein Fuchs bin ich«, sagte er. »Schlau wie ein Fuchs. Ich tue Martinelli einen großen Gefallen – und bin ihn erstmal los. Ich bewahre Halloran vielleicht davor, umgebracht zu werden – und er wird weiter glauben, es könnte jeden Moment passieren und sich daran aufgeilen. Solange Halloran lebt oder solange ich eine gute Show hinlege, werden jede Woche fünfhundert Flocken in die Kasse schneien. Und alle werden glücklich sein. Was willst du mehr.«

»Wie wär's mit Verstand.« Das Mädchen drückte ihre Zigarette aus und stand auf. »Ich habe noch nie in meinem Leben von so einer verrückten Idee gehört! ...«

Doolin machte ein angewidertes Gesicht. Er ging ins Wohnzimmer, kam wieder zurück und stellte sich in den Türrahmen. »Natürlich ist es verrückt«, sagte er. »Natürlich ist es verrückt. Halloran ist's auch – und du – und ich. Martinelli ist's auch – wahrscheinlich. Die verrückten Ideen sind's, mit denen man Sachen zum Laufen bringt – und mit der hier wird's laufen wie geschmiert.«

»Was ist mit der Darmond?« fragte das Mädchen. »Wenn Martinelli abhaut, ist sie die Angeschmierte und wird wegen Mordes an Winfield in den Knast wandern.«

»O nein, das wird sie nicht! Sobald die Sache mit Halloran gelaufen ist, werde ich mit meinen Beweisen zum Staatsanwalt gehen und ihm sagen, daß es ein paar Wochen gedauert hat, alles zusammenzukriegen und alle Zweifel auszuräumen. Es ist so sicher wie das Amen in der Kirche, daß Martinelli alle drei umgelegt hat. Diese Nieten in Downtown sind zu dämlich, das zu kapieren, aber sie werden's kapieren, wenn ich es ihnen erkläre. Klarer Fall, daß man Martinelli drankriegen wird!«

Das Mädchen lächelte kühl. »Du bist der überheblichste und dickköpfigste Irenschädel, der je rumgelaufen ist«, sagte sie. »Seit wir verheiratet sind, bist du von einem Schlamassel in den nächsten geschliddert. Diesmal werde ich nicht zulassen, daß du dich zum Idioten machst und womöglich noch umgebracht wirst ...«

Doolins Gesichtsausdruck war stur und verärgert. Er drehte sich um und ging mit langen Schritten durch das Wohnzimmer, quälte sich in seinen Mantel, setzte seinen Hut auf und zog ihn mit einem Ruck fast über beide Augen.

Sie stand im Türrahmen. Ihr Gesicht war sehr blaß, ihre Augen groß und rund.

»Bitte, Johnny ...«, sagte sie.

Er sah sie nicht an. Er ging zum Schreibtisch an der Wand, öffnete eine Schublade, nahm einen vernickelten Revolver heraus und ließ ihn in seine Manteltasche gleiten.

Sie sagte: »Wenn du mit diesem Wahnsinn jetzt weitermachst, verlasse ich dich.« Ihre Stimme klang kalt und spröde.

Doolin ging zur Wohnungstür, schlug die Tür heftig hinter sich zu.

Eine Weile stand sie da und starrte auf die Tür.

Angelo Martinelli steckte zwei Finger seiner linken Hand in einen kleinen Topf, und als er sie wieder herausholte, waren sie voll mit heller, grünlicher, klebriger Smoothcomb Pomade. Er klatschte sie aufs Haar, spreizte die Finger starr nach hinten und verteilte die Pomade energisch. Dann wischte er sich die Hände ab, nahm einen Kamm und beugte sich zum Spiegel.

Martinelli war sehr jung – vielleicht vier– oder fünfundzwanzig. Sein Teint war blaß und faltenlos; um das spitze Kinn herum nahm die Blässe einen bläulichen Ton an; er hatte rotbraune Augen und eine gerade, feingeschnittene Nase. Er war von durchschnittlicher Körpergröße, aber die mächtigen Schulterpolster seiner Jacke ließen ihn größer erscheinen.

Das Zimmer war klein und in grellen Farben eingerichtet. Ein Bett und zwei oder drei Sessel im übelsten modernen Stil wirkten durch orange- und rosafarbene Batiküberwürfe noch abstoßender; am Boden stand eine kunstvoll geschmiedete Stehlampe, deren Schirm aus künstlichem Pergament man mit Etiketten von Whiskeyflaschen beklebt hatte.

Martinelli kämmte sein Haar und sprach über eine Schulter hinweg mit einer Frau, die sich am Fußende des Bettes räkelte: »Noch heute nacht ...«

Lola Sare sagte: »Noch heute nacht – wenn du vorsichtig bist...«

Martinelli warf einen Blick auf seine Armbanduhr. »Ich mach' mich mal besser auf den Weg – ist schon fast acht. Er hat gesagt, um acht ist er da.«

Lola Sare beugte sich nach vorn und ließ ihre Zigarette in ein halbvolles Glas auf dem Boden fallen.

»Ich bin so ab halb neun zu Hause«, sagte sie. »Ruf an, sobald du kannst.«

Martinelli nickte. Er setzte sich einen leichten, schwarzen Filzhut auf und rückte ihn vor dem Spiegel in die gewünschte Position. Dann half er ihr in den Mantel, legte seine Arme um sie und gab ihr einen innigen Kuß auf den Mund.

Sie hielt ihn fest umschlungen und flüsterte: »Mach so schnell du kannst, Darling.«

Sie gingen zur Tür, Martinelli schaltete das Licht aus, und sie verließen das Zimmer.

»An der nächsten Ecke rechts«, sagte Martinelli.

Der Taxifahrer nickte; sie bogen vom nördlichen Teil des Broadways in eine spärlich beleuchtete Straße und fuhren ein paar Häuserblocks über das holprige Pflaster.

Martinelli klopfte an die Scheibe und sagte: »Okay.«

Das Taxi kam abrupt zum Stehen, Martinelli stieg aus, bezahlte den Fahrer und blieb dann am Bordstein stehen, bis das Taxi aus der engen Straße abgebogen und verschwunden war.

Er ging zu einer Tür, über der eine schwach schimmernde Glühbirne hing, tastete in der Dunkelheit nach dem Klingelknopf und drückte ihn. Die Tür schnappte auf; Martinelli ging hinein und schlug sie hinter sich zu.

In dem langgezogenen, düsteren Raum verteilte sich etwa ein halbes Dutzend Männer entlang der Bar. Ein paar andere saßen an Tischen an der Wand.

Martinelli ging zum hinteren Ende der Bar, beugte sich über den Tresen und sprach leise mit einem stämmigen, glatzköpfigen Mann, der auf einem hohen Barhocker neben der Kasse saß.

»Ist der Chef da?«

Der Glatzkopf nickte und deutete mit dem Kopf auf eine Tür hinter Martinelli.

Martinelli sah verwundert aus. »Zum ersten Mal in seinem Leben ist er pünktlich«, sagte er milde.

Der Mann nickte wieder. Sein Gesicht zeigte keine Reaktion.

Martinelli ging durch die Tür, nahm zwei Treppenstufen in einen schmalen Flur. Am Ende des Flurs klopfte er an eine schwere, mit Stahl verkleidete Feuertür.

Nach einigen Augenblicken öffnete sich die Tür, und eine Stimme sagte: »Komm rein.«

Auf Zehenspitzen versuchte Doolin die Nummer über der Tür zu entziffern, aber die Zahlen waren über die Jahre und durch das Wetter verblichen; zudem war das Licht zu düster.

Er ging einen halben Häuserblock die Straße entlang, dann kehrte er um und drückte auf die Klingel neben der Tür; die Tür sprang auf, und er ging durch den kurzen Gang in den langgestreckten Barraum. Ein Barkeeper wischte über das fleckige Holz des Tresens und sah ihn fragend an.

»Rye«, sagte Doolin.

Sein Blick wanderte träge von den Männern an der Bar hinüber zu denen an den Tischen und weiter zu dem schwergewichtigen, glatzköpfigen Mann, der sich am anderen Ende des Tresens auf einem Barhocker über eine weit ausgebreitete Zeitung beugte.

Der Barkeeper stellte ein Glas vor Doolin auf den Tresen und eine Flasche mit leuchtendem Etikett daneben.

»Heute schon was von Martinelli gesehen?« fragte Doolin.

Der Barkeeper verfolgte aufmerksam, wie Doolin sich eingoß, dann nahm er die Flasche, stellte sie unter die Bar und sagte: »Jaaa. Er ist vorhin gekommen. Er ist oben.«

Doolin nickte und probierte den Whiskey. Er schmeckte nicht übel. Er trank aus, legte einen Quarter auf den Tresen und schlenderte zur Tür am Ende des Raums.

Der kleine, glatzköpfige Mann sah von seiner Zeitung auf.

»Martinelli wartet auf mich«, sagte Doolin. »Er ist oben – oder?«

Der Untersetzte musterte Doolin. Zuerst das Gesicht, dann

wanderte sein Blick zu Doolins Füßen und langsam wieder nach oben. »Davon hat er nichts gesagt.« Mit der bewundernswerten Genauigkeit, die Alter und Erfahrung mit sich bringen, spie er in einen Spucknapf in der Ecke.

»Er hat's vergessen«, sagte Doolin und legte seine Hand um den Türknauf.

Gleichgültig sah der Untersetzte ihn an, quasi durch ihn hindurch.

Doolin drehte den Knauf und öffnete die Tür, ging durch und schloß sie hinter sich.

Knisterndes Gaslicht warf seinen schwachen Schein auf die Treppe. Langsam stieg er nach oben. Am Ende der ersten Treppe befand sich eine Tür; es war dunkel; kein Licht drang unter ihr hervor, kein Geräusch war hinter ihr zu hören. Doolin schlich sich sehr leise eine weitere Treppe nach oben. Er legte sein Ohr an die stahlverkleidete Tür; er konnte nichts hören, aber unter der Tür schimmerte schwach ein wenig Licht. Er schloß seine Hand und klopfte mit dem Handballen gegen die Tür.

Martinelli öffnete. Einen Moment lang starrte er Doolin fragend an, dann warf er einen Blick über seine Schulter, lächelte und sagte: »Hereinspaziert.«

Doolin vergrub die Hände in seinen Manteltaschen, seine rechte Hand umklammerte den Revolver, während er das Zimmer betrat.

Martinelli schloß die Tür hinter ihm und schob den schweren Riegel vor.

Der Raum war groß und wirkte nackt; ungefähr zehn mal zwölf Meter. Er wurde von einer einzigen Zuglampe mit grünem Schirm beleuchtet, die über einem großen, runden Tisch in der Mitte hing. Im Halbdunkel einer Ecke stapelten sich diverse Tische und Stühle. Es gab weder Fenster noch weitere Türen.

Halloran saß auf einem der vier Stühle am Tisch. Er saß, seine Ellbogen auf den Tisch gestützt, leicht nach vorn gebeugt, und seine langen, wächsernen Hände umspannten sein Gesicht. Es sah blutleer und ausdruckslos aus.

Die Hände hinter dem Rücken, stand Martinelli vor der Tür.

Doolin warf ihm einen kurzen Blick zu, dann sah er wieder zu Halloran. Seine Augenbrauen waren wieder zu dem breiten V zusammengezogen, sein Mund stand leicht offen.

»Sieh an, sieh an«, sagte Halloran, »ist das aber eine Überraschung.«

Seine Augen wanderten zu Martinelli. »Angelo. Darf ich dir Mr. Doolin – meinen Leibwächter – vorstellen«. Für den Bruchteil einer Sekunde zuckte sein breiter, dünner Mund kaum wahrnehmbar nach oben; dann verwandelte sich sein Gesicht wieder in eine regungslose, weiße Maske.

»Mr. Doolin – Mr. Martinelli.«

Martinelli hatte sich lautlos von hinten an Doolin herangeschlichen, blitzschnell griff er tief und unsanft in Doolins Taschen und packte dessen Handgelenke. Doolins Körper klappte abrupt nach vorn. Etwa eine Minute rangen sie miteinander, nur ihr heftiges Atmen war zu hören; plötzlich schnellte Martinellis Knie brutal in die Höhe, Doolin stöhnte auf und brach zusammen; der vernickelte Revolver polterte zu Boden und schlidderte quer durch den halben Raum.

Martinelli stürzte sich darauf.

Halloran schien sich kein bißchen von der Stelle bewegt zu haben. »Wart mal 'ne Sekunde, Baby!«.

Die Luger, die Doolin bereits am Nachmittag kennengelernt hatte, funkelte jetzt auf dem Tisch zwischen seinen Händen.

Martinelli gestikulierte ungeduldig und bückte sich, um Doolins Waffe aufzuheben.

»Wart mal 'ne Sekunde, Baby!« Hallorans Stimme klang kalt und scharf wie ein Rasiermesser.

Martinelli richtete sich kerzengerade auf.

Doolin kam langsam hoch. Gekrümmt, die Hände an den Bauch gepreßt, drehte er den Kopf zu Martinelli und sah ihn mit zusammengekniffenen, haßerfüllten Augen an. Verhalten, wie zu sich selbst sagte er:

»Verdammter Hurensohn – verdammter Hurensohn!«

Martinelli grinste und stand stocksteif da. Seine Hände, fest an die Schenkel gepreßt, zitterten.

»Tu's nicht, Baby«, sagte Halloran bedächtig. »Bevor du die

Klinge deines Messers auch nur einen Zentimeter in der Luft hast, puste ich dir die Birne weg, und du merkst es nicht mal.«

Martinelli stand da wie eine Schaufensterpuppe. Auf seinen Fußballen balancierend, hielt er das Gleichgewicht. Seine Hände, die seitlich herabhingen, flatterten; sein Grinsen wirkte gequält, nichtssagend.

Plötzlich fing Doolin an zu lachen. Er richtete sich auf, sah Martinelli an und lachte.

Halloran ließ seine Augen zu Doolin wandern, er lächelte dünn.

»Gentlemen«, sagte er, »setzen wir uns.«

Martinelli wankte nach vorn und sank auf einen der Stühle.

»Die Hände auf den Tisch, bitte«, sagte Halloran.

Gehorsam legte Martinelli seine Hände auf den Tisch. Das leere Grinsen in seinem Gesicht schien eingefroren zu sein.

Hallorans Blick glitt hinüber zu Doolin. Doolin lächelte, ging zaghaft zu dem anderen Stuhl und setzte sich.

»Nun ...«, sagte Halloran und berührte sein Gesicht mit einer Hand; mit der anderen hielt er locker die Luger auf dem Tisch.

Doolin räusperte sich und sagte: »Was hat das alles zu bedeuten, Mr. Halloran?«

Unvermittelt brach es aus Martinelli heraus. Das blöde Grienen explodierte in einem schrillen Hohngelächter. »Was hat das alles zu bedeuten! Lieber Gott – was hat das alles zu bedeuten!«

Halloran beobachtete Doolin, die tiefliegenden, umschatteten Augen halb geschlossen.

Martinelli beugte sich vor, hob seine Hände und deutete mit zwei Fingern auf Doolin. »Hör mal – Klugscheißer ... Dir bleiben – wenn du Glück hast – noch ein paar Minuten zu leben. Das hat das alles zu bedeuten!«

Doolin betrachtete Martinelli mit mäßiger Begeisterung.

Martinelli bellte erneut los. Langsam bewegte er die Hände, bis die beiden Finger auf Halloran zeigten. »Er hat Coleman umgelegt«, sagte er. »Er hat Coleman erschossen, und ich habe den Wagen gefahren. Und Winfield hat er ganz allein erledigt. Und seine Leute haben Riccio und Conroy umgelegt.«

Doolins Blick wanderte zu Halloran, dann zurück zu Martinell. Es hatte ihm die Sprache verschlagen, und er lächelte irritiert.

»Es war sein Plan, daß ich die Biene aus dem Tanzschuppen erledige«, fuhr Martinelli fort, »und jetzt wird er dich und mich erledigen ...«

Doolins breites Grinsen beschränkte sich auf seinen Mund. Er selbst schien davon nichts mitzubekommen. Er blickte zu Halloran. Hallorans Gesicht war weiß und reglos wie Gips.

»Hör zu – Klugscheißer!« Martinelli beugte sich nach vorn, seine Hände waren wieder auf Doolin gerichtet. Plötzlich war er sehr verkrampft; seine Augen bohrten sich in Doolins Augen. »Ich bin hergekommen, um für Riccio das Morphiumgeschäft aufzubauen, und zwar im großen Stil, und habe Mr. Halloran kennengelernt.« Martinelli bewegte seinen Kopf einen halben Zentimeter in Hallorans Richtung.

»Mr. Halloran hat das Drogengeschäft hier fest im Griff – hast du das gewußt?«

Doolin warf Halloran einen flüchtigen Blick zu, dann sah er wieder in Martinellis angespanntes Gesicht.

»Mr. Halloran hat mich geschmiert, damit ich Frankie Riccio und Conroy reinlege«, fuhr Martinelli fort. »Mr. Hallorans Leute haben Riccio und Conroy erledigt, und mich hätten sie auch umgelegt, hätte Riccio nicht versucht, ihnen zuvorzukommen ...«

»Ach – komm schon, komm schon, Angelo ...« Hallorans Stimme klang kalt und amüsiert.

Martinelli sah Halloran nicht an. »In jener Nacht habe ich mich mit Riccio und Conroy am Zug getroffen. Wir sind dann in diesen Schuppen nach Culver City, damit sie mit Halloran ins Geschäft kommen konnten – nur wußte ich da noch nicht, wie das Geschäft aussehen sollte, das Halloran abwickeln wollte ...«

»Ist es wirklich nötig, das alles zu erzählen?« Halloran sprach Martinelli von der Seite an und lächelte dabei Doolin zu. Es war das erste Mal, daß sich in Hallorans Gesicht etwas regte, seit Doolin diesen Raum betreten hatte.

»Ja«, sagte Martinelli mit Nachdruck. Er sah Halloran finster an. Seine Augen waren nur noch dünne, dunkle Schlitze. »Unser Schlaumeier hier«, sagte er und deutete mit einer Hand auf Doolin, »will wissen, was das alles zu bedeuten hat. Ich will, daß außer mir noch jemand die Hintergründe kennt. Einer von uns könnte hier lebend rauskommen; wenn ich jetzt alles ausspucke, wird das wohl kaum unser Schlaumeier hier sein.«

Halloran strahlte vor Vergnügen. »Mach weiter«, sagte er.

»Die Bullen haben mit einem der Männer, die wegen der Schießerei im Hotspot hochgenommen wurden, einen guten Fang gemacht«, fuhr Martinelli fort, »er steht auf Mr. Hallorans Gehaltsliste.« Er betonte das *Mr.* überdeutlich. »Als ich aus dem Krankenhaus kam, schlug Mr. Halloran vor, die Sache zu bereinigen und Coleman, Decker und Winfield zu beseitigen – einfach jeden aus dem Weg zu schaffen, der seinen Kerl wiedererkennen oder bezeugen könnte, daß Riccio auf mich geschossen hatte. Winfield hat er sowieso gehaßt, weil der ihm die Darmond ausgespannt hat – und er hat sie gehaßt.«

Halloran strahlte Doolin an, während er die Luger fest und sicher in seiner Hand hielt. Doolin versuchte die Entfernung zu schätzen, die zwischen ihm und Halloran auf der anderen Seite des großen Tisches und der Lampe lag.

Martinelli beugte sich vor, sprach jetzt hektisch, ungeduldig: »Ich habe Morphium für fünfundachtzig Riesen mitgebracht. Als ich bei ihm eingestiegen bin, hab ich's seinen aufgeblasenen Fatzken übergeben. Nicht einen müden Cent habe ich bisher gesehen. Das ist der Grund, warum ich diesen ganzen Scheiß überhaupt mitgemacht habe – ich wollte einfach nur meine Kohle. Heute abend sollte ich sie kriegen, seit ungefähr zehn Minuten weiß ich aber, daß ich überhaupt nichts kriegen werde.«

Martinelli lächelte Halloran an und sagte schließlich: »Mr. Halloran behauptet, es sei geklaut worden.« Langsam erhob er sich.

»Fertig, Baby?« fragte Halloran.

Martinelli stand stocksteif und kerzengerade und hielt die Hände an die Seiten gepreßt.

Doolin duckte sich plötzlich, nahm seine ganze Kraft zusammen, um den Tisch umzukippen. Einen Augenblick war er durch die Tischkante verdeckt und konnte weder Martinelli noch Halloran sehen; dann rutschte die große, runde Tischplatte von ihrem Metallfuß herunter und krachte auf den Boden.

Halloran hielt Martinelli fest, und er ähnelte dabei einem Menschenaffen, der ein kleineres Tier umklammert hält.

Einen langen Arm hielt er starr vom Körper weggestreckt, eine lange, weiße Hand umschloß fast vollständig Martinellis Kehle. Die andere Hand umklammerte Martinellis Handgelenk und bewegte es langsam hin und her. Die Klinge eines kurzen, gebogenen Messers blitzte auf. Sie wirkten wie eingefroren, vollkommen ohne Regung, wäre da nicht die langsame Bewegung ihrer beiden Hände gewesen. Weder die Haltung ihrer Körper noch der Ausdruck ihrer Gesichter besaßen menschliche Züge.

In diesem Moment spürte Doolin, daß Halloran kein Mensch war. Er war wahnsinnig, geisteskrank; aber es war nicht der Wahnsinn eines Menschen, sondern die mörderische, eiskalte Gier einer Bestie.

Die Luger und Doolins Revolver lagen dicht neben ihren Füßen auf dem Boden. Doolin bewegte sich langsam darauf zu.

Als er sich auf eine der Waffen stürzte, schleuderte Halloran Martinelli blitzschnell herum und trat brutal nach Doolins Kopf. Er verfehlte ihn einmal, aber der zweite Tritt traf Doolins Hand, als sie sich gerade um die Luger legen wollte, und die Waffe flog wirbelnd in die Ecke.

Als sich Doolin halb aufgerichtet hatte, schnellte Hallorans langgestrecktes Bein wieder vor, und der schwere Schuh traf Doolin seitlich am Kopf. Doolin stöhnte auf und fiel seitwärts zu Boden.

Er lag auf dem Rücken, um ihn herum drehte sich alles. Später, in der Erinnerung, sollte ihm das Ganze vorkommen wie kurze, filmische Sequenzen, die hin und wieder unterbrochen wurden.

Halloran drängte Martinelli allmählich zur Wand. Es sah aus, als würden sie irgendeinen seltsamen, rituellen Tanz vor-

führen; ihre Schritte schienen abgestimmt; Hallorans Gesicht
hatte einen gelassenen, nahezu gütigen Ausdruck angenommen. Martinellis Gesicht verfärbte sich durch den Druck auf
seine Kehle dunkel. Halloran bewegte die Hand, die das Messer hielt, langsam hin und her.

Als sich das Dunkel in Doolins Kopf erneut lichtete, befanden sich die beiden an der Wand, Martinelli reckte seinen
Kopf in einem absurden Winkel aus der Umklammerung
durch Hallorans weiße, unnachgiebige Hand, und sein Gesicht lief dunkelrot an. Hallorans andere Hand stemmte sich
gegen Martinellis Brust.

Martinellis Augen traten aus ihren Höhlen, es war das Gesicht eines Mannes, der den Tod kommen sah und Angst davor hatte. Doolin konnte Hallorans Gesicht nicht länger beobachten, wie benommen starrte er auf das Messer dicht an
Martinellis Brust.

Als das Messer eindrang, entfuhr Martinellis Kehle ein hoher, schriller Ton. Und nochmal, als Halloran das Messer her-
auszog und es wieder langsam in ihm versenkte. Unbarmherzig
bearbeitete Halloran nicht die linke, sondern die rechte Seite,
und ohne Hast durchbohrte er immer und immer wieder die
Lunge.

Doolin ließ sich zur Seite rollen; auf halber Strecke zwischen
ihm und Halloran lag der Revolver am Boden. Um seine
Benommenheit zu verscheuchen, schüttelte er kräftig den
Kopf, dann kroch er auf die Waffe zu.

Halloran ließ plötzlich von Martinelli ab und ging einen
Schritt zurück. Martinellis Knie gaben nach, wie in Zeitlupe
glitt er an der Wand hinunter und saß mit ausgestreckten Beinen am Boden. Wild keuchend schnappte er nach Luft, die
eine Hand an die Brust gepreßt, die andere umklammerte den
Schaft des Messers.

Er hob den Kopf, und Blut quoll aus seinem Mund, er lachte. Doolin vergaß die Waffe, hielt inne und starrte Martinelli
fasziniert an. Martinellis Lachen klang, als wäre sein Innerstes
in Auflösung begriffen. Sein Kopf rollte nach hinten, und mit
glasigem Blick grinste er Halloran an, die Hände noch immer
an die Brust gepreßt, und er sagte: »Sag Lola, wir können jetzt

nicht wegfahren ...« Er stockte, rang nach Luft. »Sie wartet auf mich ... Sag ihr, Angelo bedauert sehr ...« Seine Stimme war nur noch ein schwaches, schrilles Krächzen, aber seine Worte verfehlten ihre Wirkung nicht, und sie war tödlich.

Vor Doolins Augen schien Halloran größer und größer und seine mächtigen Schultern immer breiter zu werden.

Martinelli lachte erneut.

»Mach's gut – Arschloch ...«

Halloran trat ihm wild gegen die Brust. Er zog sein durchgestrecktes Bein zurück, und als Martinelli zur Seite fiel, drosch er ihm mit seinem Fuß wieder und wieder ins Gesicht.

Doolin kroch hastig nach vorn, packte den Revolver und hob ihn hoch.

Langsam drehte sich Halloran um.

Doolin hielt den Revolver unsicher in seiner rechten Hand, zielte auf Hallorans Brust, und während der Lauf kleine Kreise beschrieb, drückte er zweimal ab.

Halloran kam auf ihn zu. Doolin stieß einen rauhen, kehligen Laut aus, wich, den Revolver kraftlos in seinen Händen haltend, ein Stück zurück und feuerte noch einmal.

Hallorans Gesicht war kalt und starr; seine Augen waren nur noch große, schwarze Löcher in seinem Schädel. Schritt für Schritt bewegte er sich auf Doolin zu.

Doolin wollte etwas sagen, aber die Worte blieben ihm im Halse stecken, und dann war Halloran über ihm, und Doolin spürte, wie etwas Schweres seine Stirn zu zermalmen schien, und plötzlich war es vollkommen finster.

Allmählich kam Doolin wieder zu sich. Er lag eine Weile mit geschlossenen Augen da. Stechender, bohrender Schmerz durchzuckte seinen Kopf; er tastete mit der Hand, und als er sie herunternahm, war sie klebrignaß.

Er schlug seine Augen auf. Es war völlig dunkel, eine kalte, alles durchdringende Finsternis, und er war völlig still.

Er mußte plötzlich lachen, ein seltsam hysterisches Lachen in der vollkommenen Stille des Raumes, und ebenso plötzlich ergriff ihn Panik. Er versuchte erst einmal, sich hinzusetzen und fiel fast wieder zu Boden, als ihn durch diese Bewegung erneut dieser stechende Schmerz durchfuhr. Vorsichtig stand er auf, tastete in seinen Taschen nach einem Streichholz und zündete es an.

Martinellis Körper lag auf der einen Seite des Raumes zusammengesunken in einem Winkel zwischen Fußboden und Wand. Sonst war niemand da. Im Schein des brennenden Streichholzes schimmerte matt Doolins Revolver auf dem Boden. Die Tür stand halb offen.

Doolin zündete ein weiteres Streichholz an und hob Revolver und Hut auf. Er nahm ein Taschentuch, wischte sich übers Gesicht, und das Taschentuch war feucht und blutverschmiert. Er wankte zur Tür und die dunkle Treppe hinunter.

Die menschenleere Bar wurde schwach von einer Birne beleuchtet. Doolin tastete sich an der Wand entlang, schob den schweren Riegel der Eingangstür beiseite, ging hinaus und schloß die Tür hinter sich. Feiner, kalter Nieselregen fiel vom Himmel.

In mächtigen Zügen sog er die frische Luft in seine Lungen, tauchte das Taschentuch in eine kleine Pfütze Regenwasser und versuchte, sein Gesicht zu reinigen. Dann lief er eilig die dunkle Straße hinunter zum Broadway.

Der Apotheker sah ihn durch dicke Brillengläser an und bedeutete ihm mit der Hand, in den hinteren Bereich des Ladens zu kommen.

»Geben Sie mir 'n bißchen Peroxid und Verbandszeug und sowas – ich hatte 'nen Unfall.« Er ging zur Telefonkabine, suchte sich die Nummer der Fontenoy-Apartments heraus, rief dort an und fragte nach Mrs. Sare.

Die Vermittlung sagte, daß Mrs. Sare sich nicht melde.

Doolin hängte ein, ging aus der Kabine und wischte sich vor einem Spiegel das Blut aus dem Gesicht. Ein kleines Mädchen, das an der Trinksäule stand, starrte ihn mit großen Augen an. »Auto ...?« erkundigte sich der Apotheker

Doolin nickte.

»Wieviel Verbandszeug wollen Sie?« fragte der Apotheker.

»Lassen Sie's«, antwortete Doolin, »es ist nicht so schlimm, wie ich dachte.«

Er setzte seinen Hut auf, ging hinaus, stieg in ein Taxi und sagte: »Fontenoy-Apartments – Hollywood. Und gib Gas.«

Lola Sares Stimme sagte »Ja«, und der Ton der Stimme stieg dabei in die Höhe.

Doolin öffnete die Tür und trat ein.

Sie saß in einem länglichen, niedrigen Sessel neben einer kleinen Stehlampe mit feuerrotem Schirm. Es war die einzige Lichtquelle im Zimmer. Ihre bloßen Arme lagen auf den Sessellehnen, die Hände hingen schlaff herunter. Ihr Kopf lehnte an der Rückenlehne des Sessels, ihr Gesicht war angespannt, und ihre Augen standen weit offen und blickten ins Leere.

Doolin nahm seinen Hut ab. »Warum zum Teufel gehen Sie nicht ans Telefon?«

Sie antwortete nicht, noch bewegte sie sich.

»Es ist besser, Sie verschwinden von hier – und zwar schnell.« Doolin ging auf sie zu. »Halloran hat Martinelli umgelegt – und Martinelli hat über Sie geplaudert, bevor er abgetreten ist. Halloran wird herkommen ...«

Ihre leeren Augen wanderten langsam von Doolins Gesicht in das Halbdunkel hinter ihm. Er folgte ihrem starren Blick und drehte sich um.

Halloran lehnte an der Wand nahe der Tür. Als Doolin hereinkam, hatte die Tür ihn verborgen; er streckte einen Arm aus, gab ihr einen sanften Stoß, und sie fiel mit einem lauten Klacken ins Schloß.

Als sich Doolins Augen an das Halbdunkel des Zimmers gewöhnt hatten, konnte er Halloran deutlich erkennen. Er stand an der Wand, und sein hellgrauer Anzug war an der rechten Schulter und der Brust dunkel verfärbt und durchnäßt. In seiner linken Hand hielt er die kurze, stumpfe Luger.

»Du kommst ein bißchen spät.«, sagte er.

Die Luger donnerte los.

Lola Sare hielt ihre Hände flach vor die Brust, ihr Kopf neigte sich langsam nach vorn. Sie wollte aufstehen, und die Luger zuckte erneut in Hallorans Hand und donnerte noch einmal.

Im selben Moment schoß Doolin aus der Hüfte heraus mit seinem Revolver. Die beiden Schüsse fielen gleichzeitig und erfüllten das dunkle, kleine Zimmer mit ohrenbetäubendem Lärm.

Halloran fiel wie ein Baum, der gefällt wird; langsam, starr, die Arme steif an den Seiten, krachte er zu Boden.

Doolin ließ den Revolver fallen und wankte unsicher zu Lola Sare.

Plötzlich wurden seine Knie weich, und er sank nach vorn und stürzte hin.

Jemand klopfte an die Tür.

Doolin hatte sich Jod auf den Kopf getupft, wusch seine Hände und ging in das kleine Wohnzimmer seiner Wohnung. Der erste, schwache Schein des Morgengrauen drang fahl durch die Fenster. Er ließ die Jalousien herunter, ging in die winzige Küche und zündete das Gas unter dem Kaffeekocher an.

Als der Kaffee heiß war, goß er sich eine Tasse ein, warf geistesabwesend vier Stück Zucker hinein und trug die Tasse ins Wohnzimmer. Er setzte sich auf das Sofa, stellte den Kaffee auf den Tisch daneben, nahm das Telefon und wählte eine Nummer.

»Hallo, Grace?« sagte er. »Ist Mollie da? ...« Er hörte einen Moment zu, dann fuhr er fort: »Oh – ich dachte, sie wär' vielleicht da. Tut mir leid, daß ich dich aufgeweckt habe ...« Er hing auf, schlürfte den dampfenden Kaffee.

Nach ein paar Minuten nahm er erneut das Telefon, wählte und sagte: »Hör mal, Grace – gib mir bitte Mollie ... Ach Quatsch! Ich weiß, daß sie da ist – bitte mach du doch was, damit sie mit mir redet ...«

Dann lächelte er, wartete einen Augenblick und sagte schließlich: »Hallo Darling ... Hör mal – komm doch bitte nach Hause, ja? ... Aaach, bitte hör mir zu – ich habe gemacht, was du gesagt hast –, alles ist okay ... Hm, hmm ... Halloran ist tot – Martinelli auch ... Hm, hmm ... Die Sare hat's ziemlich böse erwischt, aber nicht so sehr, daß sie nicht aussagen und alles aufklären könnte ... Hm, hmm ...«

Er streckte seinen Arm aus, nahm die Tasse hoch und trank einen großen Schluck Kaffee, dann lächelte er in das Telefon und sagte: »Klar, ich bin in Ordnung – habe 'nen kleinen Kratzer am Kopf, aber ich bin okay ... Natürlich ... Natürlich

– wir hatten recht ... Okay, Honey – ich werd' auf dich warten. Beeil dich ... Bis dann ...«

Er hing auf, dehnte seinen Mund zu einem breiten Grinsen, trank den Kaffee aus, zündete sich eine Zigarette an und wartete.

BOMBENSTIMMUNG

Der Mann im dunkelbraunen Kamelhaarmantel wandte sich nach Osten und stemmte sich gegen den eisigen Wind. Nahe der First Avenue überquerte er die menschenleere Straße und ging auf eine Leuchtreklame zu: Tony Maschio's 24-Stunden-Barbierstube.

Etwa einen Schritt vor dem Schild, knapp außerhalb des warmen, gelben Lichtscheins, der aus dem Ladeninneren fiel, blieb er stehen. Er stellte seinen Koffer ab und kramte Zigarette und Feuerzeug hervor. Er stellte sich mit dem Rücken zum Wind, dicht an das Gebäude, und versuchte ein paarmal vergeblich seine Zigarette anzuzünden. Dann drehte er sich um und ging wieder gegen den Wind in Richtung First Avenue.

Den Koffer ließ er stehen; er stand genau unter einer Ecke von Tonys Schaufensterscheibe, und wenn man nah genug dran war, konnte man zwischen den pfeifenden Windböen ein Ticken hören – ein harmloses oder ein unheilverkündendes, je nachdem, ob man es für das unverfängliche Ticken eines billigen Weckers oder für das alarmierende Ticken eines weitaus komplizierteren Zeitschaltmechanismus' hielt.

Der Mann ging die First Avenue entlang zur Dreizehnten Straße. Er stieg an der nordwestlich gelegenen Straßenecke in ein Taxi, sagte: »Grand Central«, lehnte sich zurück und warf einen Blick auf seine Armbanduhr.

Es war neun Minuten nach eins.

Sechzehn Minuten nach eins kam Tony Maschio aus dem Hinterzimmer, und, während er eine ausgesprochen eigenwillige Version von ›O Sole Mio‹ vor sich hin pfiff, wusch sich die Hände und grinste dann frohgelaunt den großen, glatzköpfigen Mann an, der im Sitzen eine Zeitung las und seine

Füße am Schutzgitter des Ofens abstützte.

»Sie sind der nächste, Mr. Maccunn«, flötete er munter.

Tony Maschio sah aus wie ein Vogel: ein weißgesichtiger Vogel mit einem buschigen Kranz aus schwarzen Federn auf dem Kopf; und wenn er sprach, erinnerte auch das sonderbar zwitschernde Trällern seiner Stimme an einenVogel.

Maccunn legte sorgsam seine Zeitung zusammen, löste seinen massigen Körper mit der gleichen Sorgfalt aus dem Stuhl und stand auf. Er war ungefähr fünfundfünfzig, ein kräftig gebauter Schotte mit mächtigen Wangenknochen, funkelnden Knopfaugen und einem schneeweißen Schnauzbart, mit dem er aussah wie ein Walroß.

Schwerfällig schleppte er sich durch den Raum und setzte sich auf den Stuhl mit der Nummer eins, dann bemerkte er mit hoher, quietschender Stimme, die im seltsamen Widerspruch zu seiner Statur stand:

»Es ist eine kalte, kalte Nacht.«

Seit acht Jahren kam Maccunn regelmäßig Freitag nachts um diese Zeit zu Tony; seit acht Jahren waren seine Begrüßungsworte, wenn er auf Tonys Stuhl gebeten wurde: »Es ist eine kalte Nacht«, oder »Es ist eine heiße Nacht«, oder »Es ist eine verregnete Nacht« oder wie auch immer die Nacht gerade sein mochte. Traf eine der Beschreibungen in besonderem Maße zu, hatte er die Angewohnheit, das jeweilige Adjektiv zu Ehren des Umstandes zu wiederholen. Tony stimmte ihm zu, daß es eine »kalte, kalte Nacht« sei und stellte mit einem strahlenden Lächeln im Gesicht seine übliche Frage:

»Haare schneiden?«

Maccunns mächtiger, glänzender Schädel zeigte nicht den geringsten Ansatz auch nur irgendwelcher Stoppeln. Vollen Ernstes schüttelte er den Kopf, wie es schon seit acht Jahren seine Gewohnheit war, schloß seine Augen, und Tony nahm seine Schere zur Hand und fing an, den enormen Schnurrbart mit Geschick und elegantem Schwung zu stutzen.

Angelo, der die Herrschaft über Stuhl Nummer zwei innehatte, rasierte eifrig das entspannte Kinn eines hageren, fahlgesichtigen Jungen in einem Overall. Guiseppe, die Nummer drei, war ausgegangen, um etwas zu essen. Giorgio, die Nummer vier, saß in seinem Stuhl und war über einer uralten Ausgabe des New Art Models Weekly eingenickt. Es waren keine anderen Kunden im Laden.

Neunzehn Minuten nach eins klingelte das Telefon.

Maschio legte Schere und Kamm beiseite und ging zum Telefon.

Angelo sagte: »Wenn's für mich ist, Boss – sag ihr, sie soll einen Moment dranbleiben.«

Maschio nickte und langte nach dem Hörer, als ihm Telefon und Wand entgegenflogen; die gesamte Front des Ladens barst und versank in einer nebelartigen Wolke aus Verwüstung und Schmerz. Er spürte, wie sein Körper zerfetzt wurde, als würde man ihn stückweise auseinanderreißen, und er dachte »Gott! – Laß es gut sein!« – und dann fühlte und dachte er gar nichts mehr.

Maccunn reckte kurz noch einmal den Kopf und blickte hinunter auf seine rechte Brust; sie schien merkwürdig flach zu sein, merkwürdig weit entfernt; er ließ den Kopf sinken und regte sich nicht mehr. Angelo stöhnte.

Der Wind war eine eisige Mauer.

Im Reporterraum des Neunten Polizeireviers spielten Nick Green und Blondie Kessler gerade eine Partie Rommé, als der diensthabende Sergeant ihnen zurief:

»Blondie! Sprengstoffanschlag auf Tony Maschios Barbierstube auf der Siebten – ist nur noch 'n Fettfleck übrig!«

Kessler legte seine Karten verdeckt auf den Tisch und erhob sich langsam.

»Gütiger Himmel!« bemerkte er trocken.

Green warf ihm einen argwöhnischen Blick zu, gepaart mit einer gehörigen Portion Verachtung. »Jedesmal, wenn ich ein tolles Blatt auf der Hand habe«, murrte er vorwurfsvoll, »passiert irgendwas, und du hast 'ne prima Ausrede, alles hinzuschmeißen.«

Kessler war schon auf dem Weg zur Tür und schnauzte ihn nur an: »Komm schon.«

Nicholas Green, mitunter auch ›St. Nick‹ genannt, war sechsunddreißig – hatte aber die weiche, gebräunte Haut und

die strahlenden, tiefblauen Augen eines Zwanzigjährigen und
das schlohweiße Haar eines Sechzigjährigen. Er war hochge-
wachsen, schmal und knochig, und sein mehr oder weniger
eigenwilliger Geschmack in puncto Garderobe wurde von seiner Vorliebe für feuerrote Krawatten nachdrücklich unterstri-
chen.

Sein Spitzname verwies auf seine ziemlich bizarre Auffas-
sung von Philanthropie. In seinem Leben war er schon Zir-
kuskünstler, Zeitungsreporter, Spieler, Waffenschmuggler, Pri-
vatdetektiv und noch so einiges mehr gewesen, und diesem
reichen Erfahrungsschatz verdankte er seine entschieden revo-
lutionären Ansichten, die ihn zu der Erkenntnis befähigten,
was wem zustand und was nicht.

Durch einen glücklichen Zufall, kombiniert mit einem seiner unfehlbaren Geistesblitze, hatte er am fallenden Aktien-
markt ein Vermögen gemacht. Mit dem Geld und der damit
verbundenen Macht hatte er drei Jahre lang all das getan, was
junge Millionäre gewöhnlich nicht zu tun pflegen. Zu seinem
großen, facettenreichen Freundeskreis zählten Zeitungsinfor-
manten, Debütantinnen aus der Park Avenue, Taschendiebe,
professionelle Tipgeber für Pferdewetten, Bankräuber und
Bankpräsidenten sowie Politiker auf Bezirks- und Hochstapler
auf internationaler Ebene, und zu dieser oder jener Zeit hatte
er bei einer Vielzahl von ihnen den Weihnachtsmann gespielt.
Er fand die verlogenen Machenschaften und die kompliziert
miteinander verwobenen Intrigen der New Yorker Unterwelt
stimulierend, verbrachte seine Nächte lieber beim Haftrichter
als in irgendwelchen Clubs und war auf seine Treffsicherheit
mit einem .45er Colt wesentlich stolzer als auf sein Polospiel.

Er stand auf und folgte Blondie Kessler durch den Reporterraum und den Korridor entlang. Mit seinem Wagen, einem
schwarzglänzenden, kraftvollen Coupé, rasten sie in Schieflage
um die Ecke und röhrten Richtung Norden davon. Green riß
das Lenkrad jäh zur Seite, wich um Haaresbreite einem lang-
sameren Taxi aus und sagte:

»Also, was ist das jetzt mit diesem Maschio?«

Blondie war Polizeireporter beim Star-Telegram. Sein Haar
war so extrem schwarz, wie Nicks Haar weiß war. Er war ein

kleiner, untersetzter Holländer, der fast quadratisch wirkte und die Angewohnheit hatte, mit stockender Stimme fast atemlos zu sprechen, besonders dann, wenn er ein wenig aufgeregt war.

»Tony Maschio ist – oder war – Ginos Bruder. Hat seit elf oder zwölf Jahren einen Friseursalon, wo sich die Großkotze der Stadt ihren Pony schneiden lassen, außerdem ist er Partner von Gino und Lew Costain in einem mächtigen Spielersyndikat gewesen. Sein Laden war nur so 'ne winzige Bude, aber Tony und seine handverlesenen Friseure waren Künstler, und sein Laden war für gewöhnlich voll mit Namen aus der Wall Street oder Park Row.«

Kessler schwieg einen Moment bis Green nachhakte: »Und...«

»Und – Bruce Maccunn, mein Chefredakteur, solange ich mich erinnern kann, ist er zu Tony gegangen, um sich den Bart stutzen und sich eine Schlammpackung ins Gesicht klatschen zu lassen. Ich habe ihn in den letzten zwei, drei Jahren ein halbes dutzendmal dort angetroffen – immer spät, Freitag nachts.«

Green flötete sanft: »Und ...«

Kessler hatte keine Zeit fortzufahren; der Wagen fuhr an die Bordsteinkante heran und hielt direkt gegenüber dem Haufen rauchender Trümmer, die mal Maschios Friseurladen gewesen waren. Der späten Stunde und des eisigen Windes zum Trotz hatte sich die übliche Meute krankhaft Neugieriger versammelt. Einige Feuerwehrmänner, Polizisten und die Sanitäter einer Ambulanz durchkämmten fieberhaft den Schutthaufen aus Stein, Eisen und verkohltem Holz.

Kessler war als erster Reporter vor Ort; hastig jagte er von einem zum anderen, um Informationen zu bekommen. Green schlenderte auf zwei Männer zu, die ein Stück weiter unten auf der Straße standen und in ein ernstes Gespräch vertieft waren. Einer von ihnen war Doyle, ein Polizist in Zivil, den er flüchtig kannte; der andere, ein glutäugiger Italiener, erklärte in ausufernden Gesten, daß er auch in die Luft geflogen wäre, wenn er nicht etwas länger in dem Imbiß an der Ecke zugebracht hätte, um eine zweite Tasse Kaffee zu trinken. Wie sich herausstellte, handelte es sich um Giuseppe Picelli, die Nummer drei aus Tonys Laden, der gerade auf dem Rückweg war, als sich die Explosion ereignete.

Green deutete mit dem Kopf auf den Trümmerhaufen.

»Wie viele hat man gefunden?«

»Keine Ahnung.« Doyle kaute schmatzend auf seiner kalten Zigarre herum. »Die meisten von ihnen hat es in lauter Einzelteile zerfetzt – ziemlich kleine Teile. Wir haben Tony und einen seiner Friseure identifizieren können, aber da sind noch eine Menge Teile übrig. Der Kerl hier«, er deutete auf Picelli, »sagt, Bruce Maccunn war da – kam rein, kurz bevor er selbst weggegangen ist.«

Picelli nickte und plapperte aufgeregt drauflos: »Ja doch, Mr. Maccunn ist reingekommen, als ich gerade raus bin, und da war noch ein anderer Typ – weiß nicht, wer das war ... Und Tony und Angelo und Giorgio ...«

»Das war's?« Green blies kräftig in seine bloßen Hände, um sie zu wärmen.

»Das war's, zumindest als ich gegangen bin – aber Gino und Mr. Costain wollten vorbeikommen. Tony hat auf sie gewartet.«

Green und Doyle sahen sich an.

Doyle brummte: »Wenn Lew Costain da war, als der Laden in die Luft geflogen ist, erschwert das meinen Job um das Achthundertfache, denn ich schätze, es gibt ungefähr achthundert Leute in New York, die ihn mit Wonne zu Hundefutter zerkleinert sehen würden.«

Kessler kam auf sie zugerast. Er war ein wenig grün im Gesicht.

»Mac ha–hat's erwischt!« stotterte er. »Sie haben ihn gerade ausgebuddelt – besser gesagt d–das, was von ihm übrig ist.«

Doyle versuchte, seine Zigarre im pfeifenden Wind anzustecken.

»Warum wollte man Gino Maschio und Costain in die Luft jagen?« knurrte er. »Wahrscheinlich ist nicht mehr genug übrig von ihnen, um das rauszufinden, aber wenn unser Picelli hier keine Scheiße quatscht, waren sie in dem Laden oder auf dem Weg hierher – und wenn sie auf dem Weg hierher waren, müßten sie mittlerweile hier sein.«

Kessler krächzte: »Wo ist ein Telefon?«

»Im Imbißschuppen um die Ecke an der Second Avenue ist eins«, sagte Picelli und reckte dabei pathetisch seinen Arm.

Ein Polizeiwagen kam mit schriller Sirene herangefahren und spuckte ein halbes Dutzend Polizisten aus.

Kessler griff nach Greens Arm und schrie: »Komm schon, Nick – ich muß telefonieren, und ich will mit dir reden!« Sie hetzten zur Second Avenue.

Green grinste auf den sich mühsam dahinschleppenden und keuchenden Reporter hinunter.

»Du siehst aus wie ein tollwütiger Bluthund«, sagte er. »Erzähl mir nicht, du hast wieder eine von diesen brillanten Kessler-Theorien.«

»Quatsch, Theorie! Ich habe die Lösung – ich weiß, wie das verdammte Ding gelaufen ist!«

»Mh, mmh.« Greens Brummen klang äußerst ungläubig.

»Hör mir zu«, schnaubte Kessler, »John Sallust ist vor drei Tagen in Atlanta rausgekommen!«

»Und weiter?«

Kesslers Mund formte sich zu einem erstaunten O. »Und weiter? Bruce Maccunn war derjenige, der Sallust fertiggemacht hat – in der Zeitung – und ihm vor fast fünf Jahren den Bombenanschlag bei der Parade zum Arbor Day angehängt hat. Und Sallust hat bei den Bärten von Marx und Lenin geschworen, es Maccunn heimzuzahlen. Schließlich hat er nach einem halben Dutzend Berufungen, neuen Verhandlungen und was weiß ich noch alles den Rest seiner Strafe erlassen bekommen, und was sonst würde er wohl tun, als es dem Mann, der ihn hinter Schloß und Riegel gebracht hat, eine Ladung Dynamit unter den Arsch zu packen!«

Sie bogen um die Ecke.

Green murmelte mit sanfter Stimme: »Blondie, mein Kleiner – ich glaube, du hast einen Webfehler – und zwar einen ziemlich beträchtlichen.«

Kessler blieb plötzlich stehen, streckte seine Arme bedeutungsvoll von sich und sagte: »Gütiger Gott – willst du damit etwa sagen, du kapierst es nicht? Mehr als irgend jemand sonst, mehr als alle anderen zusammen war es Maccunn, der

Sallust reingeritten hat. Die Regierung wollte den Fall aus Mangel an Beweisen fallenlassen, aber Maccunn hat Radikale gehaßt wie die Pest und das verhindert. Seine Artikel waren die reinsten Hetzschriften gegen Anarchie und Korruption, und schließlich hat es funktioniert. Was wäre wohl naheliegender für Sallust, als Maccunn so schnell wie möglich umzulegen, wenn er erstmal draußen ist?«

Green schüttelte nachdenklich den Kopf.

»Nichts wäre naheliegender«, gestand er ein. »Nur, ich kenne Sallust ein wenig, und er ist viel zu intelligent, um so etwas drei Tage nach seiner Entlassung zu tun, wenn überhaupt.«

Kesslers Mund klappte zu einer dünnen, spöttischen Linie zusammen.

»Ich habe den Fall sehr genau verfolgt«, fuhr Green fort, »und wenn je einer zu Unrecht in den Knast gewandert ist, dann war das Sallust. Er ist wirklich ein toller Kerl, der seine eigenen Vorstellungen darüber hat, wie das Land regiert werden sollte. Ich wette, er hat in seinem ganzen Leben noch nie eine Bombe gesehen.«

»Blödsinn.« Kessler drehte sich halb um. »Es paßt wie die Faust aufs Auge. Er ist ein Anarchist, und was solche Leute zu sagen haben, sagen sie mit Dynamit. Er hätte nicht die ganze Zeitung in die Luft jagen können, das wäre ein zu großer Brocken gewesen, und Maccunn hat nie lange genug zu Hause rumgehangen, deswegen war's dort auch schlecht möglich, aber er ist jeden Freitag zwischen halb eins und halb zwei in der Nacht zu Tony Maschio gegangen. Die Sache ist vollkommen klar, das sieht doch ein Blinder.«

Green lächelte traurig, schüttelte den Kopf und murmelte: »Nur ein Blinder.«

»Das ist die Geschichte, und ich bleibe dabei.« Kessler drehte sich um und ging in die Imbißbude.

Green ging langsam zurück zu seinem Wagen und flüsterte in den Wind: »Er hat in der Tat einen beträchtlichen Webfehler.«

Die Zeiger der riesigen Uhr über dem Informationsschalter standen auf ein Uhr einundvierzig. In der weitläufigen Halle der Grand Central Station trieb sich das übliche versprengte Gesindel herum.

Auf der breiten Westgalerie über der Halle schritt ein Mann in einem dunkelbraunen Kamelhaarmantel langsam auf und ab. Es war der Mann, der seinen Koffer vor Tony Maschios Laden stehengelassen hatte. Der Kragen seines Mantels war hochgeschlagen, und seine Hände steckten tief in den Taschen; seine großen, dunklen Augen starrten unablässig auf Ausgang Siebenundzwanzig, der zum 1-Uhr-45-Zug nach Boston führte. Er bewegte ständig den Kopf, während er hin und her ging.

Er war ein kräftig gebauter Mann undefinierbaren Alters, und das wenige, was der riesige Kragen von seinem Gesicht preisgab, war unnatürlich gerötet.

Plötzlich hielt er inne, lehnte sich gegen die Marmorbalustrade und beugte sich nach vorn. Er hatte einen Mann von ähnlicher Statur entdeckt, der sich hastig durch die Halle bewegte. Das Auffälligste an ihm waren die Eleganz seiner Bewegungen und sein heller, gelbgrüner Velourshut. Eilig zückte er eine Fahrkarte und hielt sie dem Schaffner hin, dann verschwand er durch den Ausgang Nummer Siebenundzwanzig.

Der Mann im dunkelbraunen Mantel lief eilig die große Treppe hinunter zu einem der Fahrkartenschalter. Als er sich umdrehte, hielt er ein Ticket in der Hand und ging mit langen Schritten durch den Ausgang Siebenundzwanzig. Er lief den Zug entlang und schwang sich in den ersten Waggon hinter dem Gepäckwagen.

Er fand den Mann, den er suchte, im Raucherabteil des dritten Pullmanwagens. Es war sonst niemand dort; der Schlafwagenschaffner war gerade dabei, am anderen Ende des Waggons ein Bett zu richten.

Der Mann im dunkelbraunen Mantel zog mit einer Hand den Vorhang beiseite, hielt ihn fest und stand dann gegen eine Kante des schmalen Türrahmens gelehnt.

»Hallo«, sagte er.

Der andere Mann saß am Fenster und las eine Zeitung. Er ließ die Zeitung nach unten sinken und sah auf; langsam veränderte sich die Farbe seines Gesichts auf merkwürdige Weise, bis sie fast den gelbgrünen Ton des salopp sitzenden Hutes hatte. Er sagte kein Wort.

Von draußen drang die Stimme des Schaffners zu ihnen herein: »Alles einsteigen ...«

Der Mann im dunkelbraunen Mantel lächelte ein wenig; er flüsterte:

»Laß uns ans Ende gehen und die Lichter ansehen.«

Allmählich setzte sich der Zug in Bewegung.

Ausdruckslos hefteten sich die Augen des anderen auf eine der großen Taschen des braunen Mantels, deren Stoff sich nicht nur durch die große Hand des Mannes nach außen wölbte. Er bewegte sich nicht, es schien, als wäre er dazu nicht fähig.

Der Mann im braunen Mantel wiederholte: »Laß uns nach hinten gehen.« Mit wenigen schnellen Schritten war er bei ihm, packte ihn am Kragen und riß ihn in die Höhe, drängte ihn zur Tür hinaus und in den engen Gang. Sie gingen zum Ende des Zuges.

Sie durchquerten vier Waggons, in den meisten waren schon die Betten hergerichtet und die Vorhänge zugezogen. Auf ihrem Weg trafen sie nur einen schwer atmenden Betrunkenen im Pyjama, der irgend etwas verloren hatte, und zwei müde Schaffner. Der letzte Waggon bestand zur Hälfte aus Abteilen und einem Aussichtsbereich. Als sie eintraten, kam ihnen ein rothaariger Bremser entgegen und lief an ihnen vorbei, ohne sie anzusehen. Am Ende des Zuges, im Panorama-Abteil, sagte der Mann mit dem gelbgrünen Hut: »Das ist jetzt weit genug, Lew, wenn du reden willst.«

Der Mann im braunen Mantel grinste. Bedeutungsvoll regte sich seine rechte Hand in der Manteltasche. Er zuckte leicht mit dem Kopf und brummte: »Raus auf die Plattform, Gino. Da kann uns keiner hören.«

Gino warf einen Blick auf die Wölbung der Manteltasche, dann öffnete er die Tür zur Aussichtsplattform.

Der Zug ratterte gerade aus dem Tunnel auf Hochgleise hinauf, und die hastig vorbeiziehenden Wolken reflektierten das rötlich schimmernde Licht von Midtown Manhattan. Der eisige Wind erinnerte an Messerstiche, und der Mann mit dem gelbgrünen Hut schlug unwillkürlich seinen Kragen hoch; er schauderte heftig.

Noch während er ihm folgte, zog der Mann im braunen Mantel die Jalousie an der Tür herunter – die Jalousien an den Fenstern waren bereits heruntergezogen – und schloß die Tür fest hinter sich. Ruckartig fuhr die Hand aus seiner Tasche und ohne Umwege an den Schädel des anderen, etwas Helles blinkte auf. Der Hut wirbelte mit dem Wind davon in die Dunkelheit, und der Mann brach zusammen, klappte nach vorn und schlug mit dem Gesicht auf den Boden.

Der Mann im braunen Mantel kniete sich nieder und durchwühlte blitzschnell und sorgfältig die Taschen des anderen. In der Innentasche des Jacketts fand er ein dickes Bündel Geldscheine und steckte es in seine Tasche.

Das Brausen des Windes wurde von einem neuen Geräusch begleitet, das lauter wurde, dem entfernten Rattern eines einfahrenden Zuges auf dem Nebengleis. Der Mann warf einen flüchtigen Blick um die Ecke des Waggons nach vorn und schien für einen Augenblick die Entfernung der nahenden Scheinwerfer zu berechnen, schnell bückte er sich wieder.

Rasch zog er dem anderen den Mantel aus, dann seinen eigenen. Er quälte sich in den ersteren – ein ziemlich engsitzender Chesterfield aus Tweed – und schaffte es irgendwie, die Arme und Schultern des anderen Mannes in seinen großen, dunkelbraunen Kamelhaarmantel zu zwängen; dann stopfte er den Inhalt seiner eigenen Taschen – einige Briefe, ein mit einem Monogramm verziertes Zigarettenetui und anderen Kleinkram – in die Taschen des bewußtlosen Mannes.

Das Rattern des herankommenden Zuges ging in ein mechanisches Kreischen über. Er hievte den schlaffen Körper auf seine Schultern, stand auf, und als die Scheinwerfer des Zuges auf dem Nebengleis nur noch etwa acht oder neun Meter entfernt waren, ließ er seine Last über das Seitengeländer der Aussichtsplattform auf die Gleise vor die heranrasende Lokomotive fallen.

Er drehte sich schleunigst um und ging durch den Aussichtswaggon zurück. Als er durch drei Waggons gekommen war, verlor der Zug an Fahrt, und er hörte eine weit entfernte

Stimme rufen: »Hundertfüm'zwanzigste Straße.«

Als der Zug zum Stillstand gekommen war und der Schaffner die Türen zwischen dem dritten und vierten Waggon entriegelt hatte, schwang sich der Mann, jetzt in einem enganliegenden Tweedmantel, hinab und schlenderte die Treppe hinunter, die vom Bahnhof zur Straße führte.

Als er über die Straße auf ein Taxi zuging, hörte er die dünne Stimme des Schaffners im Wind jammern: »Alles einsteigen ...«

Er stieg in das Taxi und bellte den Fahrer an: »Dreihundertzweiunddreißig Neunzigste West – und drück auf die Tube.«

Green zündete ein Streichholz an und betrachtete eingehend die Briefkästen. Der zweite von links belohnte seine Mühe mit einem schmuddeligen Schild auf dem:

JOHN DARRELL SALLUST
PAULA SALLUST

mit hellblauer Tinte in Druckbuchstaben geschrieben stand.

Er drückte auf die Klingel unter dem Schild, und nach einer Minute surrte das Schloß der Eingangstür; er ging hinein und nahm zwei schmale Treppen zum Apartment B5. Die Tür war angelehnt; er klopfte, und eine hohe Männerstimme rief: »Herein.«

Green kam in eine sehr große und karg eingerichtete Atelierwohnung, die von zwei Stehlampen, die in gegenüberliegenden Ecken standen, und einer kleinen, aber sehr hellen Schreibtischlampe auf einem großen Tisch in der Mitte in gedämpftes Licht getaucht wurde.

Die hohe Männerstimme sagte: »Aah, Mr. Green – welch unerwartetes Vergnügen.«

Green nahm seinen Hut ab und ging zu dem großen Tisch. Er verbeugte sich leicht.

»Könnte es sein«, erkundigte er sich höflich, »daß Sie heute abend mal aus waren – sagen wir mal, nach elf Uhr?«

John Sallust war ein schmaler, schwindsüchtig aussehender Engländer mit einer hohen, gewölbten Stirn, strähnigem, mausgrauem Haar und kalten, grauen Augen, deren Farbe so hell war, daß sie fast weiß wirkten. Er saß rittlings auf einem Stuhl, die Hände lagen gefaltet auf der Rückenlehne. Das Kinn auf die Hände gestützt, sagte er lässig: »Es könnte nicht nur sein, ich war tatsächlich aus. Ich bin erst vor einer Viertelstunde nach Hause gekommen.«

Green warf einen Blick auf seine rechteckige, schwere Armbanduhr an seinem linken Handgelenk; es war ein Uhr zweiundfünfzig.

Sallust wandte seinen Kopf. »Darf ich vorstellen, das ist Paula, meine Schwester. Und das ist Nick Green. Du hast mich wahrscheinlich schon von ihm reden hören.«

Sie war ein sehr dunkles, sehr zierliches Mädchen mit einem Porzellanteint, einem dunkelroten Mund und großen, seltsam undurchdringlichen Augen. Sie hatte es sich, halb sitzend, halb liegend, auf einer niedrigen Couch bequem gemacht, die an einer der langen Wände des Raumes stand.

Sie nickte, und Green verbeugte sich wieder leicht.

»Wir waren im Theater.« Gemächlich setzte sie sich aufrecht hin. »Wir waren im Theater, und anschließend hat John mich nach Hause gebracht - es muß gegen halb elf gewesen sein –, und dann hat er einen Spaziergang gemacht.«

Green lächelte. »Das ist ganz hervorragend. Aber wenn ihr zwei nun schleunigst in eure Klamotten springen würdet, könnten wir drei in genau einer Minute von hier verschwinden«, er zog eine schlohweiße Augenbraue nach oben und grinste Sallust an, »und Sie werden nicht noch einmal in den Genuß eines äußerst unangenehmen Gefängnisaufenthaltes kommen.«

Paula war mit einem Satz auf den Beinen und brüllte fast: »Gefängnis!«

Sallusts schmales Gesicht verzog sich zu einem schiefen Lächeln. »Es ist eine ungewöhnliche Uhrzeit, um Witze zu machen, Mr. Green«, sagte er sanft.

Green sah auf seine Armbanduhr. »Na, dann vielleicht in zwei Minuten«, flüsterte er wie zu sich selbst.

Paula kam mit schnellen Schritten auf ihn zu.

»Wovon reden Sie?« fragte sie und verschluckte dabei fast

die Worte. »Worum geht es überhaupt?«

»Ich habe jetzt nicht die Zeit, es zu erklären. Aber Sie können mir glauben, daß die Bullen jede Sekunde hier aufkreuzen werden, um Ihren Bruder wegen Mordes an Bruce Maccunn und etwa einem halben Dutzend Unbeteiligter festzunehmen. Lassen Sie uns also erst mal verschwinden und dann darüber reden.«

Sallust bewegte sich nicht. Seine Augen wanderten zwischen seiner Schwester und Green hin und her, dann sah er Green wieder an.

»Nein«, murrte er.

Green blickte verstört. »Nein? Nein, was?«

Sallust schüttelte leicht den Kopf. »Vor genau drei Tagen«, sagte er ruhig, »bin ich nach Hause gekommen, nachdem ich fast fünf Jahre für etwas im Gefängnis gesessen habe, das man mir, wie Sie es wohl ausdrücken würden, angehängt hat. Aufgrund von Lügen bin ich angeklagt, mit Lügen verhört und durch Lügen verurteilt worden.«

Er räusperte sich, richtete sich in seinem Sessel auf und sah Green sehr eindringlich an.

»Ich kenne Sie nur sehr flüchtig, Mr. Green. Es gab eine Zeit, da glaubte ich, Sie würden unserer Sache irgendwie wohlwollend gegenüberstehen, aber ich habe gerade fünf schmerzvolle Jahre hinter mir, und in dieser Zeit hatte ich Gelegenheit, meine Lektion in Sachen blindes Vertrauen nachzuholen. Ich weiß nicht, worüber Sie gerade reden, aber ich weiß, daß ich nichts verbrochen habe, und werde genau da bleiben, wo ich jetzt bin.«

Einen Moment lang war es vollkommen still, dann war Paulas Stimme zu vernehmen, sanft und ängstlich: »Vielleicht machst du einen Fehler, John. Mr. Green ist –«, sie sprach nicht weiter.

Green hob eine Hand und rieb sich mit der Innenfläche langsam über die linke Seite seines Gesichts. Sein mehr oder weniger starrer Blick war auf eine leuchtendrote Zigarettendose geheftet. Blitzschnell stürzte er nach vorn, und als Sallust aufsprang, holte er mit seinem Arm weit aus und plazierte seine Fingerknöchel genau an Sallusts Kinn; Sallust sackte zusammen und fiel auf die Knie, griff blind nach dem Sessel und blieb dann regungslos liegen.

Paula war zu überrascht, um losschreien oder einen Schritt tun zu können, sie stand da, hielt sich die Hände vor den Mund und starrte Green an. In ihren großen Augen mischten sich Bestürzung und Erstaunen.

Green murmelte eine knappe Entschuldigung, dann bückte er sich, hob mit einem Schwung Sallusts schmächtigen Körper hoch und trug ihn zur Tür. »Kommen Sie schon«, brummte er über die Schulter, »und machen Sie schnell.«

Verstört folgte sie und gab keinen Laut von sich. An der Tür drehte er sich um und deutete mit seinem Kopf auf ihren Mantel. Sie nahm ihn von einem Stuhl und zog ihn an. Wie eine Schlafwandlerin, die von etwas Unbekanntem getrieben wird und sich nicht dagegen wehren kann.

Die triste Straße in Greenwich Village war menschenleer; Green trug Sallust über den eisig glitzernden Gehweg und legte ihn in den Wagen, dann lief er hastig um das Fahrzeug herum und stieg auf der Fahrerseite ein. Paula stand zögernd da, die eisige Luft hatte ihre Sinne wiederbelebt und sie dachte darüber nach, daß es noch nicht zu spät sei, loszuschreien. Nachdem sie aber links und rechts die Straße hinuntergeblickt hatte, entschied sie, daß es mehr oder weniger sinnlos sei. Sie stieg in den Wagen und schloß die Tür, dann legte sie ihren Arm um Sallust und wartete.

Ein kleines Stück östlich der Eighth Avenue verlangsamte Green die Fahrt und lenkte den Wagen an die Bordsteinkante, um zwei heranrasende Polizeiwagen vorbeizulassen, er drehte den Kopf und beobachtete, wie sie vor dem Gebäude, in dem Sallust wohnte, an den Bordstein heranfuhren.

Er grinste Paula an.

»Mein Timing war wohl doch nicht so toll«, bemerkte er. »Die Bullen haben etwa drei Minuten länger gebraucht, als ich dachte.«

Sie wandte sich ab und beobachtete nicht mehr länger, wie die Männern aus den Wagen sprangen und in das Haus liefen. Ihr Bedürfnis loszuschreien war ein für allemal verflogen; sie versuchte, sein Lächeln zu erwidern.

»Worum geht es bei dem Ganzen überhaupt?« flüsterte sie. »Ich verstehe nicht ...«

»Ich auch noch nicht.« Er legte den Gang ein, und der Wagen rollte um die Ecke und brauste die Eighth Avenue Richtung Norden. »Tut mir leid, daß ich zu derartigen Methoden greifen mußte, um Ihren Bruder da rauszukriegen, aber ich dachte mir, ihm ist schon einmal übel mitgespielt worden, und ich werde alles tun, damit das nicht nochmal passiert. Nach fünf Jahren im Bau sollte ihm ein kleiner Kinnhaken nichts ausmachen, wenn er ihn davor bewahrt, auch nur eine Nacht wieder dort verbringen zu müssen.«

Greens Apartment lag an der Einundsechzigsten Straße Ost; der Liftjunge war ihm mit Sallust behilflich, der langsam wieder zu sich kam und leise stöhnte; Green sagte, er sei sehr betrunken, und als sie in seinem Apartment im obersten Stockwerk angekommen waren, legten sie Sallust auf eines der Sofas in dem riesigen Wohnzimmer. Der Liftjunge ging wieder hinaus.

Green wandte sich an Paula. »Es wird nicht lange dauern, dann ist er wieder in Ordnung«, sagte er. »Hauptsache, er bleibt hier, bis gewisse Dinge wieder im Lot sind. Ich weiß selbst noch nicht genau, worum es eigentlich geht, und kann Ihnen deshalb auch nicht mehr sagen. Vertrauen Sie mir soweit, daß Sie mir helfen wollen und dafür sorgen, daß er bleibt, wo er ist?«

Sie nickte.

Green lächelte sanft: »Versprochen?«

Sie nickte erneut, und in ihrem Gesicht erschien der Anflug eines Lächelns.

Er ging zur Tür. »Ich komme entweder hierher zurück oder rufe Sie an, sobald ich kann. Machen Sie es sich bequem. Sollten Sie Hunger bekommen oder etwas trinken wollen, bedienen Sie sich, es ist alles im Kühlschrank.«

Er ging hinaus und schloß die Tür.

Unten angekommen, instruierte er den Nachtportier. »Es sind ein Mann und eine Frau in meinem Apartment, und ich will, daß sie dort bleiben. Ich gehe davon aus, daß sie bleiben werden, sollte es Schwierigkeiten geben, rufen Sie Mike an, und lassen Sie ihn die Sache regeln.«

Der Portier nickte; er war mehr oder weniger sonderbare Anweisungen von Mr. Green gewöhnt. Mike war der Hausmeister, ein stämmiger Norweger, der schon mehr als einmal seltsame Jobs unter Einsatz seiner Muskelkraft für Green erledigt hatte.

In der Tür drehte Green sich noch einmal um. »Und sollten sie telefonieren, notieren Sie, wen sie angegrufen haben und worum es ging.«

Der Portier nickte erneut. Green ging hinaus auf die Einundsechzigste Straße und betrat einen Drugstore.

Achtzehn Minuten nach zwei klingelte unbeschwert das Telefon auf Blondie Kesslers Schreibtisch zum zehnten Mal innerhalb von fünfundzwanzig Minuten.

Er fuhr von seiner Schreibmaschine herum, nahm ab und kläffte ein »Hallo« in den Hörer.

Greens Stimme drang seidenweich durch die Leitung:

»Wie viele Teile hat man bei Tony noch rausgefischt, die identifiziert werden konnten? Und wie steht's mit dieser brillanten Kessler-Theorie?«

Kessler grollte säuerlich in den Hörer.

»Die Kessler-Theorie behauptet sich sehr gut und erhält ständig neue Nahrung, danke der Nachfrage!« bellte er betont ironisch. »Wir haben ein Stück des Zünders mit einer Aufschrift der Gießerei gefunden, stammt aus einem Ort in Jersey –«

Green unterbrach ihn: »Sag's nicht. Laß mich raten ... Entweder hat Sallust dort gearbeitet, und wenn nicht, dann hat er zumindest in Jersey gewohnt, oder er ist vielleicht mal nach Jersey gefahren, um seine Tante zu besuchen.«

»Okay, okay«, schnaubte Kessler verärgert. »Ich sage, Sallust war's todsicher, und du sagst, er war's nicht. Ich wette – ich wette mit dir um fünfzig Dollar.«

»Abgemacht«, platzte es aus Green heraus.

Schnell plapperte Kessler weiter: »Der Knaller ist, daß Sallust und seine Schwester ungefähr anderthalb Minuten bevor die Bullen ins Haus stürmten verduftet sind. Der Nachbar von nebenan hat sie weggehen hören, und nach der Uhrzeit zu schließen, sieht's aus, als hätten sie einen Tip bekommen.«

Green seufzte. »Vielleicht habe ich ja auch den Webfehler«, murmelte er. »Zurück jetzt zu meiner ersten und wichtigsten Frage – was hat man noch ausgebuddelt?«

»Nichts von Bedeutung. Waren 'ne Menge Arme und Beine, die vielleicht Gino oder Costain oder wem auch immer gehört haben könnten.«

Greens Stimme leierte eintönig weiter: »Mich würde immer noch interessieren, ob Gino und Costain vor dem Feuerwerk bei Tony eingetroffen sind. Hat irgend jemand versucht, sie ausfindig zu machen?«

»Hm, hmm. Gino wollte angeblich mit dem Nachtzug nach Boston fahren, nachdem er bei Tony war. Eine Geschäftsreise, sagt seine Frau. Sie weiß nicht, ob er überhaupt bei Tony gewesen ist und ob er den Zug erwischt hat oder nicht. Sie dreht vollkommen durch. Dann habe ich Costains Mädchen erreicht, und sie sagte, Lew sei gegen Mitternacht zu Tony gegangen und habe ihr gesagt, er werde vorher noch in ein paar andere Läden gehen. Seitdem hat sie nichts mehr von ihm gehört. Die ist vollkommen hysterisch, brüllt und schreit rum und ruft mich alle zwei Minuten an.«

Einige Sekunden herrschte Stille, dann sagte Green zum Schluß: »Vergiß nicht, Blondie, Lew Costain hat oder hatte mehr Feinde als irgendeiner aus einem Dutzend ausgesuchter Gangster dieser Stadt. Maccunn hatte einen, oder zumindest versuchst du seinen Abgang einem einzigen anzuhängen. Mag Costain nun bei Tony angekommen sein oder nicht, er war auf dem Weg dorthin, und irgendwie scheint mir das wesentlich wichtiger zu sein, als die Tatsache, daß Sallust Maccunns Blut sehen wollte. Mit allem der Kessler-Theorie gebührenden Respekt natürlich ... Und vergiß die fünfzig Mäuse nicht.«

In der Leitung knackte es; ein elektrischer Schlußpunkt.

Kessler sah einen Moment lang so aus, als wollte er ein großes Stück aus dem Apparat herausbeißen, dann hängte er langsam den Hörer auf und wandte sich zutiefst angeekelt wieder seiner Schreibmaschine zu.

Haley, der Lokalredakteur, arbeitete fieberhaft und mußte sich sehr zurückhalten, dabei nicht zu pfeifen. Er hatte Maccunn als Sklaventreiber gehaßt, und nun sah es so aus, als würde er in das große, eichengetäfelte Büro im siebten Stock umziehen und den Zusatz Chefredakteur in fetten Lettern hinter seinen Namen setzen können.

Als Kessler eingehängt hatte, sah er hoch und raunzte: »Irgendwas Neues?«

Kessler schüttelte seinen Kopf.

»Nichts Neues, außer daß dieser Green seinen Verstand verliert.«

Solly Allenberg, klein und fett, saß in seinem Taxi nahe der Ecke Neunundvierzigste Straße und Broadway, als Green über die Straße auf ihn zukam.

Allenberg gähnte gerade, hielt abrupt inne und strahlte wie ein dicker Christbaum.

»Hallo, Mr. Green«, krächzte er herzlich. »Wo haben Sie sich denn rumgetrieben?«

Green lehnte sich gegen die Wagentür.

»Mal hier, mal da«, sagte er. »Wie geht's dir denn, Solly? Und wie geht's den Kindern?«

»Wunderbar, Mr. Green, einfach wunderbar. Gerade neulich erst hat meine Frau nach Ihnen gefragt. Ich habe ihr erzählt –«

Green unterbrach ihn sanft: »Man hat Lew Costain umgebracht.«

Sollys fleischiger Mund klappte langsam nach unten. »Umgebracht? Was zum Teufel reden Sie da?«

Green nickte mehrere Male mit dem Kopf.

»Er war bei Tony Maschio heute nacht, als der Laden in die Luft geflogen ist – er und Gino ...«

»Ich habe es gerade in der Zeitung gelesen«, sagte Solly, »aber von Mr. Costain stand nichts drin.«

»Man hatte ihn noch nicht identifiziert, als die Extra-Ausgabe rausgekommen ist.«

Green griff an Solly vorbei ins Wageninnere und drückte den Hebel des Taxameters nach unten. »Laß uns 'nen kleinen Ausflug machen«, schlug er vor, »irgendwohin, wo es warm ist und wir was zu trinken bekommen.«

Solly stolperte aus dem Taxi und zusammen gingen sie über den rutschigen Gehweg in die Rialto Bar. Sie bestellten beide

Rye Whiskey. Green beobachtete Solly im großen Spiegel hinter dem Tresen.

»Wie lange arbeitest du schon für Lew?« begann er zu sprechen. Solly zögerte, und Green sprach rasch weiter: »Hör zu. Ich kannte ihn ziemlich gut, ich mochte ihn. Ich will rausfinden, wer ihn umgelegt hat, und du kannst mir dabei helfen, wenn du willst ...«

Solly stürzte seinen Drink hinunter. »Klar«, platzte es aus ihm heraus, »klar will ich helfen.« Er warf einen Blick auf sein leeres Glas, und Green signalisierte dem Barkeeper, daß er es wieder füllen solle.

»Ich habe nie richtig für ihn gearbeitet«, fuhr Solly fort. »Er hatte Schiß vor Autos – hatte Schiß, mit seinem eigenen Wagen in die Stadt zu fahren. Vor zwei, drei Jahren kam ihm doch der bescheuerte Gedanke, daß ich ein toller, sicherer Fahrer sei, und seitdem ist er meistens bei mir im Taxi mitgefahren. Immer, wenn er irgendwo 'n bißchen rumhängen oder nach Hause ins Bett wollte oder so, hat er mir Bescheid gesagt, und in der Zwischenzeit habe ich versucht, Kohle nebenbei zu machen. Er hat mir 'nen Zehner am Tag als Festpreis gegeben, egal, was auf dem Zähler stand, und an manchen Tagen ist er überhaupt nicht mit mir gefahren, es hat immer wunderbar hingehau'n.«

»Hast du ihn heute nacht irgendwo hingebracht?«

»Mh, mmh.« Solly trank, nickte. »Ich habe ihn kurz nach Mitternacht von seinem Apartment abgeholt und an der Bleecker Ecke Thompson Street abgesetzt. Er meinte, er werde mich heute nacht nicht mehr brauchen.«

Green probierte seinen Rye, verzog das Gesicht und legte einen Zwanzigdollarschein auf den Tresen.

»Schmeckt er Ihnen nicht, Mr. Green?« fragte Solly.

Green schüttelte den Kopf und schob das Glas mit der Handkante über den Tresen, bis es vor Solly stand.

Solly betrachtete es gedankenverloren. »Ich fass' es nicht«, sagte er, »daß ein prima Kerl wie Mr. Costain auf so 'ne Art umgelegt wird ...« Er nahm das Glas.

Green zündete sich eine Zigarette an. »Wer war es?«

Solly zuckte mit den Schultern. »Es gibt 'ne Menge Leute,

die ihn nicht mochten, weil sie ihn auch nicht verstanden haben. Er war – äh – ex–«, Solly unterbrach sich, trank von dem neuen Drink und versuchte es noch einmal: »Er war ex–«

»Exzentrisch?«

Solly nickte mit dem Kopf.

»Aber wer hat ihn so gehaßt«, bedrängte ihn Green weiter, »und wer hatte die Courage, ihn zu erledigen?«

Solly leerte sein Glas, dann kniff er ein Auge zu und versuchte, unerhört clever auszusehen. »Naja, wenn Sie mich fragen«, antwortete er flugs, »der Kerl, der ausreichend Grund und vielleicht auch den Mumm gehabt haben könnte, es zu tun, ist ziemlich dicht an Costain drangewesen ... Sind Sie je einem Kerl namens Demetrios – Vorname weiß ich nicht – über den Weg gelaufen? Ein Grieche – 'n großer, pomadetriefender Weiberheld mit 'nem breiten Grinsen im Gesicht?«

Green schüttelte den Kopf.

Solly rückte näher an ihn heran. »Er hat für Mr. Costain als so 'ne Art Bodyguard und Mädchen für alles gearbeitet. Mr. Costain konnte ihn gut leiden ...« Solly wisperte wie ein Souffleur. »Ich weiß zufällig, daß Demetrios und June Neilan, Costains Mädchen, so miteinander waren« – er hielt zwei verdreckte Finger in die Höhe und drückte sie fest aneinander – »und das genau vor Costains Nase.«

Greens Augenbrauen hoben sich steil in die Höhe. »Das wäre ein guter Grund für Costain, den Griechen fertigzumachen«, warf er ein, »aber nicht umgekehrt.«

»Moment. Sie kapieren nicht.« Sollys Grinsen sprengte fast sein Gesicht. »Zufällig weiß ich auch, daß dieser Demetrios schon früher versucht hat, Costain zu erledigen, es ist aber immer schiefgegangen, und Costain hatte nicht die leiseste Ahnung, wer es gewesen sein könnte. Wie's der Zufall so wollte, war ich immer zur richtigen Zeit am richtigen Ort.«

»Warum hast du Costain nichts erzählt?«

Solly starrte angestrengt auf sein leeres Glas.

Green lächelte schwach. »Hat Demetrios dich geschmiert?«

Solly nickte schüchtern. Green trommelte mit seinen Fingern auf den Tresen, und der Barkeeper füllte erneut beide Gläser.

»Wie's eben so ist«, philosophierte Solly krächzend.

»Costain war auf jeden eifersüchtig, außer auf den, auf den er's hätte sein sollen, und er hat jedem mißtraut, außer dem, der das Messer schon in der Hand hatte.«

»Wo hat Costain nochmal gewohnt? Irgendwo in der Neunzigsten West, stimmt's?«

»Mh, mmh. Drei-einunddreißig.«

Green nahm sein Wechselgeld, und Solly schüttete beide Drinks in sich hinein, dann gingen sie nach draußen und liefen über den vereisten Gehweg auf das Taxi zu.

Ein schmächtiger Mann mit fahler Gesichtsfarbe kam auf sie zu. Er hatte den Kragen seines Mantels hochgeschlagen und die Krempe seines schwarzen Hutes so weit wie möglich heruntergezogen, um sein Gesicht zu verbergen. Er sagte mit weicher, gedämpfter Stimme: »Hallo, Solly. Hallo, Mr. Green.« Er zog einen kurzläufigen Revolver aus seiner Manteltasche und pumpte zwei Geschosse in Sollys Magen. Solly glitt aus und fiel seitwärts auf Green, dann stürzten beide zu Boden; Solly erwischten noch zwei weitere Kugeln, die eigentlich für Green bestimmt waren. In der frostigen Luft geriet das Krachen der Waffe zu einem Donnern. Der Wind peitschte um die Ecke und drückte die Hutkrempe des Fahlgesichtigen in die Höhe; Green erkannte Giuseppe Picelli, den Friseur vom Stuhl Nummer drei.

Green und Solly lagen als Haufen zuckender Gliedmaßen ineinander verkeilt auf dem eisigen Gehweg. Picelli drehte sich um und rannte nach Osten auf die Neunundvierzigste Straße.

Die Pension mit der Hausnummer dreihundertzweiunddreißig in der Neunzigsten Straße West lag genau gegenüber dem Haus mit der Nummer dreihunderteinunddreißig. In der dritten Etage saß ein Mann völlig regungslos am Fenster des großen, spärlich beleuchteten Zimmers, das zur Straße lag. Den Tweedmantel, den er beim Verlassen des Zuges nach Boston an der Hunderfünfundzwanzigsten Straße getragen hatte, und sein Jackett hatte er ausgezogen; er saß nur in seinem pinkfarbenen Seidenhemd auf der Kante eines dickgepolsterten Sessels, lehnte sich nach vorn und spähte unablässig durch den schmalen Schlitz unter der heruntergelassenen Jalousie.

Er zündete sich eine Zigarette nach der anderen an und blickte in kurzen Abständen auf seine Uhr. Dieses Minimum an Bewegungen war das einzige, was seine reglose Wachsamkeit unterbrach.

Um zwei Uhr sechsunddreißig klingelte das Telefon. Ohne seinen Blick von der Jalousie zu wenden, nahm er es vom Boden hoch und knurrte: »Ja.«

Er hörte kurz aufmerksam zu, dann sagte er: »Was zum Teufel macht das schon, ob Green dich erkannt hat oder nicht, wenn er tot ist? Oh, du bist dir nicht sicher. Sie sind beide zu Boden« gegangen, aber du bist dir nicht sicher« – seine Stimme nahm einen sarkastischen Unterton an – »dann sorge gefälligst dafür. Ist mir vollkommen egal, wie du das machst, du hattest deine Anweisungen. Erledige das, dann kommst du hierher; und paß auf, wenn du ins Haus gehst.«

Er stellte das Telefon wieder auf den Boden und zündete sich erneut eine Zigarette an.

Demetrios sagte: »Ich weiß überhaupt nichts darüber .«

Doyle warf dem Lieutenant, der ihn begleitet hatte, einen schnellen Blick zu. »Naja«, murmelte er, »wir haben uns nur gedacht, du würdest es gerne wissen.«

Demetrios fröstelte ein wenig. Er zog seinen hellgelben Morgenmantel enger um die Schultern und nickte.

Sie waren in Demetrios' kleinem Apartment in der Sechsundsiebzigsten Straße. Er war schon zu Bett gegangen, hatte geschlafen. Doyle und der Lieutenant hatten drei oder vier Minuten lang heftig an die Tür geklopft, bis sie ihn endlich aufgeweckt hatten.

Der Lieutenant stand auf, streckte sich und gähnte ausgiebig.

Jemand klopfte an die Tür.

Doyle öffnete, und Green trat ein. Er nickte Doyle und dem Lieutenant zu, dann deutete er mit dem Kopf auf Demetrios.

»Ich hatte bisher noch nicht das Vergnügen, die Bekannt-schaft dieses Herrn zu machen, würde mich aber gern ein wenig mit ihm austauschen«, sagte er. »Würden Sie mich bitte vorstellen?«

Demetrios starrte ihn argwöhnisch an.

»Ist der Typ 'n Bulle?«

Doyle grinste und schüttelte den Kopf. »Mh, mmh. Das ist St. Nick Green. Is' 'n netter Kerl. Ihr solltet euch unbedingt kennenlernen.«

Demetrios stand wutentbrannt auf. »Was zum Teufel bilden Sie sich überhaupt ein, hier so reinzuplatzen?« Er drehte sich auf dem Absatz um und wandte sich heftig an Doyle und den Lieutenant. »Ihr auch. Habt ihr 'n Haftbefehl? Ich weiß nichts über Costain —«

»Ts, ts«, schnalzte Doyle, »was für ein Temperament!« Er lächelte Green an. »Beachte ihn gar nicht. Wir haben ihn auf-geweckt, und jetzt quengelt er.«

Green setzte sich auf die Lehne eines Sessels.

»Weil wir gerade davon reden«, sagte er sanft, »ist Costain schon aufgetaucht?« Er drehte sich zu Doyle. »Irgendwas sagt mir, daß er nicht bei Tony war und daß er unversehrt und in einem Stück rumläuft.«

Alle sahen Green an; Demetrios und der Lieutenant mit einem mehr oder weniger verwirrten Ausdruck, Doyle mit einem breiten Grinsen im Gesicht.

Doyle lachte. »Du hinkst 'n bißchen hinterher, Nicky«, dröhnte er mit tiefer Stimme. »Vor einer Weile hat man das, was von Costain übriggeblieben ist, von den Bahngleisen an der Hundertfünfundzwanzigsten Straße gekratzt. Diesmal gibt's keinen Zweifel. Wir haben ihn durch 'nen Haufen Pa-piere und Zeug in seinen Taschen identifizieren können.«

Der Lieutenant sagte: »Deswegen haben wir den Gentleman hier aufgeweckt. Wir dachten, er wüßte vielleicht was darü-ber.«

Demetrios drehte sich um und schlug mit einem wilden Knall das Fenster zu. »Ich weiß überhaupt nichts darüber«, knurrte er. »Ich hab' Lew gesagt, daß ich damit nichts zu tun haben will. Ich bin seit zehn im Bett und habe 'nen Zeugen dafür. Drei Anrufe wurden mir durchgestellt, die von der Vermittlung kann also bezeugen, daß ich da war.«

»Sie haben zu Lew gesagt, daß Sie mit *was* nichts zu tun haben wollen?« fragte Green sanft.

»Egal was – mit gar nichts! Er und ich, wir sind fertig miteinander. Er ist vollkommen durchgedreht letzte Woche. Dachte, jeder wolle ihn aufs Kreuz legen.«

»Das wird wohl auch so gewesen sein«, säuselte Green.

»Mit *was* nichts zu tun haben, Demetrios?« wiederholte Doyle.

Demetrios setzte sich. »Gestern hat man ihm gesteckt, daß Gino und Tony die Bücher frisieren. Einer von Tonys Friseuren hat ihn angerufen und ihm gesagt, daß das Syndikat in den letzten Wochen keine Verluste gemacht hat, so wie man Costain weismachen wollte, sondern 'nen Haufen Kohle eingefahren hat. Costain hat sich nie um das Geschäftliche gekümmert, mit Zahlen hat er nie was anfangen können. Er hat nur den Zaster für die Geschäftsgründung rübergeschoben, den Rest hat er Gino und Tony überlassen. Er hat ihnen vertraut.«

»Meine Güte, was für eine Menschenkenntnis!« murmelte der Lieutenant. »Gino und Tony zu vertrauen ...!«

»Lew hat den Tip bekommen, daß sie sich aus dem Staub machen wollten«, fuhr Demetrios fort. »Gino hatte vor, mit einem Schiff von Boston aus in Richtung Havanna abzuhauen, und Tony wollte mit dem Zug nach Florida und ihn dort treffen. Angeblich hatten sie zusammen mehr als vierhundert Riesen. Lew hat es mir erzählt und sagte, er hätte sich mit ihnen heute nacht für viertel nach zwei bei Tony verabredet. Er wollte, daß ich mitkomme, aber ich sah nicht ein, warum. Mir war die ganze Sache sowieso schleierhaft. Wie auch immer, wir sind fertig miteinander, und ich bin seit zehn im Bett gewesen.«

»Als Zeuge brauchen wir dich jedenfalls, Demetrios«, schnauzte ihn der Lieutenant an, »zieh dich also an.«

»Das hat man nun davon, wenn man euch blöden Säcken helfen will«, blökte Demetrios. Er stand auf und ging ins Badezimmer.

Green erhob sich, ging hinüber zu Doyle und dem Lieutenant und flüsterte ihnen zu: »Nehmt ihn jetzt nicht mit. Sagt ihm, er soll hierbleiben und darauf warten, daß man ihn am Morgen anruft, und dann laßt ihn in Ruhe. Ich verwette meinen Arsch, daß er nicht wieder ins Bett steigt, sondern weggehen wird. Wir können draußen warten, und wenn er uns nicht irgendwo hinführt, will ich ein tasmanischer Uhrmacher sein.«

Doyle sah nicht sehr überzeugt aus, dem Lieutenant aber schien die Idee zu gefallen.

Er rief: »Alles in Ordnung, Demetrios. Kannst hierbleiben, man wird dich am Morgen anrufen.«

Demetrios erschien in seinem Pyjama in der Badezimmertür. Er sah ein wenig verstört aus.

»Kann ich wieder ins Bett?«

»Klar«, sagte Doyle. »Gönn dir 'n bißchen Schlaf. Du wirst ihn wahrscheinlich brauchen. Schließlich würden wir vollkommen im Dunkeln tappen, wenn wir dich nicht hätten.«

Demetrios nickte verdrießlich, ging durchs Zimmer und setzte sich auf die Bettkante.

»Gute Nacht«, brummte Doyle, dann marschierten sie hinaus.

Für einen Moment saß Demetrios einfach nur da, dann stand er auf und ging zur Tür, öffnete sie und sah rechts und links den Korridor hinunter. Er schloß die Tür wieder und lief quer durch das Zimmer zu seinem privaten Telefon, das auf einem Tischchen am Bett neben dem Hausapparat stand. Er setzte sich wieder aufs Bett, wählte eine Nummer und sagte:

»Hallo, Honey. Hör mal. Hab' gerade sensationelle Neuigkeiten erfahren. Man hat ihn auf den Gleisen der New Yorker Eisenbahn oben in Uptown gefunden. Hm, hmm. Ich glaub', er hat den Knallbonbon bei Tony abgestellt und wollte sich dann Gino im Zug nach Boston greifen. Gino muß ihn aber wohl zuerst gesehen haben ... Eben waren ein paar Bullen hier und haben's mir erzählt. Sie dachten, ich wäre dran interessiert.«

Er lachte leise. »Sicher, ich habe ihnen genug Futter gegeben. Ihnen ist klar, daß er Tonys Laden weggeblasen hat. So, jetzt

hör mir zu. Wahrscheinlich warten sie draußen auf mich, aber
ich werde mich durch den Keller rausschleichen.« Er warf
einen Blick auf den Wecker, der auf der Kommode stand. »Es
ist jetzt viertel vor drei. Ich werde in einer halben Stunde da
sein und draußen warten, es sei denn, sie verfolgen mich und
ich muß sie abhängen. Du packst ein paar Sachen in eine
Tasche und machst dich fertig zum Weggehen. Wir werden 'ne
kleine Reise machen. Irgendwohin, wo es nicht so heiß ist ...
Okay, Baby – Bye.«

Er hängte auf, zog sich rasch an, nahm eine Reisetasche aus
dem Schrank und fing an, seine Sachen hineinzustopfen.

Greens Wagen stand westlich des Broadways auf der anderen Seite der Sechsundsiebzigsten Straße. Er ging in einen
Drugstore an der Straßenecke, der die ganze Nacht geöffnet
hatte, rief beim Star-Telegram an und ließ sich mit Kessler
verbinden.

Kessler grunzte erschöpft: »Hallo«, und seine Stimme über-
schlug sich, als er Green erkannte.

»Hey, Nick! Ich habe gerade gehört, daß auf dich geschossen wurde«, kläffte er. »Bist du in Ordnung?«

»Ich bin okay. Ich erzähle dir alles, wenn wir uns sehen.«

»Das ist ja großartig«, schrie Kessler freudig. »Überhaupt,
alles läuft großartig! Ich habe gerade meine Star-Telegram
Exklusiv-Story über Sallust zum Satz runtergegeben. Was für
eine Geschichte! In einer Stunde müßte sie raus sein.«

Green entgegnete sanft: »Laß sie sterben, Blondie, wenn du
deinen Job behalten und dem Star eine Menge Schwierigkeiten ersparen willst.« Bevor Kessler etwas erwidern konnte,
fuhr er fort: »Ich komme gerade von Demetrios' Apartment.
Er ist ein großer, attraktiver Grieche, der für Costain gearbeitet hat. Doyle und sein Kollege warten darauf, daß er raus-
kommt und sie sich an ihn ranhängen können, aber ich fürch-
te, er wird ihnen entwischen, und ich habe das ganz komische
Gefühl, ich weiß, wohin er will.«

Kessler unterbrach ihn: »Aber hör doch, Nick –«

»Nein, du hörst jetzt zu.« Greens Stimme nahm einen dro-
henden Ton an. »Halt die Story wenigstens noch eine Stunde
zurück, und mach dich auf die Socken in die Neunzigste

West, Nummer drei-einunddreißig, und bring ein paar Cops mit, schnell. Ich werde draußen warten. Wenn ich nicht da bin, werde ich oben in Costains Apartment sein. Komm dahin, und zwar schnell. Dort wird sich alles, was heute nacht passiert ist, aufklären, und danach wird deine Sallust-Geschichte auf die Größe einer popeligen Stellenanzeige geschrumpft sein.«

»Aber so hör doch ...«, Kessler klang, als würde er gleich anfangen zu heulen.

Green erwiderte schroff: »Ich verlass' mich auf dich. Verlier jetzt keine Zeit mehr, und verhalte dich leise, sobald du dort bist. Und vergiß nicht, die fünfzig Mäuse mitzubringen.«

Er hängte ein, ging hinaus und stieg in seinen Wagen, fuhr zur Amsterdam Avenue, die Amsterdam hoch zur Neunundachtzigsten Straße und bog nach Westen ab. Er parkte auf der Neunzigsten Straße, unweit des Riverside Drive, ungefähr fünfzig Meter westlich vom Eingang des Hauses mit der Nummer dreihunderteinunddreißig.

Dann zündete er sich eine Zigarette an, saß da und wartete.

Der Mann in der dritten Etage von Nummer dreihundertzweiunddreißig rauchte nicht mehr; er wartete einfach nur noch, seine Augen fixierten den Schlitz unterhalb der Jalousie. Ab und zu lehnte er sich in den großen Sessel zurück, aber immer nur für ein paar Sekunden und immer erst nach etwa zehn Minuten steifer, wachsamer Bewegungslosigkeit.

Vier Minuten nach drei klopfte jemand an die Tür. Er stand auf und öffnete sie hastig. Giuseppe Picelli trat ein; der Mann ging zurück zum Fenster.

Picelli setzte sich und sagte lahm: »Solly habe ich erwischt. Green konnte abhauen. Da war Eis ...«

»Da war Eis ...« Der Mann am Fenster wiederholte die Worte langsam. »Na gut, dann war da eben Eis. Wie lange waren sie zusammen?«

»Green ist zu Solly gegangen – Solly hat in seinem Taxi gesessen. Sie sind zusammen in die Bar, und ich habe dich angerufen. Zwei oder drei Minuten nachdem ich aus der Telefonzelle gekommen bin, sind sie rausgekommen. Und ich bin auf dem Gehweg auf sie zu ...«

»Und da war Eis.«

Der Mann am Fenster erstarrte plötzlich, schirmte seine Augen gegen die schummrige Beleuchtung im Zimmer ab. Er stierte vielleicht zehn oder fünfzehn Sekunden lang angestrengt durch den Schlitz, stand dann auf, nahm sein Jackett und zog es an.

»Komm mit, Joe. Wir gehen«, sagte er.

Er zog eine große, blaue Automatik aus der Tasche des Tweedmantels, steckte sie unter seinen Gürtel und zog die Spitzen seiner Weste darüber.

Zusammen verließen die beiden Männer das Zimmer, gingen die Treppe hinunter, aus dem Haus und über die Straße in das Gebäude mit der Nummer dreihunderteinunddreißig.

Der Liftboy starrte ungläubig auf den Mann, der am Fenster gesessen hatte.

»Meine Güte, Mr. Costain«, stotterte er. »Ich dachte – Miss Neilan ist schon halb verrückt, hat alle paar Minuten bei den Zeitungen angerufen.«

Costain gab keine Antwort.

In der vierten Etage stiegen sie aus und gingen nach rechts zur Tür des Apartments, das zur Straße lag. Costain zog einen Schlüsselbund aus seiner Tasche, schloß auf und öffnete die Tür. Sie traten ein und schlossen die Tür.

June Neilan war sehr hübsch, platinblond, hatte große, blaue Augen und ihre orangefarbenen Lippen wirkten wie aufgeklebt. Sie drehte sich um, starrte Costain an und ihr zarter Teint wurde aschfahl.

Demetrios' Hand zuckte kurz nach oben, dann sah er den kurzen Revolver in Picellis Hand, änderte seine Meinung und ließ seine Hände langsam heruntersinken.

»Hinsetzen«, sagte Costain.

June Neilan wankte unsicher zum nächsten Sessel und setzte sich. Demetrios rührte sich nicht.

Costain ging zu Demetrios und griff in seine Jackentasche, zerrte eine .35er Automatik aus dem Schulterhalfter und gab sie Picelli. Dann ballte er seine rechte Faust, nahm Demetrios' Kinn ins Visier und holte zum Schlag aus. Demetrios machte einen Schritt zurück, und Costains Faust landete auf seiner

Wange; unterhalb des Wangenknochens bildeten sich zwei winzige Blutstropfen.

Costain zog seine Faust zurück und zielte noch einmal; dieses Mal traf er besser, und mit einem dumpfen Knall landete sie auf Demetrios' Kinn. Demetrios taumelte rückwärts an die Wand. Costain stürzte ihm hinterher und holte mit seiner Rechten erneut aus.

»Tu's bitte nicht, Lew«, sagte June Neilan kraftlos.

Costains Rechte sauste an Demetrios' Kehle, die Linke zertrümmerte ihm die Nase. Demetrios gab einen seltsam gurgelnden Laut von sich und glitt seitlich an der Wand zu Boden.

Costain keuchte, sein Gesicht war blaurot angelaufen. Er holte mit dem Fuß aus und trat Demetrios hart ins Gesicht, immer und immer wieder; die Tritte erzeugten ein weich klatschendes Geräusch, das sich anhörte, als würde jemand unter Wasser mit den Fingern schnipsen; Blut strömte über Demetrios' Gesicht und färbte es dunkel.

Jemand schlug an die Tür.

Costain schien es nicht zu hören; er hob einen Fuß und rammte ihn Demetrios ins Gesicht, daß die Knochen von Nase und Wange knirschten wie verharschter Schnee.

»Boss – da draußen ist jemand.«, winselte Picelli.

Ohne sich umzudrehen, keuchte Costain: »Okay – laß sie draußen. Ich bin beschäftigt ...«

Wieder wurde an die Tür geschlagen.

Apathisch blickte June Neilan hinüber zu Costain und Demetrios, doch plötzlich sprang sie auf und rannte zur Tür. Picelli war den Bruchteil einer Sekunde zu langsam. Sie drehte den Knauf, die Tür sprang auf, und im Rahmen stand Nick Green.

Costain ließ von Demetrios ab, zog die große Automatik aus dem Gürtel und feuerte zweimal. June Neilan drehte sich um ihre eigene Achse, als hätte eine schwere, unsichtbare Hand auf ihrer Schulter ihren zierlichen Körper herumgewirbelt.

Green spürte, wie sich der Ärmel seines Mantels hob und zerriß; er fühlte einen scharfen, stechenden Schmerz im äußeren Muskel seines linken Arms. Die Waffe etwas oberhalb der Hüfte, schoß er. Wie in Zeitlupe neigte sich Costain weit nach vorn, als wolle er sich übertrieben verbeugen; dann sank er auf ein Knie, hob seinen Kopf und starrte June Neilan ausdruckslos an.

Sie klammerte sich mit beiden Händen an die Türkante. Plötzlich verdrehte sie die Augen, ihr Körper sank in sich zusammen und sie fiel zu Boden.

Green betrat das Zimmer.

Picelli zitterte heftig, und sein Gesicht sah klein und elend aus; sein Revolver fiel zu Boden, und langsam hob er die Hände hoch.

Costain formte seine Lippen zu einer Art Grinsen, er schwankte, und als er auf dem Boden landete, streckte er noch seinen rechten Arm aus und preßte Demetrios die Mündung der großen Automatik fest in den Magen.

Im dunklen Türrahmen erschienen plötzlich jede Menge Gesichter, Männer. Doyle, Kessler und zwei Beamte des Neunten Polizeireviers traten in das Zimmer. Einer der Beamten hob Picellis und Demetrios' Waffen auf, der andere kniete neben June Neilan.

Doyle ging an Green vorbei, blieb vor Costain stehen und sah auf ihn hinunter. Costain hatte das gesamte Magazin seiner Automatik in Demetrios' Bauch entleert; er rollte sich auf die Seite und hob seinen Kopf ein wenig, grinste erst Doyle, dann Green an.

»Das war ein guter Job«, flüsterte er. »Das war *der* Job meines Lebens ...«

Sein Kopf klappte zurück.

Doyle beugte sich über ihn.

»Der wird schon wieder, glaube ich«, sagte Green gelassen. »Ich habe versucht, sein Bein und seine Schulter zu treffen.« Mit einem entrückten Gesichtsausdruck wandte er sich an Kessler. »Möchte mal wissen, warum.«

Der Beamte, der neben June Neilan kniete, sah hoch.

»Das Mädchen hat keinen Kratzer abbekommen«, brummte er. »Sie ist mit dem Kopf gegen die Tür geknallt, als sie hingefallen ist, aber das ist auch schon alles.«

»Ich glaube, sie ist ohnmächtig geworden«, sagte Green. »Costain ist ein lausiger Schütze.«

Er pellte sich aus dem Mantel und seiner Jacke, setzte sich und rollte den Ärmel seines Hemdes hoch. Die Wunde an seinem Arm war nicht tief, nur ein Streifschuß; einer der Beamten wickelte ein sauberes Taschentuch darum und band es fest.

Kessler starrte fassungslos auf Costain. »Ich krieg's nicht in den Schädel«, stotterte er. »Wie oft kann man jemanden umlegen? Wer war der Kerl, der – der auf den Gleisen gefunden wurde?«

Doyle telefonierte.

Green grinste Kessler an. »Das war wohl Gino«, erwiderte er. »Picelli hat Costain den Tip gegeben, daß Gino und Tony sich mit dem ganzen Zaster aus dem Staub machen wollten. Costain hat Tony die Ladung Dynamit vor die Nase gesetzt und danach Gino im Zug nach Boston erwischt. Er hatte wohl den genialen Einfall, alles so zu arrangieren, als ob er draufgegangen wäre, um sich dann zurückschleichen zu können, das Apartment zu beobachten und eventuell Demetrios und sein Mädchen in flagranti zu erwischen.«

Doyle legte auf und hörte aufmerksam zu.

»Was die beiden betraf, hatte er sie wahrscheinlich seit einer Woche oder so in Verdacht«, fuhr Green fort. »Aus dem Grund hat er sich bei ihr auch so lange nicht blicken lassen, bis Demetrios aufgekreuzt ist. Er hat seine Sachen Gino untergeschoben und ihn dann vor den Zug geworfen; er war sich nicht sicher, ob es überhaupt funktionieren, beziehungsweise wie lange es dauern würde, bis man das, was von Gino übrig war, finden würde, also hat er Picelli angerufen, damit der es rausfinden sollte. Picelli ist also los, und tatsächlich machte die Nachricht die Runde, daß Costains Leiche gefunden worden sei. So brauchte Costain nur noch darauf zu warten, daß Demetrios bei dem Mädchen auftaucht, um ihr die große Neuigkeit zu verkünden.«

Green rollte seinen Hemdsärmel wieder nach unten, stand auf und zog seine Jacke an.

»Picelli hat heute nacht auf Solly Allenberg geschossen. Der hat Costain zur Bleecker Ecke Thompson Street gefahren, das

ist ungefähr einen halben Häuserblock von da, wo Maxie Sill-
mann wohnt; und Maxie ist der Spezialist für Sprengsätze aller
Art. Costain wollte sichergehen, daß niemand mit Solly in
Kontakt kommt, weil Solly über die ganze Geschichte ein
bißchen zuviel wußte. Vermutlich hat er ihn durch Picelli
überwachen lassen. Ich nehme an, Picelli hat ihn angerufen
und ihn informiert, daß Solly und ich in der Bar waren und
daß ich nach der Explosion vor Tonys Laden aufgekreuzt bin.
Folgerichtig hat Costain Picelli Anweisung gegeben, uns beide
aus dem Weg zu räumen.«

Green sah zu Picelli. Picelli nickte zaghaft.

Kessler war erstaunlich munter; mit einem Satz war er plötzlich am Telefon.

»Wart mal 'nen Moment, Blondie«, sagte Green. »Ich muß
ein paar wichtige Anrufe machen.«

Er ging zum Telefon, setzte sich, rief in der Notaufnahme
des Krankenhauses an und erkundigte sich nach Solly Allenberg. Er verharrte ein paar Augenblicke, dann schüttelte er
den Kopf und flüsterte: »Das tut mir wirklich leid«, hängte
den Hörer ein und sah Kessler an.

»Du kannst mir die fünfzig Mäuse jetzt geben«, sagte er
weich.

pulp master

DEREK RAYMOND
Roter Nebel, Roman. Deutsche Erstausgabe
Paperback, Format 17 x 11 cm, ISBN 3-929010-36-4, ca. DM 18,-. Limitierte Hardcover-Edition mit Illustration plus Bonus CD:
Der Autor erzählt die Short Story „Changeless Susan".
Mit Soundtrack. Ca. DM 36,80, SFr ca. 36,80, ÖS ca. 287,- ISBN 3-929010-37-2

Raymonds neuer Roman führt direkt in Londons Unterwelt.
Es ist die Welt von Gust, einem müde gewordenen Schwerverbrecher, der nach zehn Jahren Knast noch einmal abzocken will. Kaum hat Gust einen Lkw mit druckfrischen Blanko-Pässen in seine Gewalt gebracht, beginnt der Body Count. Und als seine Ex-Freundin abgeschlachtet wird, ist für Gust nur eins sicher: irgend jemand wird dafür bezahlen. Doch es ist verdammt schwierig sich zu konzentrieren, wenn man seine Umwelt durch einen roten Nebel aus Wut und Verzweiflung sieht...

Für den Roman „Ich war Dora Suarez" erhielt Derek Raymond den Deutschen Krimipreis. Seine heiß diskutierte und von Kritikern geschätzte „Factory"-Serie wird von der BBC verfilmt.

Von den BLACK LIZARD Büchern noch lieferbar:

TED LEWIS, Schwere Körperverletzung,
229 S., DM 21,80, ISBN 3-929010-30-5

"Lewis gehörte zu jener Handvoll Autoren, die radikal mit der Tradition des Häkelkrimis brachen und den Mord aus den Pfarrstuben und Teesalons wieder auf die Straße zurückbrachten." (DER SPIEGEL)

George Fowler ist der Kopf eines weitverzweigten Londoner Unterweltimperiums. Einnahmen aus Porno, Gewalt und Korruption halten die Maschine in Gang. Einige der Gangster wirtschaften in die eigene Tasche. Als sich die Situation trotz einer radikalen Säuberungsaktion weiter zuspitzt und man George selbst ans Leder will, taucht er für eine Weile unter.
Doch die Zeit erweist sich als grausamster Gegner.

DEREK RAYMOND, Ich war Dora Suarez, 220 S., DM 21,80
ISBN 3-929010-29-1
"Derek Raymond gelingt mit seinem schwarzen Roman eine blutige, aber effizente Abrechnung mit der 'ältesten Demokratie der Welt'" (tip)
"...rabiat, frontal, zynisch, vulgär..." (PRINZ)

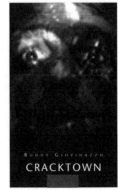

KATHY ACKER
Meine Mutter: Dämonologie, Roman. 248 Seiten, Broschur, DM 25,-
Berlin 1995, ISBN 3-929010-24-0

DARIUS JAMES,
Negrophobia, Roman, 192 Seiten, Broschur, DM 23,- Berlin 1995, ISBN 3-929010-22-4

BUBIZIN / MÄDIZIN, Magazin
Hrsg. Mario Mentrup, Texte und Comics, 200 Seiten, Broschur, DM 23,-, Berlin 1995
ISBN 3-929010-25-9

"MATTHIAS" BAADER HOLST
koitusbonzen rotzen / zwischen bunt und
bestialisch: all die toten albaner meines surfbretts / Texte
120 Seiten, fester Einband, Fadenheftung, DM 25,60, Berlin 1992,
ISBN 3-929010-02-x
traurig wie hans moser im sperma weinholds / Texte
64 Seiten, fester Einband, Fadenheftung, DM 21,80, ISBN 3-9802852-5-1

FUNNY VAN DANNEN
Jubel des Lebens, Geschichten
160 Seiten, Broschur, DM 19,80, Berlin 1993, ISBN 3-929010-17-8

FUNY VAN DANNEN, Spurt ins Glück
64 Seiten, 6 Fotos, fester Einband, DM 19,80, Berlin 1991, ISBN 3-9802852-2-7

HARRY HASS
KoKo Metaller, Roman
152 Seiten, fester Einband, Fadenheftung Berlin 1992, DM 28,00, ISBN 3-9802852-9-4

HUSEN CIAWI
leck mich am text
72 Seiten, Broschur, DM 15,80, ISBN 3-929010-00-3

KARL E. JOHNSON
Ein sicherer Platz am falschen Ort
Roman
128 Seiten, Broschur, DM 18,90, Berlin 1993, ISBN 3-929010-19-4

THOMAS KAPIELSKI
Aqua Botulus, Dia Roman
184 Seiten, 179 Fotos, Broschur, DM 24,00, ISBN 3-929010-20-8

PETER WAWERZINEK
NIX - Roman
112 Seiten, 16 Abb., Broschur, DM 18,90, Berlin 1994, ISBN 3-929010-21-6

SCARDANELLI
Elegien vom Ende der Welt
64 Seiten, fester Einband Fadenheftung, DM 19,80, ISBN 9802852-0-0

ULRICH SCHLOTMANN
Entlöse
152 Seiten, Broschur, DM 19,80, Berlin 1993, ISBN 3-929010-09-7